H.G. WELLS

O DORMINHOCO

Tradução
Carla Matos

H.G. WELLS

O DORMINHOCO

Principis

Esta é uma publicação Principis, selo exclusivo da Ciranda Cultural
© 2021 Ciranda Cultural Editora e Distribuidora Ltda.

Texto
H. G. Wells

Produção editorial
Ciranda Cultural

Tradução
Carla Matos

Diagramação
Linea Editora

Revisão
Fernanda R. Braga Simon

Capa
Wilson Gonçalves

Dados Internacionais de Catalogação na Publicação (CIP) de acordo com ISBD

W453d   Wells, H. G.

O dorminhoco / H. G. Wells ; traduzido por Carla Matos. - Jandira :
Principis, 2021.
256 p. ; 15,5cm x 22,6cm. - (Clássicos da literatura mundial)

Tradução de: The sleeper awakes
ISBN: 978-65-5552-217-4

1. Literatura inglesa. 2. Ficção. I. Matos, Carla. II. Título. III. Série.

CDD 823.91
CDU 821.111-3

2020-2689

Elaborado por Vagner Rodolfo da Silva - CRB-8/9410

Índice para catálogo sistemático:
1. Literatura inglesa : Ficção 823.91
2. Literatura inglesa : Ficção 821.111-3

1ª edição em 2021
www.cirandacultural.com.br
Todos os direitos reservados.
Nenhuma parte desta publicação pode ser reproduzida, arquivada em sistema de busca
ou transmitida por qualquer meio, seja ele eletrônico, fotocópia, gravação ou outros, sem
prévia autorização do detentor dos direitos, e não pode circular encadernada ou encapada
de maneira distinta daquela em que foi publicada, ou sem que as mesmas condições sejam
impostas aos compradores subsequentes.

SUMÁRIO

Insônia 7

O transe...16

O despertar...23

O som de um tumulto...28

As vias móveis...42

O salão do atlas...47

Nos cômodos silenciosos...57

Os telhados da cidade 68

O povo marcha 81

A batalha contra a escuridão 88

O velho que sabia tudo 100

Ostrog 112

O fim da velha ordem...126

Do cesto da gávea...131

Pessoas importantes...146

O aeroplano...158

Três dias...171

Graham recorda...177

O ponto de vista de Ostrog 186

Pelos caminhos da cidade...194

O subterrâneo 214

A luta na Casa do Conselho 221

Graham discursa 233

Enquanto os aviões se aproximam 239

A chegada dos aviões 245

INSÔNIA

Numa tarde, durante a maré baixa, Isbister, um jovem artista hospedado em Boscastle, caminhava até a pitoresca enseada de Pentargen. Seu objetivo era explorar as cavernas que existiam por lá. No meio daquele caminho íngreme que levava à praia de Pentargen, de repente se deparou com um homem em estado de profunda angústia sentado entre todas aquelas rochas. Com as mãos sobre os joelhos, ele tinha os olhos vermelhos e fixos e o rosto úmido pelas lágrimas.

Ele se voltou em direção a Isbister. Ambos se olharam desconcertados, talvez Isbister um pouco mais, e, para disfarçar o constrangimento de sua pausa involuntária, fez uma observação, com ar de maturidade, sobre o clima quente para aquela época do ano.

– Muito – respondeu rapidamente o estranho. Hesitou por um segundo e completou em tom desinteressado: – Não consigo dormir.

Isbister parou abruptamente.

– Não? – Foi tudo o que disse, porém aquilo demonstrou seu impulso em ajudar.

– Pode parecer incrível – disse o estranho, tornando a olhar para Isbister com os olhos marejados e enfatizando as palavras com uma das mãos abatidas –, mas não tenho conseguido dormir, não durmo há seis noites.

– Recebeu conselhos?

– Sim. Na verdade, recebi maus conselhos na maioria das vezes. Remédios. Meu sistema nervoso… Ele funciona bem se comparado com o de outras pessoas. É difícil explicar. Não me atrevo a tomar… remédios muito fortes.

– Isso torna tudo mais difícil – disse Isbister.

Ele ficou lá parado naquele caminho estreito, perplexo, sem saber o que fazer. Era óbvio que o homem queria conversar. Uma ideia mais do que natural diante daquela circunstância levou-o a continuar a conversa.

– Nunca sofri de insônia – comentou em tom casual –, mas nos casos de que já ouvi falar em geral as pessoas descobriram algo que as ajudava…

– Não ouso experimentar nada – falou o homem, soando exausto, fazendo um gesto de rejeição. Por alguns instantes, ambos permaneceram em silêncio.

– Exercícios? – Isbister sugeriu timidamente, chamando a atenção de seu interlocutor, que o olhou com um ar de melancolia que combinava com os trajes que usava.

– Já tentei, talvez de forma imprudente. Costumava correr ao longo da orla todos os dias, desde New Quay. Mas a prática só me provocou dores musculares, além do cansaço mental de que já sofria. A causa desse meu problema era o excesso de trabalho. Havia algo…

Ele parou como se estivesse de fato cansado. Passou a mão magra pela testa. Quando voltou a falar, era como se conversasse consigo mesmo.

– Sou um lobo solitário, um homem solitário, vagando por um mundo do qual não faço parte. Não tenho esposa nem filhos… As pessoas falam de quem não tem filhos como se fosse galho seco na árvore da vida, não é verdade? Não tenho esposa nem filhos. Não tenho compromisso com nada. Nenhum desejo no meu coração. Mas pelo menos uma coisa decidi fazer. Eu disse, farei isso, e para fazê-lo, para superar a inércia deste corpo sem graça, recorri aos remédios. Meu Deus, tomei muitos remédios! Eu não sei se você consegue sentir o peso do corpo, que demanda que se dê um tempo da mente… tempo… vida! Vida! Nós não vivemos uma vida

O DORMINHOCO

completa. Precisamos comer, e depois surgem as exigências digestivas, ou as irritações. Precisamos respirar, caso contrário nossos pensamentos enfraquecem, nos tornamos estúpidos, caímos em abismos e em becos sem saída. Mil distrações surgem de dentro e de fora, e, em seguida, vêm o cansaço e o sono. Os homens parecem viver para dormir. O homem quase não tem um dia para si, nem quando está bem! E depois vêm os falsos amigos, aqueles que são bandidos prestativos, os alcaloides que mascaram o cansaço natural e matam o resto. Café forte, cocaína...

– Eu entendo – disse Isbister.

– Fiz o que pude – disse o insone em tom de reclamação.

– E esse é o preço?

– Sim.

Durante um tempo, os dois permaneceram em silêncio.

– Você não pode imaginar a vontade de descansar que eu tenho. É um desejo incontrolável. Durante seis longos dias, desde que parei de trabalhar, minha mente não descansa, está ágil, sempre num movimento incessante. Tenho uma torrente de pensamentos que não levam a lugar algum, girando em torno de nada específico e sem parar... – Ele fez uma pausa. – Em direção ao abismo.

– Você precisa dormir – disse Isbister sério, com o ar de quem tinha a solução. – Você decerto precisa dormir.

– Minha mente está perfeitamente lúcida. Jamais esteve tão lúcida. Mas sei que estou indo em direção a um turbilhão perigoso. Neste momento...

– Sim?

– Você sabe o que acontece com as coisas que caem em um redemoinho? Longe da luz do dia, longe deste doce mundo da sanidade, indo para a escuridão...

– Mas... – tentou argumentar Isbister.

O homem rejeitou a mão que se aproximava dele, e Isbister pôde ver os olhos cheios de fúria. O tom de voz dele aumentou.

– Eu deveria me matar. Se não houver outra saída, aos pés deste precipício sombrio, onde as ondas são verdes, e o branco da onda sobe e desce, e aquele pequeno fio de água despenca pelo penhasco. Ali eu poderei finalmente… dormir.

– Isso é loucura – disse Isbister, assustado com a onda de emoções histéricas daquele homem. – Os remédios são melhores que isso.

– De qualquer forma, ali, poderei dormir – repetia o estranho sem ouvir os apelos.

Isbister encarou o homem.

– Não dá para ter certeza, sabe? – comentou. – Existe um precipício parecido com esse em Lulworth Cove, da mesma altura. Uma garotinha caiu de lá de cima e sobreviveu. Está sã e salva.

– Mas e as rochas?

– Em uma noite fria, alguém pode cair sobre elas, ter seus ossos quebrados e tremer de frio e dor, enquanto a água gelada espirra sobre seu corpo. O que acha?

Seus olhos se encontraram.

– Desculpe não concordar com seus ideais – disse Isbister, sentindo surgir uma ideia diabólica. – Mas um artista se suicidar do alto daquele penhasco, ou qualquer penhasco, na verdade – ele riu – seria tão amador…

– Mas há outra coisa… – disse, irritado, o homem insone. – Ninguém consegue se manter são se noite após noite…

– Você esteve andando por aqui sozinho?

– Sim.

– Que bobagem fazer algo assim. Desculpe-me a franqueza. Sozinho! É como disse: o cansaço do corpo não é a cura para o cansaço da mente. Quem disse para você fazer isso? Não é nenhuma surpresa; caminhadas! Com o sol sobre sua cabeça, o calor, o cansaço, a solidão, o dia inteiro, e depois acredito que vá para cama e tenta desesperadamente dormir, não é?

Isbister parou de súbito e olhou para aquele homem com receio.

– Olhe para essas rochas! – gritou com um vigor repentino o homem sentado. – Olhe para este mar que brilha e se move desde sempre! Veja a espuma branca reluzir por entre a escuridão debaixo aquele grande penhasco. E este sepulcro azul que reflete o sol que nos cega lá do alto. Este

O DORMINHOCO

é o seu mundo. Você o aceita e se alegra com ele. Ele o aquece, o apoia e o encanta. Quanto a mim...

Ele virou a cabeça e mostrou uma expressão sinistra, olhos vermelhos e lábios pálidos. Falou quase num sussurro.

– Este é o traje do meu sofrimento. O mundo inteiro... É o traje do meu sofrimento.

Isbister observou toda a beleza selvagem dos penhascos iluminados pelo sol que os rodeava e voltou a olhar para aquele rosto desesperado. Por um momento, ficou em silêncio.

Ele começou a falar e fez um gesto de rejeição e impaciência.

– Se você dormir – disse –, não verá tristeza alguma por aqui. Dou minha palavra.

A essa altura, ele já tinha quase certeza de que o encontro fora obra da providência. Meia hora antes, ele estava se sentindo terrivelmente entediado. E aqui estava uma tarefa digna de ser aplaudida. Ele de pronto acolheu a ideia. A principal necessidade daquele homem era companhia. Ele se sentou na relva íngreme ao lado do homem sentado e se aproximou para dividir uma fofoca.

Seu ouvinte parecia apático. Olhava para o mar com melancolia, respondia apenas às perguntas diretas de Isbister – às vezes, nem essas. Porém, em seu desespero, não fez nenhuma objeção a essa intrusão benevolente.

De certa forma, ele parecia estar até agradecido, mas quando, em dado momento, Isbister sentiu que a conversa estava perdendo força, sugeriu que subissem a encosta em direção a Boscastle, com a desculpa de observarem a vista em Blackapit, coisa que o velho aceitou em silêncio. No meio do caminho, ele começou a falar sozinho e se virou abruptamente para o companheiro com um olhar sinistro.

– O que está acontecendo? – perguntou erguendo a mão esquelética. – Tudo gira, gira, gira, gira. Está tudo girando e girando, nunca para de girar.

Ele ficou parado, fazendo um movimento circular com a mão.

– Está tudo bem, meu velho – disse Isbister como se fossem amigos. – Não se preocupe. Confie em mim.

O homem parou o movimento e se virou novamente. Eles continuaram a caminhada em linha reta e chegaram até a vila de Penally, com o homem insone gesticulando sem parar, dizendo coisas sem nexo acerca de sua mente confusa. Quando chegaram lá, ficaram parados perto do mirante que dava para os mistérios profundos de Blackapit, e lá ele se sentou. Isbister retomara a conversa quando o caminho por onde andavam se alargava e eles podiam andar lado a lado. Ele contava as dificuldades de chegar ao porto de Boscastle durante o mau tempo, quando, súbita e irrelevantemente, seu companheiro o interrompeu mais uma vez.

– Minha cabeça não é mais como costumava ser – disse, gesticulando para expressar o que sentia.. – Sinto uma espécie de opressão, um peso. Não, não é sono, quem dera fosse! É como uma sombra, uma sombra profunda que cai repentina e rapidamente. Gira, gira na escuridão. O tumulto de pensamentos, a confusão, um turbilhão. Não consigo descrever. Mal posso pensar o bastante para poder contar a você.

Parou debilmente.

– Não se preocupe, meu amigo – disse Isbister. – Acho que consigo entender. Em todo caso, não faz muita diferença falar sobre isso agora, sabe?

O insone esfregou os olhos. Isbister continuou falando por um tempo enquanto o homem os esfregava e, então, teve uma ideia.

– Vamos até meu quarto fumar um cachimbo. Posso mostrar alguns esboços que fiz de Blackapit. Se você quiser.

O velho se levantou obedientemente e o seguiu.

Diversas vezes Isbister o ouviu tropeçar à medida que desciam, e seus movimentos eram lentos e hesitantes.

– Venha comigo – disse Isbister – e experimente alguns cigarros e o abençoado efeito do álcool. Você bebe?

O estranho hesitou no portão que dava para o jardim. Parecia não mais estar consciente de suas ações.

– Eu não bebo – disse com voz lenta ao entrar no jardim e, depois de um breve momento de silêncio, voltou a repetir: – Não, eu não bebo. Tudo gira, gira...

O DORMINHOCO

Ele tropeçou na porta e entrou no quarto como se nada visse. Em seguida, sentou-se abruptamente na poltrona, parecendo quase cair nela. Escondeu o rosto nas mãos e ficou imóvel. De repente, fez um barulho sutil com a garganta.

Isbister andava agitado pelo quarto como alguém que não está acostumado a receber visitas, fazendo pequenas observações que dificilmente exigiam alguma resposta. Revirou o quarto até achar seu portfólio, colocou-o sobre a mesa e notou o relógio localizado na cornija da lareira.

– Não sei se gostaria de jantar comigo – disse com um cigarro apagado em uma das mãos, sua mente perturbada com a ideia de administrar cloral furtivamente. – Só tenho carne de carneiro fria, sabe, mas um pouco doce. Galesa. E uma torta, creio eu – repetiu após alguns instantes de silêncio.

O homem sentado não respondeu. Isbister parou, com o fósforo em uma mão, e o encarou.

O silêncio se prolongou. O fósforo se apagou, e o cigarro foi deixado de lado sem ter sido aceso. O homem estava muito quieto. Isbister pegou o portfólio, abriu-o, hesitou e começou a falar.

– Talvez – sussurrou. Ele olhou para a porta e depois para o homem. Em seguida, saiu do quarto nas pontas dos pés, observando seu convidado a cada passo que dava.

Fechou a porta silenciosamente. A porta da casa estava aberta, e ele saiu em direção à sacada, onde ficou parado ao lado do acônito que estava no canto do jardim. Dali, podia ver o estranho através da janela aberta, imóvel e fraco, com a cabeça encostada nas mãos. Ele não havia se mexido.

Algumas crianças que passavam pela estrada pararam e começaram a observar o artista com curiosidade. Um barqueiro o cumprimentou. Ele sentiu que talvez sua atitude circunspecta pudesse estar sendo vista como peculiar e irresponsável. Talvez fumar parecesse ser mais natural. Tirou o cachimbo do bolso e preparou-o com calma.

– Estava pensando... – disse em tom de pouca complacência. – Devemos dar a ele uma chance. – Riscou um fósforo com segurança e acendeu o cachimbo.

Naquele momento, ouviu a senhoria atrás dele, vindo com sua lamparina acesa da cozinha. Ele se virou, gesticulou com o cachimbo na mão e a deteve na porta da sala de estar. Teve alguma dificuldade em explicar a situação em voz baixa porque ela não sabia que ele tinha um convidado. Ela se afastou com a lamparina, ainda um pouco perplexa, a julgar pela sua atitude, e ele se aproximou da sacada, nervoso e pouco à vontade.

Tempo depois de ter fumado o cachimbo e quando os morcegos já começavam a rondar, sua curiosidade dominou sua hesitação, e ele retornou à sala de estar. Parou na porta. O estranho ainda estava na mesma posição, encostado na janela. Exceto pelo canto de alguns marinheiros a bordo dos pequenos navios carregadores de ardósia atracados no porto, a noite estava bem calma. Do lado de fora, os galhos do acônito e do delfínio permaneciam eretos e imóveis contra a sombra da encosta. Algo passou pela cabeça de Isbister; inclinando-se sobre a mesa, ele escutou. Uma suspeita desagradável se fortaleceu e se tornou uma certeza. O espanto se apoderou dele e se transformou em pavor!

Não se ouvia nenhum som de respiração vindo do homem sentado!

Isbister se moveu devagar e, em silêncio, deu a volta na mesa, parando duas vezes para ouvir. Finalmente conseguiu colocar a mão na parte de trás da poltrona. Inclinou-se até que ambas as cabeças ficassem lado a lado.

Em seguida, inclinou-se mais ainda e para o rosto do convidado. Ele deu um pulo violento e deixou escapar um grito. Os olhos eram brancos espaços vazios.

Ele tornou a olhar e viu que os olhos estavam abertos e com as pupilas viradas em direção às pálpebras. Teve medo. Isbister segurou os ombros do homem e o sacudiu.

– O senhor está dormindo? – perguntou com a voz cada vez mais alterada. Repetiu: – O senhor está dormindo?

Uma certeza tomou conta de sua mente: o homem estava morto. Subitamente, Isbister se alterou e começou a fazer barulho, caminhou pela sala, tropeçou na mesa e tocou a campainha.

– Por favor, traga luz agora – disse ele no corredor. – Tem alguma coisa errada com meu amigo.

O DORMINHOCO

Em seguida, voltou-se para aquele homem imóvel, tocou em seu ombro, sacudiu-o e gritou. O quarto se iluminou com um brilho amarelo quando a senhoria entrou com a luz. Seu rosto estava pálido quando se virou para ela, piscando.

– Preciso chamar um médico imediatamente – disse. – Ou ele está morto ou está tendo um ataque. Tem algum médico na vila? Onde posso encontrar um médico?

O TRANSE

O estado de rigor cataléptico no qual aquele homem se encontrava durou mais tempo do que o esperado e, então, ele começou a relaxar lentamente até ficar em estado flácido, relaxado, o que sugeria um profundo repouso. Enfim, seus olhos puderam ser fechados.

Ele foi retirado do hotel e levado ao hospital de Boscastle, onde foi operado e, após a cirurgia, algumas semanas depois, foi levado a Londres. Mas ainda resistia a cada tentativa de reanimação. Depois de algum tempo, por motivos que serão revelados mais tarde, essas tentativas deixaram de acontecer. Durante muito tempo, ele ficou naquela estranha condição, inerte e sem estar morto ou vivo, mas em estado suspenso, entre o nada e a existência. Sua escuridão não era interrompida por pensamento ou sensação, era uma inanição sem sonhos, um vasto espaço de paz. O tumulto de sua mente inchara e aumentara até se tornar um abrupto clímax de silêncio. Onde estava o homem? Onde se encontra qualquer homem quando a insensibilidade toma conta dele?

– Parece que foi ontem – disse Isbister. – Lembro-me de tudo como se tivesse acontecido ontem, talvez até mais claro do que se tivesse acontecido ontem.

O DORMINHOCO

Era o mesmo Isbister do último capítulo, mas ele já não era tão jovem. O cabelo, que havia sido castanho e bem cuidado de acordo com a moda da época, hoje era cinza e bem cortado, e o rosto, que costumava ser rosado, hoje estava mais duro e avermelhado. Usava uma barba pontuda e grisalha. Conversava com um homem mais velho que usava roupa de verão (o verão daquele ano havia sido estranhamente quente). Tratava-se de Warming, um advogado londrino que representava os parentes próximos de Graham, o homem que havia caído em transe. E ambos se encontravam parados lado a lado na sala dentro da casa em Londres que pertencia àquele estranho homem.

Ele era uma figura amarelada e estava deitado em uma cama d'água usando uma camiseta folgada. Era um homem de rosto enrugado e barba atarracada, membros muito magros e unhas compridas, e ao redor dele havia uma vidraça fina. Essa vidraça parecia separar o Dorminhoco da realidade da vida; ele era algo à parte, um estranho, isolado de forma anormal. Os dois homens ficaram perto da vidraça, observando-o.

– Aquilo me chocou – disse Isbister. – Ainda me choca quando me lembro dos olhos brancos dele. Eles estavam brancos, sabe, virados. Vir aqui me traz todas aquelas lembranças de volta.

– Depois daquele dia você não voltou a vê-lo? – perguntou Warming.

– Eu queria vir – disse Isbister –, mas os negócios hoje em dia estão corridos e não tenho muitos dias livres. Estive nos Estados Unidos a maior parte do tempo.

– Se me lembro bem – disse Warming –, você era um artista?

– Eu era. E então me casei. Percebi rapidamente que tudo era preto no branco, pelo menos para um homem medíocre como eu, e eu me vi parte disso tudo. Esses cartazes dos penhascos em Dover foram feitos pelo meu pessoal.

– São lindos os cartazes – reconheceu o advogado –, embora eu lamente vê-los lá.

– Viva tanto quanto os penhascos, se necessário – exclamou Isbister com satisfação. – O mundo muda. Quando ele caiu no sono, vinte anos atrás, eu estava em Boscastle com uma caixa de aquarelas e tinha um objetivo

H. G. WELLS

antigo e nobre. Não esperava que algum dia meus desenhos fossem glorificar todo o litoral abençoado da Inglaterra, de Land's End até Lizard. A sorte sempre chega quando não se espera por ela.

Warming parecia duvidar da sorte.

– Apenas senti saudades de você, se me lembro bem.

– Você voltou para me ajudar a sair da armadilha que havia me levado à estação de Camelford. Foi perto do jubileu da Rainha Vitória, porque me lembro dos bancos e das bandeiras em Westminster e da bagunça no trânsito quando estava no táxi em Chelsea.

– Foi o jubileu de diamante – disse Warming. – O segundo.

– Ah, sim! No jubileu de verdade, no quinquagésimo aniversário, eu estava em Wookey. Era só um garoto. Perdi tudo aquilo... Quanta confusão passamos por causa dele! Minha senhoria não o aceitou, não queria que ele ficasse lá, ele parecia tão estranho quando estava rígido. Tivemos de carregá-lo em uma cadeira até o hotel. E o médico de Boscastle não era o médico da cidade. Mas ficou com ele até quase às duas da manhã, comigo e com a senhoria iluminando o quarto e tudo mais.

– Você quer dizer que ele estava rígido?

– Rígido! Do jeito que o colocasse, ele ficava. Poderia colocá-lo de cabeça para baixo que ele ficaria. Nunca vi tamanha rigidez. É claro – ele indicou para o homem na cama com um movimento com a cabeça –, é bem diferente disto. E é claro, aquele médico... Qual era mesmo o nome dele?

– Smithers?

– Isso mesmo, Smithers. Estava completamente errado ao tentar trazê-lo cedo demais, considerando o que estava acontecendo. As coisas que ele fez! Até hoje elas me deixam muito... Argh! Mostarda, rapé, picadas. E uma daquelas pequenas coisas horríveis, não são dínamos...

– Bobinas de indução.

– Sim. Era possível ver os músculos dele vibrar e pular e ele se debater inteiro. Havia somente duas velas amareladas, e todas as sombras estavam tremendo. Aquele médico estava muito nervoso, colocando-o de lado, completamente rígido e se contorcendo do jeito mais antinatural possível. Bem, acabei tendo pesadelos com isso.

O DORMINHOCO

Pausa.

– É um estado estranho – disse Warming.

– É um tipo de ausência completa – disse Isbister. – O corpo está aqui, vazio. Não está morto, mas também não está vivo. É como se fosse um banco vazio e marcado como "ocupado". Sem sentimento, sem digestão, o coração não tem batimentos, sem nenhuma pulsação. Isso não me faz achar que haja um homem dentro deste corpo. De certa forma ele parece mais morto que a própria morte, já que os próprios médicos me dizem que até o cabelo parou de crescer. Com a morte, de fato, o cabelo continuaria a crescer…

– Eu sei – disse Warming, com um pouco de dor na expressão.

Eles espiaram pela vidraça novamente. Graham estava, de fato, em um estado estranho, na fase menos rígida do transe, mas era um transe sem precedentes na história da medicina. Os casos de transe anteriores ao dele haviam durado, no máximo, um ano, porém no final haviam terminado com o despertar do doente ou com sua morte; às vezes a pessoa acordava e depois morria. Isbister notou as marcas que os médicos fizeram para injetar alimento, já que essa medida havia sido tomada para evitar que o pior acontecesse. Ele as apontou para Warming, que se esforçava para não as ver.

– E, enquanto ele esteve deitado aqui – disse Isbister, com o entusiasmo de uma vida livre –, mudei meus planos de vida. Casei, formei uma família, meu filho mais velho, naquela época eu nem pensava em filhos, é cidadão americano e não vê a hora de se formar em Harvard. Já estou grisalho. E este homem não está nem mais velho nem mais sábio do que eu estava quando ainda era jovem. É curioso pensar nisso.

Warming se virou.

– Eu também envelheci. Costumava jogar críquete com ele quando era criança. E ele ainda está com a aparência jovem. Amarelo, talvez. Mas, mesmo assim, ainda é jovem.

– E houve a Guerra – disse Isbister.

– Do início ao fim.

– E esses marcianos.

H. G. Wells

– Entendi – disse Isbister após uma pausa – que ele tinha propriedades, não é mesmo?

– Sim, é verdade – respondeu Warming, tossindo bem na hora. – Como esperado, eu me encarreguei dessa questão.

"Ah!", foi o que Isbister pensou.

Ele hesitou um tempo e então disse:

– Sem dúvida, mantê-lo aqui não é caro. Ele melhorará, não é?

– Já melhorou. Quando ele acordar, se acordar, estará muito melhor do que quando entrou em transe.

– Como sou um homem de negócios – disse Isbister –, essa questão, naturalmente, passou pela minha cabeça. Às vezes, penso que, em termos de negócios, é claro, este sono poderia ser benéfico para ele. Que ele sabe de tudo o que acontece, por assim dizer, mesmo estando inconsciente por tanto tempo. Caso tivesse tido uma vida normal...

– Duvido que ele tivesse imaginado que aconteceria tudo isso – disse Warming. – Ele nunca foi um homem de visão. Na verdade...

– Sim?

– Tínhamos nossas divergências nesse sentido. Eu era para ele como um tutor. Você provavelmente já viu casos suficientes para saber que situações assim ocasionalmente causam algum tipo de desentendimento. Porém, mesmo que esse fosse o caso, ainda assim existe a dúvida se ele vai acordar algum dia. Esse sono se esgota; de forma lenta, mas se esgota. Aparentemente, ele está deslizando devagar, bem devagar e tedioso, por uma longa encosta, se é que me entende.

– Será uma pena perder a sua surpresa. Houve muitas mudanças ao longo desses vinte anos. Ele seria como o verdadeiro Rip Van Winkle[1] do conto.

– Com certeza muita coisa mudou ao longo de todo esse tempo – disse Warming. – E, entre elas, eu mudei. Envelheci. Agora sou um velho.

Isbister hesitou e, em seguida, fingiu surpresa.

---

[1] *Rip van Winkle* é o nome de um conto sobre uma personagem homônima, escrito por Washington Irving e publicado em 1819. (N.T.)

O DORMINHOCO

– Eu nunca teria imaginado.

– Eu tinha 43 anos quando os gerentes do banco dele... você se lembra de ter ligado para os gerentes do banco dele?... foram me procurar.

– Eu consegui o endereço deles em um talão de cheque que havia no bolso dele – disse Isbister.

– Bem, a adição não é difícil – disse Warming.

Houve outra pausa e, em seguida, Isbister externou uma curiosidade impossível de evitar.

– Ele pode ficar assim por anos – disse com certa hesitação. – Precisamos considerar isso. Seus negócios podem cair nas mãos de outra pessoa, você sabe.

– Acredite em mim, senhor Isbister, esse é um dos problemas que mais me atormentam. Acontece que, para dizer a verdade, não conhecemos tantas pessoas de confiança. Trata-se de uma situação grotesca e sem precedentes.

– Verdade – disse Isbister.

– Para dizer a verdade, este caso deveria ser cuidado por algum órgão público. Algum tutor deveria ser responsável até a morte dele. No caso de ele realmente continuar vivo, como alguns médicos acreditam. De fato, já conversei com alguns funcionários públicos sobre isso. Mas, até agora, nada foi feito.

– Não seria uma má ideia entregá-lo aos cuidados de um órgão público, aos administradores do Museu Britânico ou para a Faculdade Real de Medicina. Parece um tanto estranho, é claro, mas toda a situação é estranha.

– A dificuldade seria fazê-los aceitar se responsabilizar por ele.

– Muita burocracia, suponho.

– Em parte.

Pausa.

– É algo curioso, certamente – disse Isbister. – E os juros compostos têm uma forma de aumentar toda essa estranheza.

– Verdade – disse Warming. – E agora as reservas de ouro estão acabando e há uma tendência à... valorização.

– Senti isso – disse Isbister fazendo uma careta. – Mas será melhor para ele se ele acordar.

– Se ele acordar – repetiu Isbister. – Percebeu a aparência doente do nariz dele e como as pálpebras estão fundas?

Warming olhou e pensou por alguns instantes.

– Duvido que ele acorde – disse ele por fim.

– Nunca entendi muito bem o que aconteceu – afirmou Isbister. – Ele me disse algo sobre excesso de estudo. Isso sempre me intrigou.

– Ele era um homem de vários talentos, porém convulsivo e emocional. Teve vários problemas familiares, divorciou-se da esposa. De fato, aquilo foi um alívio, eu acho. Também se dedicou à política, sendo do tipo fanático. Era um radical fanático, um socialista, ou um típico esquerdista, como costumavam se autoproclamar, da escola superior. Era enérgico, descuidado, indisciplinado. O excesso de trabalho provocado por uma controvérsia fez isso com ele. Eu me lembro do panfleto que ele escreveu, um texto curioso. Selvagem, confuso. Havia uma ou outra profecia. Algumas delas foram contestadas, outras concretizadas. Porém, grande parte da leitura daquela tese se referia a perceber quão cheio o mundo estava de situações imprevisíveis. Ele tem muito o que aprender e muito o que desaprender quando acordar. Se um dia acordar.

– Daria tudo para estar aqui – disse Isbister –, só para ouvir o que ele diria sobre tudo isso.

– Eu também – disse Warming. – Nossa! Eu também. – E logo aquele entusiasmo se tornou uma lástima. – Mas eu nunca vou vê-lo acordar.

Observou pensativo aquele homem que não se mexia.

– Ele nunca vai acordar – disse finalmente, com um suspiro. – Ele nunca mais vai acordar.

O DESPERTAR

Porém Warming estava errado. Houve um despertar.

Que situação maravilhosamente complexa! Essa simples e aparente unidade, o eu! Aquele que consegue, dia após dia, ir recuperando a consciência, o fluxo e a confluência de seus inúmeros fatores complicados, reconstruindo os primeiros e fracos lampejos da alma, o crescimento e a síntese do inconsciente ao subconsciente, do subconsciente ao início da consciência, até pelo menos voltarmos a nos reconhecer. E, assim como acontece com a maioria de nós após uma noite de sono, também aconteceu com Graham no final do seu sono mais profundo. Uma nuvem sombria de sensação começa a tomar forma, uma melancolia confusa, e ele se viu vagamente em algum lugar, deitado, debilitado, mas vivo.

A peregrinação até chegar a seu próprio ser parecia atravessar vastos abismos e ocupar épocas. Sonhos incríveis que eram terrivelmente reais na época deixaram memórias vagas e complexas, criaturas estranhas, cenários estranhos, como se fossem de outro planeta. Havia também uma impressão clara de conversas momentâneas, de um nome – mas ele não conseguia se lembrar do nome – que se repetia, de uma sensação esquisita esquecida de

H. G. Wells

veias e músculos, de uma sensação de um grande esforço inútil, o esforço de um homem quase se afogando na escuridão. Em seguida, surgiu um panorama deslumbrante de cenas confluentes instáveis.

Graham recobrou a consciência, abriu os olhos e reconheceu algumas coisas que lhe pareceram familiares.

Era algo esbranquiçado, uma borda, uma moldura de madeira. Ele moveu delicadamente a cabeça, seguindo o contorno dessa forma. Encontrava-se acima de seus olhos. Tentava descobrir onde poderia estar. Vendo-se tão miserável, isso importava? A cor de seus pensamentos era de uma depressão sombria. Ele sentiu a indefinida miséria de alguém que havia acordado próximo da aurora. Tinha uma sensação incerta de ter ouvido sussurros e passos apressados.

O movimento de sua cabeça envolveu uma percepção de extrema fraqueza física. Ele achou que estivesse na cama do hotel localizado no vale, porém não conseguia reconhecer a moldura branca. Ele devia ter dormido. Lembrou-se agora de que desejara dormir. Lembrou-se do penhasco e da cachoeira e, em seguida, de ter conversado com alguém que havia passado por lá.

Quanto tempo teria dormido? O que seria aquele barulho de passos apressados? E aquele som parecido com o ruído de pedregulhos? Estendeu sua mão enfraquecida para pegar o relógio da cadeira onde sempre o deixava e tocou em uma superfície firme e delicada como o vidro. Aquilo foi tão inesperado que o assustou demais. De repente, virou-se, olhou por um instante enquanto se esforçava para se sentar. O esforço foi inesperadamente difícil e o deixou tonto e fraco – além de espantado.

Esfregou os olhos. O mistério de tudo aquilo que o cercava era confuso, mas sua mente estava bastante lúcida – evidentemente o sono o havia ajudado. Ele não estava no que conhecia como cama, mas deitado nu em um colchão extremamente macio e confortável, em uma calha médica de vidro escuro. O colchão era parcialmente transparente, fato que observou com a estranha sensação de insegurança, e por baixo havia um espelho que o refletia. Em seu braço – ele viu, chocado, como sua pele estava estranhamente seca e amarelada – estava ligado um curioso aparato de borracha,

O DORMINHOCO

atado tão firmemente que parecia passar pela sua pele por cima e por baixo. E essa estranha cama estava posicionada dentro de uma estrutura de vidro esverdeado (pelo menos era o que lhe parecia), uma barra na estrutura branca, a mesma estrutura que havia chamado sua atenção. No canto da estrutura, havia um suporte brilhante e delicado. Quase tudo lhe era estranho, apesar de ter reconhecido um termômetro.

O tom levemente esverdeado da substância parecida com vidro que o cercava não lhe permitia enxergar o que havia atrás, mas ele percebeu que estava em um apartamento espaçoso e de muito bom gosto e que, além disso, havia um arco grande e branco de frente a ele. Perto das paredes da gaiola havia alguns móveis, uma mesa coberta por uma toalha prateada, como a lateral de um peixe, e algumas belas cadeiras. Sobre a mesa, havia diversos pratos com vários objetos em cima, uma garrafa e dois copos. Percebeu que estava faminto.

Não via ninguém e, após um instante de hesitação, saiu daquele colchão translúcido e tentou se levantar naquele piso branco e limpo do pequeno apartamento. Ele havia calculado mal sua força: cambaleou apoiando-se com a mão sobre aquele painel de vidro para se equilibrar. Por um momento, sua mão o segurou bem, trazendo-lhe equilíbrio, mas, em seguida, aquilo se quebrou com certa facilidade. Ele cambaleou mais um pouco e foi até o corredor, em total choque. Apoiou-se sobre a mesa para não cair, derrubando no chão um dos copos – que fez barulho ao cair, mas não se quebrou – e se sentou em uma das poltronas.

Quando conseguiu se recuperar um pouco, encheu o copo que sobrou com o líquido da garrafa e bebeu – era um líquido incolor, mas não era água, tinha um gosto e um aroma suave e agradável, proporcionando estímulo imediato a suas forças. Colocou o copo sobre a mesa e começou a olhar ao redor.

O apartamento não perdia nada em tamanho e magnificência agora que não estava mais naquele recipiente esverdeado transparente. O arco que havia visto levava a alguns degraus que desciam, e não havia porta; os degraus levavam a uma espaçosa passagem transversal cercado por pilares lapidados feitos com uma substância azul-marinho muito escura com veias

brancas. Por essa passagem, ouviu vozes, movimento de pessoas, burburi-
nhos persistentes. Continuou sentado, agora já completamente acordado,
ouvindo, atento, o que acontecia e esquecendo o que tinha na mão.

Em seguida, em choque, lembrou-se de que estava nu, virou-se à pro-
cura de algo para se cobrir e viu um manto longo e preto jogado em uma
das cadeiras ao lado dele. Pegou-o, vestiu-o e voltou a se sentar, tremendo.

Sua mente ainda estava perplexa com tudo. Era óbvio que ele havia
dormido e havia sido carregado durante seu sono. Mas para onde? E quem
eram aquelas pessoas, a multidão que se encontrava além daqueles pilares
azuis intensos? Seria Boscastle? Serviu-se um pouco mais e bebeu outro
copo daquele líquido incolor.

Que lugar era esse? Um lugar que lhe parecia estar vivo... Ele olhou
ao redor e viu como o ambiente era claro e belo, quase sem adornos, e viu
que o teto estava quebrado em um ponto por onde passava um raio de
luz e, enquanto observava aquilo, uma sombra grande surgiu passando
pela sua porta. Voltou e continuou seu caminho. "Aqui, aqui", aquela
sombra grande tinha um tom de voz particular naquele tumulto sutil que
preenchia o ar.

Ele teria gritado, mas só conseguiu emitir um som muito fraco. Então,
levantou-se e, com os passos hesitantes de um bêbado, foi em direção ao
arco. Desceu cambaleando as escadas, tropeçou em um pedaço do manto
preto em que havia se enrolado e evitou a queda ao se segurar em um dos
pilares azuis.

O corredor dava para uma vista em tons de azul e roxo e terminava de
repente em um espaço cercado parecido com uma sacada, bem iluminada
e coberta pela neblina, um ambiente parecido com o interior de alguma
construção enorme. A arquitetura do lugar era vasta e confusa. O tumulto
das vozes aumentou e ficou muito alto e claro, e na sacada de costas para
ele, gesticulando em uma conversa aparentemente animada, havia três pessoas, muito bem vestidas em roupas com tons sóbrios. O barulho daquela
multidão ecoava até a sacada, e passaram pelo ar o que parecia ser a ponta
de uma insígnia e um objeto colorido e uma capa azul-clara ou um traje,
atravessando aquele lugar e caindo. Os gritos soaram em inglês, e houve

O DORMINHOCO

um uníssono de "Ele acordou!". Ouviram-se alguns choros e, de repente, os três homens começaram a rir.

– Haha! – riu um deles, um homem ruivo vestido em um manto roxo curto. – Quando o Dorminhoco acordar. Quando!

Ele voltou seus olhos cheios de alegria para o corredor. Sua expressão mudou, e ele se tornou rígido. Os outros dois viraram-se rapidamente e ficaram imóveis. O rosto deles assumiu uma expressão de consternação e de profunda surpresa.

Subitamente os joelhos de Graham se dobraram, seu braço que estava apoiado no pilar escorregou, ele foi se inclinando para a frente e caiu com o rosto no chão.

O SOM DE UM TUMULTO

A última lembrança de Graham antes de desmaiar foi a de um ressoar de sinos. Soube depois que perdeu totalmente a consciência, que estava entre a vida e a morte, por quase uma hora. Quando retomou os sentidos, estava de volta à poltrona translúcida e sentia um formigamento no coração e na garganta. Ele percebeu que aquele aparelho escuro havia sido retirado de seu braço, que estava enfaixado. A estrutura branca ainda estava ali, porém a substância esverdeada desaparecera. Um homem vestindo um manto violeta-escuro, um dos homens que estavam na sacada, estava cuidadosamente olhando seu rosto.

O ressoar dos sinos era distante, mas insistente, e havia muito barulho que o confundia, o que o fez imaginar um grande número de pessoas gritando juntas. Algo pareceu chamar sua atenção no meio daquele tumulto: uma porta se fechou subitamente.

Graham moveu a cabeça.

– O que é tudo isso? – disse com voz letárgica. – Onde estou?

Viu o homem ruivo que foi o primeiro a descobri-lo acordado. Uma voz pareceu perguntar o que ele havia dito, mas foi logo silenciada.

O homem de roxo respondeu de forma delicada, falando inglês com um leve sotaque estrangeiro, ou pelo menos foi o que lhe pareceu:

O DORMINHOCO

– O senhor está seguro. Foi trazido para cá do lugar onde adormeceu. É bem seguro. O senhor esteve aqui por um tempo, dormindo. Em transe.

Ele disse algo mais, mas Graham não conseguiu ouvir, e um pequeno frasco foi entregue a ele. Graham sentiu um borrifo gelado, um vapor perfumado sobre sua testa, uma sensação refrescante. Fechou os olhos com satisfação.

– Melhor? – perguntou o homem de roxo, assim que Graham voltou a abrir os olhos. Tratava-se de um homem simpático de uns trinta anos, talvez, e tinha uma barba loura pontiaguda e um fecho de ouro na gola do seu manto roxo.

– Sim – disse Graham.

– O senhor dormiu por um tempo. Estava em um transe cataléptico. Já ouviu falar nisso? Catalepsia? Pode parecer estranho a princípio, mas posso lhe assegurar que está tudo bem.

Graham não respondeu, porém essas palavras serviram para acalmá-lo. Seus olhos observaram cada um daqueles três homens. Eles o olhavam com estranheza. Sabia que devia estar em algum lugar na Cornualha, porém não tinha como ter certeza.

Algo que já rondava seus pensamentos durante seus últimos momentos acordado em Boscastle havia voltado à sua mente, algo resolvido e, de alguma forma, negligenciado. Limpou a garganta.

– Vocês telegrafaram para o meu primo? – perguntou. – O nome dele é Warming, ele mora na Chancery Lane, número vinte e sete.

Todos estavam atentos às suas palavras. Mas ele precisou repetir.

– Mas que sotaque estranho! – sussurrou o ruivo.

– Telegrafar, senhor? – disse o jovem de barba loira, claramente confuso.

– Ele quer dizer enviar um telegrama elétrico – disse o terceiro homem, um jovem simpático de dezenove ou vinte anos.

O homem de barba loira soltou uma exclamação ao entender.

– Que estúpido da minha parte! Pode ficar tranquilo que faremos isso, senhor – disse para Graham. – Acredito ser difícil… telegrafar para o seu primo. Ele não está em Londres agora. Mas não se preocupe com isso por enquanto; o senhor dormiu durante muito tempo e o importante é que o senhor se recupere. (Graham concluiu que aquela palavra era senhor, mas aquele homem a havia pronunciado como "senhore".)

– Ah! – disse Graham, e ficou quieto.

Tudo era muito intrigante, mas aparentemente essas pessoas em vestimentas esquisitas sabiam o que estavam fazendo. Ainda assim eles eram estranhos, e o quarto era estranho. Parecia que ele estava em um local novo. Ele teve um lampejo de desconfiança. Com certeza aquele não era um local de exposição pública! Se fosse, ele diria a Warming o que achava daquilo tudo. Porém, esse não era seu modo de agir. E, em um local de exibições públicas, ele não estaria nu.

Em seguida, de súbito, quase abruptamente, ele percebeu o que havia acontecido. Não houve um momento específico da descoberta, realmente não tinha como saber de nada. Ele simplesmente soube que seu transe havia durado muito tempo, como se tivesse conseguido ler os pensamentos daquelas pessoas e interpretado a surpresa nos rostos que o observavam. Ele os olhou com estranheza, cheio de emoções. Pareciam estar lendo seus olhos. Graham tentou abrir a boca para falar, mas não pôde. Um impulso estranho de esconder o que sabia tomou conta de sua mente quase que no momento da descoberta. Olhou para seus pés descalços, observando-os em silêncio. O impulso de falar havia passado. Não parava de tremer.

Deram-lhe um líquido rosa meio esverdeado fluorescente com gosto de carne, e a sensação de ficar mais forte voltou.

– Isso… isso me faz sentir melhor – disse ele com voz rouca, e houve um murmúrio de aprovação respeitosa. Agora ele sabia com certeza. Ele tentou falar e novamente não conseguiu.

Tentou forçar a garganta em uma terceira tentativa.

– Quanto tempo? – perguntou em um tom de voz controlado. – Por quanto tempo eu dormi?

– Por um tempo considerável – disse o homem de barba loira, olhando rapidamente para os demais.

– Quanto tempo?

O DORMINHOCO

– Muito tempo.

– Sim, sim – disse Graham, impaciente. – Mas quero... saber... saber, quantos anos? Muitos anos? Aconteceu alguma coisa, mas esqueci o que era. Sinto-me confuso. Mas vocês... – soluçou. – Vocês não precisam me proteger. Quanto tempo?

Ele parou, respirando com dificuldade. Esfregou os olhos e se sentou à espera de uma resposta.

Os homens começaram a conversar entre si.

– Cinco ou seis? – perguntou francamente. – Mais?

– Muito mais que isso.

– Mais?

– Sim, mais.

Ele olhou para aqueles homens e sentiu como se alguém estivesse torcendo os músculos de seu rosto. Voltou à pergunta.

– Muitos anos – disse o homem de barba ruiva.

Graham se sentou com muita dificuldade. Secou uma lágrima de seu rosto com uma de suas mãos enfraquecidas.

– Muitos anos! – repetiu. Ele fechou os olhos, abriu-os e olhou ao seu redor, observando cada coisa que não conhecia. – Quanto anos? – perguntou.

– O senhor deve se preparar para a surpresa.

– Bem?

– Mais que algumas centenas de anos.

Ele ficou irritado com a palavra estranha.

– Mais que uma o quê?

Dois daqueles homens falaram ao mesmo tempo. Algumas observações relacionadas sobre "decimais" que ele ainda não entendia.

– Quanto tempo, vocês disseram? – perguntou Graham. – Quanto tempo? Não me olhe assim. Digam-me.

Entre as observações ditas em voz baixa, seu ouvido captou algumas palavras: "Mais que alguns séculos".

– O quê? – gritou, virando-se para aqueles jovens que pensara ter ouvido. – Quem disse? O que foi isso? Alguns séculos!

– Sim – disse o homem de barba ruiva. – Duzentos anos.

Graham repetiu aquelas palavras. Ele estava preparado para ouvir uma resposta chocante, mas, mesmo assim, ouvir que ele havia dormido por séculos foi demais para ele.

– Duzentos anos – disse ele novamente, sentindo como se um buraco tivesse se aberto bem devagar na sua mente; e em seguida: – Ah, mas...

Eles não disseram nada.

– Vocês... vocês disseram...?

– Duzentos anos. Dois séculos – disse o homem de barba ruiva.

Houve uma pausa. Graham olhou para os rostos e percebeu que o que ele havia ouvido era, de fato, verdade.

– Mas não pode ser – disse queixosamente. – Estou sonhando. Transes. Transes não duram tanto. Isso não pode estar certo, é uma brincadeira que estão fazendo comigo! Digam-me... Há alguns dias, talvez, eu estava caminhando pelo litoral da Cornualha...

Sua voz falhou.

O homem de barba loira hesitou.

– Não sou muito bom em história, senhor – disse com voz fraca, e olhou para os outros.

– Foi isso, senhor – disse o mais novo. – Boscastle, localizada no antigo condado da Cornualha, a sudoeste do país. Ainda há uma casa lá. Eu já estive lá.

– Boscastle! – Graham se virou para o mais jovem. – Exatamente, Boscastle. Pequena Boscastle. Eu caí no sono, em algum lugar lá. Não me lembro exatamente onde. – Franziu a testa e sussurrou: – Há mais de duzentos anos!

Começou a falar rapidamente contraindo o rosto, mas sentia que seu coração estava gelado.

– Mas então, se faz duzentos anos, todas as pessoas que conheço, cada ser humano com quem já cruzei ou conversei alguma vez antes de cair no sono... Todos estão mortos.

Ninguém disse nada.

O DORMINHOCO

– A rainha e a família real, seus ministros, da Igreja e do Estado. Dos mais ricos aos mais pobres, todos eles... A Inglaterra ainda existe? Isso é um alívio! Londres ainda existe? Existe? Aqui é Londres, não é? E vocês seriam... meus assistentes... de custódia, assistentes de custódia. E eles...? Hein? Também são meus assistentes de custódia? – Ele sentou-se com uma expressão frágil no rosto. – Mas por que estou aqui? Não! Não digam nada. Fiquem quieto. Deixem-me...

Sentou-se em silêncio, esfregou os olhos e, quando voltou a abri-los, encontrou outro copo com um líquido rosa sendo-lhe entregue. Ele bebeu aquela dose. Assim que o fez, começou um choro natural e revigorante.

Em seguida, voltou a olhar para aqueles rapazes e, repentinamente, começou a rir entre as lágrimas, um riso bobo.

– Mas du-zen-tos anos! – disse ele. Fez uma careta engraçada e tornou a cobrir o rosto.

Depois de um tempo, acalmou-se. Sentou-se com as mãos sobre os joelhos, praticamente do mesmo jeito que Isbister o havia encontrado no penhasco de Pentargen. Sua atenção se voltou para uma voz firme e dominante, para os passos de alguém que se aproximava.

– O que estão fazendo? Por que não fui avisado? Não poderiam ter me dito algo? Alguém será responsabilizado por isso. Este homem não deve ser importunado. As portas estão fechadas? Todas as portas? Estou dizendo que ele não deve ser importunado de forma alguma. Ninguém deve lhe falar nada. Alguém contou alguma coisa para ele?

O homem de barba clara fez uma observação que não foi ouvida por Graham, que olhou por sobre seu ombro e viu um homem baixo, gordo e sem barba, nariz aquilino e pescoço e queixo robustos se aproximando. Sobrancelhas pretas, grossas e meio desgrenhadas, que quase se uniam entre o nariz e os olhos profundos, davam ao seu rosto uma expressão de estranheza. Ele olhou com certa desconfiança para Graham e, em seguida, seu olhar se voltou ao homem de barba loira.

– Vocês aí – disse em tom de irritação. – É melhor irem embora.

– Embora? – disse o homem de barba ruiva.

H. G. Wells

– Exatamente, saiam agora. Mas certifiquem-se de deixar as portas fechadas quando saírem.

Ambos os homens obedeceram àquela ordem, após olhar com suspeita para Graham, e, em vez de passar pelo arco como era esperado, ele caminhou diretamente em direção à parede oposta ao arco. Uma longa faixa desta aparentemente parede sólida se abriu de súbito, pairou sobre os dois homens e tornou a se fechar, e então Graham estava sozinho com o recém-chegado e com o homem de manto roxo e barba loira.

Por um breve período de tempo, o homem gordo pareceu ignorar Graham, mas começou a interrogar o outro, que decerto era seu subordinado, sobre o desempenho das suas obrigações. Ele falou claramente, mas usando frases que Graham pouco podia compreender. O despertar não causava apenas surpresa, mas também consternação e incômodo. Era claro que ele estava muitíssimo entusiasmado.

– Você não deve confundir a mente dele. – E repetiu muitas vezes.

Ao obter as respostas que queria, voltou-se rapidamente para Graham com uma expressão ambígua.

– Sente-se estranho? – perguntou.

– Muito.

– O mundo, como o enxerga agora, parece-lhe estranho?

– Suponho que preciso viver nele, por mais estranho que me pareça.

– Suponho que sim.

– Em primeiro lugar, será que poderia vestir roupas mais adequadas?

– Eles... – disse o homem e parou, e, em seguida o homem de barba loira olhou para ele e saiu. – Você logo terá roupas.

– É verdade mesmo que eu dormi duzentos anos? – perguntou Graham.

– Eles lhe disseram isso, não foi? Na verdade, foram duzentos e três anos.

Graham aceitou a verdade indiscutível com uma expressão de surpresa, levantando as sobrancelhas e abrindo a boca. Sentou-se em silêncio por um momento e, em seguida, fez uma pergunta.

– Tem alguma fábrica ou um dínamo por aqui?

Ele não esperou a resposta.

O DORMINHOCO

– Acho que as coisas mudaram muito, não é? – continuou. – Que gritaria é essa? – perguntou de repente.

– Nada – disse o homem de forma impaciente. – São as pessoas. O senhor entenderá tudo mais tarde, talvez. É como você mesmo disse: as coisas mudaram – disse secamente, suas sobrancelhas franziram, e ele o olhou como se estivesse tentando decidir algo em um momento de emergência.

– De qualquer forma, precisamos arranjar roupas para o senhor e outras coisas também. É melhor esperar aqui por enquanto. Ninguém vai se aproximar do senhor. O senhor provavelmente quer se barbear.

Graham coçou o queixo.

O homem de barba loira tornou a entrar no quarto, virou-se de súbito, ouviu por um momento, ergueu as sobrancelhas para o velho e saiu rapidamente em direção à sacada. O tumulto provocado por aquela gritaria começou a aumentar, e aquele homem gordo se virou e também ouviu. Proferiu alguns xingamentos e voltou a olhar para Graham com um olhar de poucos amigos. Houve uma confusão de muitas vozes, em tom normal e baixo, gritaria e berro, e, logo depois, mais confusão com sons de brigas. Em seguida, ouviu-se o som de algo quebrando, tal qual galhos secos. Graham tentou prestar atenção para ver se conseguia entender alguma coisa que viesse daquele tumulto.

De repente notou que uma frase se repetia uma e outra vez. Por um segundo, duvidou do que estava ouvindo.

Entretanto, com certeza, estas eram as palavras: "Mostre-nos o Dorminhoco! Mostre-nos o Dorminhoco!".

O homem gordo correu em direção ao arco.

– Incrível! – gritou. – Como eles sabem? Eles sabem? Ou só estão presumindo os fatos?

Houve uma possível resposta.

– Não posso ir – disse o homem. – Preciso cuidar dele. Mas pode gritar da sacada.

Houve uma resposta inaudível.

– Diga que ele não acordou. Qualquer coisa! Deixo com você.

Ele voltou correndo para o lado de Graham.

– O senhor precisa de roupas urgentemente – disse. – Não pode ficar aqui, e será impossível de…

Afastou-se com pressa, e Graham começou a gritar fazendo-lhe perguntas que não eram respondidas. Depois de um tempo, o homem voltou.

– Não posso lhe dizer o que está acontecendo. É muito complicado de explicar. Suas roupas logo estarão aqui. Sim, daqui a pouco. E depois poderei tirá-lo daqui. O senhor logo descobrirá todos os nossos problemas.

– Mas aquelas vozes. As pessoas estavam gritando?

– Algo sobre o Dorminhoco… É o senhor. Essas pessoas têm ideias um pouco malucas. Eu não sei do que se trata. Não sei de nada.

Um barulho estridente de sinos logo invadiu aquele ambiente já cheio de ruídos, e uma pessoa mais violenta correu até algumas ferramentas que estavam no canto do quarto. Ficou lá ouvindo por um instante, observando uma bola de cristal, mexendo a cabeça, e depois disse algumas palavras sem nexo; em seguida, caminhou até a parede por onde aqueles dois homens haviam desaparecido. Ela se abriu como uma cortina, e ele ficou lá aguardando.

Graham ergueu o braço e ficou surpreso ao descobrir a força que havia recuperado por ter tomado aqueles líquidos restauradores. Ergueu uma perna e a colocou do outro lado da poltrona e, em seguida, fez o mesmo com a outra. A cabeça já se mantinha firme. Ele mal podia acreditar na rápida recuperação. Conseguia sentir os membros.

O homem de barba loira voltou a entrar pelo arco e, assim que o fez, a abertura começou a se fechar na frente do homem gordo, e um homem magro e de barba grisalha entrou junto carregando vários rolos de tecidos e usando uma roupa apertada de cor verde-escura.

– Este é o alfaiate – disse o homem gordo fazendo um gesto de apresentação. – O senhor não pode usar preto. Eu não sei como veio parar aqui. Mas eu vou descobrir. Eu vou. O senhor será rápido? – perguntou ao alfaiate.

O homem de verde se inclinou e sentou-se na cama ao lado de Graham. Seu jeito era tranquilo, porém seus olhos estavam cheios de curiosidade.

O DORMINHOCO

– O senhor verá que a moda mudou, senhor – disse, voltando seu olhar para o homem gordo.

Ele começou a abrir os rolos rapidamente, e uma confusão de tecidos brilhantes caiu sobre seus joelhos.

– O senhor viveu durante um período essencialmente cilíndrico, o vitoriano, com a tendência de uso de chapéus. Sempre curvas circulares. Agora… – mostrou um pequeno aparelho de mesmo tamanho e aparência de um relógio, girou o botão e observou: uma pequena figura em branco apareceu de forma cinescópica na tela, andando e girando. O alfaiate pegou um tecido de cetim branco com tons de azul. – Este é o meu conceito para iniciar o seu tratamento – disse.

O homem gordo se aproximou de Graham.

– Temos pouquíssimo tempo – disse.

– Confie em mim – disse o alfaiate. – Minha máquina segue. O que acha disto?

– O que é isso? – perguntou o homem vindo do século XIX.

– Na sua época as pessoas mostravam desenhos – disse o alfaiate –, porém nós nos desenvolvemos e chegamos a isto aqui. – A pequena figura repetiu sua evolução, mas usando um modelo diferente. – Ou isso. – E, com um clique, outra pequena figura em um manto mais volumoso apareceu na tela. O alfaiate foi muito rápido em seus movimentos e olhou duas vezes em direção ao homem enquanto fazia tudo aquilo.

A parede voltou a se abrir, e um jovem franzino com características chinesas apareceu usando um tecido azul-claro e segurando uma máquina complicada, a qual empurrou, já que tinha rodas, para dentro do quarto. Incontinente, o pequeno cinescópio foi deixado no chão. Graham foi convidado a ficar em pé na frente da máquina, e o alfaiate murmurou algumas instruções ao rapaz, que respondeu com palavras que Graham não conseguiu reconhecer. O rapaz então se afastou para conduzir um monólogo incompreensível no canto do quarto, e o alfaiate puxou um número dos braços encaixados e que terminavam em pequenos discos, puxando-os para fora até que os discos ficassem planos novamente contra o corpo

37

de Graham, um em cada escápula, um nos cotovelos, um no pescoço, e assim por diante; portanto, lá estava, ele sendo vestido por completo. Ao mesmo tempo, outra pessoa havia entrado no quarto pela abertura na parede, atrás de Graham. O alfaiate ligou um mecanismo que iniciou um movimento rítmico sonoro das peças da máquina, e em outro movimento ele foi testando as alavancas, e Graham foi liberado. O alfaiate substituiu sua capa preta, e o homem de barba loira ofereceu a ele um copo com um líquido refrescante. Graham viu através do espelho um jovem pálido observando-o fixamente.

O homem gordo estava impaciente no quarto e, agora, finalmente se virava e ia em direção à sacada, de onde vinha o som de uma pequena multidão barulhenta. O jovem chinês entregou ao alfaiate um rolo de cetim azul, e os dois começaram a consertar o mecanismo, que passou a funcionar como uma máquina impressora do século XIX. Em seguida, fizeram a máquina funcionar de forma silenciosa no quarto, em um canto remoto perto de um fio torcido na parede. Fizeram algumas ligações, e a máquina começou a funcionar melhor e mais rápido.

– O que faz essa coisa? – perguntou Graham, apontando com o copo vazio para a máquina e tentando ignorar o fato de aquele jovem o estar encarando. – Isso é um tipo de força aplicada?

– Sim – disse o homem de barba loira.

– Quem é? – indicou o arco atrás dele.

O homem de roxo passou a mão sobre a barba, hesitou e respondeu em voz baixa:

– Ele é Howard, seu tutor-chefe. Então, senhor, é um pouco difícil de explicar. O Conselho escolheu um tutor e alguns assistentes. Este corredor tem sido, com algumas exceções, aberto ao público. Isso para que as pessoas possam satisfazer seus interesses. Essa é a primeira vez que fechamos as entradas. Mas eu acho, se não se importa, que prefiro que ele lhe explique melhor.

– Estranho – disse Graham. – Tutor? Conselho? – Em seguida, dando as costas ao jovem recém-chegado, perguntou em voz baixa: – Por que esse homem não para de olhar para mim? É um mesmerista?

O DORMINHOCO

– Mesmerista! Ele é um capilotomista.

– Capilotomista!

– Sim, do chefe. Seu salário anual equivale a seis dúzias de leões.

Aquilo pareceu uma bobagem enorme. Graham repetiu a última frase com assombro.

– Seis dúzias de leões? - perguntou.

– O senhor não teve leões? Acredito que não. O senhor tinha as antigas libras? Esta é a nossa unidade monetária.

– Mas o que foi que você disse? Seis dúzias?

– Sim. Seis dúzias, senhor. É claro que as coisas, mesmo as menores, mudaram. O senhor viveu na época do sistema decimal, o sistema arábico, que incluía dezenas e poucas centenas e milhares. Agora temos outros algarismos. Temos números únicos para as dezenas, dois números para as dúzias, e as dúzias das dúzias fazem um bruto, uma grande centena, sabe, uma dúzia bruta equivale a um duzião, e um duzião de um duzião equivale a uma miríade. Simples, não?

– Acredito que sim – disse Graham. – Mas e esta capa, o que é?

O homem de barba loira olhou para trás.

– Aqui estão as suas roupas! – disse.

Graham se virou bruscamente e percebeu que o alfaiate estava atrás dele em pé, sorrindo e segurando algumas roupas novas. O rapaz chinês estava logo atrás, empurrando aquela máquina estranha em direção à mesma abertura por onde havia entrado. Graham ficou olhando para aquele traje.

– Você não quer dizer...!

– Prontinho – disse o alfaiate. Deixando as roupas aos pés de Graham, caminhou em direção à mesma cama onde Graham havia estado deitado até pouco tempo atrás, jogou-se naquele colchão e se voltou para o espelho. Assim que o fez, um sino tocou, e o homem gordo foi até o canto. O homem de barba loira correu até ele e, em seguida, correu em direção ao arco.

O alfaiate estava ajudando Graham a vestir aquela roupa roxa, meias, colete e calça, enquanto o homem gordo voltava do canto para se encontrar com o homem de barba loira que voltava da sacada. Eles começaram a conversar rapidamente em voz baixa; aquele tom tinha uma qualidade inconfundível de nervosismo. Sobre aquela roupa roxa seguiu-se outra roupa complicada de vestir, em tom de branco meio azulado, e Graham estava na moda mais uma vez e viu-se: rosto amarelado, sem barbear e ainda um tanto desgrenhado, porém pelo menos já não estava nu, e sim, de certa forma, apresentável.

– Preciso me barbear – disse olhando-se no espelho.

– Só um momento – disse Howard.

O olhar incessante parou. O jovem fechou os olhos, voltou a abri-los e com a mão estendida foi em direção a Graham. Em seguida, parou, gesticulando um pouco, e olhou para ele.

– Uma cadeira – disse Howard de forma impaciente, e logo o homem de barba loira pegou uma cadeira atrás de Graham. – Sente-se, por favor – disse Howard.

Graham hesitou e na outra mão do alfaiate viu algo de aço brilhar.

– Não entendeu, senhor? – perguntou o homem de barba loira com educação. – Ele vai cortar seu cabelo.

– Ah! – disse Graham havendo entendido o que estava acontecendo. – Mas você disse que ele era…

– Um capilotomista, justamente! Ele é um dos mais talentosos artistas do mundo.

Graham sentou-se abruptamente. O homem de barba loira desapareceu. O capilotomista se aproximou, examinou as orelhas de Graham e o questionou, sentindo sua nuca, e pediu que se sentasse novamente, para a sonora impaciência de Howard. Imediatamente e com movimentos rápidos e uma sucessão de instrumentos hábeis, ele raspou o queixo de Graham, aparou o bigode e cortou e alinhou o seu cabelo. Tudo isso o fez sem abrir a boca, com o arrebato da inspiração de um poeta. E, assim que terminou, Graham recebeu um par de sapatos.

De repente uma voz gritou bem alto – parecia ter vindo da maquinaria encostada no canto.

– Rápido… rápido. Todos na cidade sabem. O trabalho foi interrompido. O trabalho foi interrompido. Não espere nada, mas venham.

O DORMINHOCO

Esse grito pareceu perturbar Howard de forma exagerada. Pelos seus gestos, Graham achou que ele estava com dúvida entre duas direções. Abruptamente, ele foi em direção ao canto onde o aparelho estava e onde havia uma pequena bola de cristal. Quando chegou até ela aquela gritaria que vinha do arco e que havia continuado durante tudo aquilo, aumentou para um volume ensurdecedor, ecoou por todo o local e voltou a diminuir rapidamente. Isso deixou Graham bastante intrigado. Ele olhou para o homem gordo e, em seguida, obedeceu ao seu impulso. Em dois passos, ele desceu as escadas e foi pelo corredor e logo chegou à sacada onde aqueles três homens haviam estado.

AS VIAS MÓVEIS

Das grades da sacada, ele observou tudo. Sua aparição causou grande surpresa, e várias pessoas começaram a se aglomerar lá embaixo.

Sua primeira impressão foi com relação àquela arquitetura incrível. O local para onde ele estava olhando era um corredor de prédios titânicos curvando-se espaçosamente em toda direção. Acima, escoramentos enormes se uniam ao longo da enorme largura do local, e um traço de material translúcido tomava conta do céu. Esferas gigantescas brancas e brilhantes cortavam os raios de sol que passavam pelas vigas e pelos fios. Aqui e lá uma ponte suspensa parecida com uma teia de aranha cheia de marcas de pés passava pelo abismo, e o ar estava tomado por fios finos. Um edifício tão alto quanto uma colina pairava sobre ele, que percebeu isso quando olhou para cima, e a fachada oposta era cinza e fosca e estava quebrada por grandes arcos, perfurações circulares, sacadas, pilares, projeções de torreões, miríades com janelas enormes e um sistema intrincado de alívio arquitetônico. Através disso, tudo estava construído de forma horizontal e obliquamente em uma inscrição desconhecida. Aqui e lá, perto dos fios do telhado, tudo estava preso com uma firmeza peculiar e caía em uma curva íngreme à abertura circular no lado oposto. E, mesmo enquanto Graham notava tudo aquilo, a figura remota e minúscula de um rapaz em azul chamou sua atenção. Aquela pequena figura estava bem longe de toda a arquitetura, destacava-se de uma pequena borda de alvenaria e segurava algumas cordas quase invisíveis que dependiam da linha. De repente, com um gesto rápido que fez o coração de Graham disparar, esse homem correu pela curva e desapareceu em uma abertura arredondada na lateral. Graham havia observado toda aquela região da sacada, e as coisas que havia visto em cima e atrás dele haviam chamado sua atenção, desviando-a de todo o resto. Então, ele viu a estrada! Não era uma estrada como Graham acreditava ser, já que no século XIX as únicas estradas e ruas eram pistas de terra batida, onde riachos haviam sido aterrados e os veículos passavam por trilhas estreitas. Essa estrada, no entanto, tinha noventa metros de largura e se mexia; tudo se mexia, menos no meio, a parte mais baixa. Por um momento, o movimento o deixou tonto. E foi aí que entendeu.

Embaixo da sacada, aquela estrada extraordinária passava rapidamente à direita de Graham, um fluxo sem fim avançando tal qual um trem expresso do século XIX, uma plataforma eterna de lâminas sobrepostas de forma transversal e estreita com pequenos espaços que permitiam seguir as curvas da rua. Sobre a plataforma havia assentos e alguns quiosques, porém passavam rapidamente por ele e, portanto, ele não conseguia ver o que havia dentro. Dessa plataforma mais próxima e rápida havia uma série de outras que iam para o centro do espaço. Cada uma delas se movia para a direita, uma mais lenta que a outra de cima, mas a diferença na velocidade era pequena o suficiente para permitir que alguém passasse de uma plataforma para a outra adjacente e pudesse passar e caminhar sem interrupção da estrada mais rápida à parada. Além daquela estrada do meio havia outra série de plataformas infinitas que passavam em diferentes velocidades à esquerda de Graham. E havia uma multidão de pessoas sentadas nas plataformas mais largas e rápidas; também se viam pessoas passando de uma plataforma para a outra embaixo, ou indo para o espaço central. Eram muitas pessoas. Uma multidão maravilhosamente diversificada.

– O senhor não pode ficar aqui – gritou Howard de repente ao seu lado. – Precisa voltar para dentro agora.

Graham não respondeu. Ouviu sem ouvir. As plataformas passavam, rugindo, e as pessoas gritavam. Ele notou haver mulheres e meninas de cabelos esvoaçantes, lindamente vestidas com laços que cruzavam as roupas na altura do colo. Em um primeiro momento, ele se assustou. Em seguida, percebeu que a nota dominante naquele caleidoscópio era o azul-claro que o menino que trabalhava para o alfaiate usava. Ele começou a ouvir os gritos de "O Dorminhoco. O que aconteceu com o Dorminhoco?" e pareceu que, apesar de as plataformas estarem cheias e corridas, subitamente mais pessoas apareceram, e, em seguida, mais tumulto. Ele viu pessoas apontar os dedos. Percebeu que aquela área central do outro lado daquela sacada estava cheia de pessoas usando exatamente aquele tom de azul. Algum tipo de confusão começou a acontecer. As pessoas pareceram estar sendo empurradas para as plataformas do outro lado e levadas contra a vontade. As pessoas se dispersavam assim que conseguiam sair daquela confusão e voltavam, em seguida, em direção à confusão.

– É o Dorminhoco. É o Dorminhoco mesmo – vozes gritavam.

– Não é o Dorminhoco – outros gritavam.

Mais e mais rostos se voltavam em sua direção. Nos espaços dentro daquela área central, Graham notou algumas aberturas, fossas, aparentemente as escadas desciam enquanto as pessoas tentavam subir por elas e acabavam descendo. A confusão parecia se aproximar ao máximo dele. As pessoas desciam das plataformas móveis, pulando de uma para a outra. A aglomeração nas plataformas superiores parecia dividir seu interesse entre esse ponto e a sacada. Um número de pequenas figuras resistentes vestindo uniformes vermelhos trabalhava metodicamente e parecia tentar evitar o acesso à escada que descia. Ao redor dessas pessoas havia uma multidão que rapidamente se acumulava. A cor brilhante do uniforme contrastava com o azul-claro das demais, fato que tornava aquela briga incontestável.

Enquanto ele via essas coisas, Howard gritava em seu ouvido e chacoalhava seu braço. Em seguida e repentinamente, Howard saiu, e ele ficou lá parado sozinho.

Graham notou que o volume dos gritos de "O Dorminhoco" aumentava a cada instante e que as pessoas que se encontravam na plataforma mais

O DORMINHOCO

próxima estavam de pé. A plataforma mais próxima e mais rápida estava vazia à sua direita, e do outro lado, na plataforma oposta, as pessoas estavam se amontoando e andando a pé. Com uma rapidez incrível, uma multidão havia se acumulado no espaço central diante de seus olhos. Uma densa massa de pessoas e os gritos avolumavam-se, indo de um grito irregular para um clamor incessante: "O Dorminhoco! O Dorminhoco!". E, entre brados e aplausos, uma onda bramia: "Parem as vias!". Também gritavam um nome desconhecido para Graham. Parecia algo como "Ostrog". As plataformas mais lentas logo se encheram de pessoas correndo contra o movimento para poderem ficar de frente para ele.

– Parem as vias – gritavam.

Figuras ágeis foram rapidamente da área central para a via expressa mais próxima a ele e começaram a correr e a gritar coisas estranhas, coisas ininteligíveis, e voltaram à área central. Uma coisa ele conseguiu identificar:

– É o Dorminhoco mesmo. É o Dorminhoco mesmo – gritavam.

Por um tempo, Graham ficou parado, imóvel. Em seguida, acordou e percebeu que tudo aquilo estava acontecendo por sua causa. Feliz pela maravilhosa popularidade, ele se inclinou e, procurando receber um gesto como resposta, ergueu o braço e acenou. Ficou extremamente atordoado pela violência e o tumulto que provocou. O tumulto que acontecia na escada que descia gerou violência. Ele notou sacadas cheias, com homens subindo nelas usando cordas, mais parecendo estar em um trapézio, e gritando. Ouviu vozes atrás dele, uma multidão de pessoas descendo as escadas pelo arco. De repente, percebeu que seu tutor, Howard, estava de volta, agarrando seu braço com violência e gritando algo que ele não conseguia ouvir.

Ele se virou, e o rosto de Howard estava branco.

– Volte – ouviu. – Eles vão desligar as vias. A cidade entrará em um caos total.

Ele percebeu que havia vários homens que corriam pelo corredor dos pilares azuis atrás de Howard, o homem ruivo, o homem de barba loira, um homem alto usando uma roupa vermelha, uma multidão de outros em vestimentas vermelhas que seguravam bastões, e todas essas pessoas estavam com uma expressão de raiva.

– Tirem ele daqui – gritou Howard.

– Mas por quê? – perguntou Graham. – Eu não vejo…

– O senhor deve sair daqui agora! – disse o homem de vermelho com voz resoluta. Seu rosto e seus olhos também eram resolutos. Graham começou a observar o rosto de cada um deles e subitamente sentiu o sabor mais desagradável da vida: a coação. Alguém o agarrou pelo braço… Ele começou a ser arrastado para longe. Parecia que, de repente, aquele tumulto havia se tornado dois, como se metade dos gritos que ele havia ouvido vindo daquela estrada maravilhosa tivesse se espalhado pelos corredores do prédio atrás dele. Maravilhado e confuso, sentindo um desejo impotente de resistir, Graham foi meio levado, meio empurrado, em direção ao corredor de pilares azuis, e, de repente, viu a si mesmo sozinho com Howard em um elevador que subia rapidamente.

O SALÃO DO ATLAS

Apenas cinco minutos se passaram do momento em que o alfaiate se despediu até Graham estar em um elevador. Mesmo se sentindo ainda um pouco tonto pelo tempo exagerado de sono e pela sensação de estar vivo naquela era tão desconhecida, sentia-se maravilhado. Era uma sensação de irracionalidade, como se tudo aquilo que vivenciava fizesse parte de um sonho muito realista. Ele ainda se via mais como um espectador perdido naquela loucura, mas estava começando a tomar as rédeas de sua vida. O que havia visto, em especial o último tumulto que havia presenciado do alto daquela sacada, havia mexido demais com ele e o fez sentir-se como um espectador de uma peça de teatro.

– Não estou entendendo – disse. – Qual é o problema? Eu estou muito confuso. Por que estavam gritando? Qual é o perigo?

– Nós temos nossos problemas – disse Howard. Seus olhos evitaram olhar para o rosto inquisidor de Graham. – Estamos em uma época complicada. E, na verdade, sua aparência e seu despertar justo agora têm certa ligação com tudo isso...

Sua forma de falar foi brusca; quase nem respirava. Parou abruptamente.

– Não estou entendendo – disse Graham.

– Eu explicarei mais tarde – disse Howard.

H. G. Wells

Ele olhou para cima bastante apreensivo, como se sentisse que o elevador estava subindo lentamente.

– Eu vou entender tudo melhor, sem dúvida, quando recuperar o controle sobre a minha vida – disse Graham perplexo. – Tudo será... uma grande surpresa. Agora, tudo é tão estranho. Tudo parece possível. Tudo. Até mesmo nos detalhes. Eu entendo que seu sistema numérico é diferente.

O elevador parou, eles saíram e entraram em um corredor estreito, porém longo, entre paredes altas. Havia um número extraordinário de tubos e grandes cabos.

– Que lugar enorme! – disse Graham. – Tudo isso é um edifício só? Que lugar é este?

– Este é um dos caminhos que levam a vários serviços públicos. Energia, entre outros.

– Aquilo na estrada era um problema social? Como é seu sistema de governo? Ainda há policiais?

– Muitos – disse Howard.

– Muitos?

– Cerca de catorze.

– Não entendo.

– Muito provavelmente não. Nossa ordem social vai lhe parecer muito complicada. Para dizer a verdade, eu mesmo não entendo muito bem. Ninguém entende. O senhor, talvez sim... Adeus. Precisamos ir até o Conselho.

A atenção de Graham estava dividida entre a necessidade urgente de obter algumas respostas e as pessoas nas passagens e nos corredores. Em um momento, sua mente se concentrava em Howard e nas respostas pouco claras e, em seguida, perdia o foco por causa das inúmeras coisas acontecendo ao seu redor. Nos corredores, assim como nas passagens, metade das pessoas parecia ser homens usando uniformes vermelhos. O tom azul-claro, antes tão predominante, já não aparecia. Invariavelmente esses homens olhavam para ele e cumprimentavam os dois enquanto passavam.

Tinha uma visão clara do longo corredor por onde estavam entrando, e havia algumas meninas sentadas em bancos inferiores como se estivessem em aula. Não viu nenhum professor, apenas um aparelho por onde

O DORMINHOCO

se podia ouvir uma voz. As meninas olharam para ele e seu condutor, e Graham se sentiu surpreso e curioso ao mesmo tempo. Porém, foi apressado antes que pudesse ter alguma ideia do que estava acontecendo. Ele achou que aquelas meninas conheciam Howard, não a ele, e que apenas se perguntavam de quem se tratava. Howard, ao que tudo indicava, era uma pessoa importante. Mas ele também era apenas o tutor de Graham. Aquilo era estranho.

De repente, chegaram a uma passagem no crepúsculo, e havia uma espécie de abertura por onde se viam os pés e os tornozelos das pessoas que iam e vinham. Em seguida, viu algumas galerias – pelo menos era o que pareciam para ele – e transeuntes perplexos virando a cabeça para olhar aqueles dois acompanhados pela guarda de vermelho.

O estímulo restaurador havia sido temporário. Ele estava se cansando rapidamente, por causa de toda aquela confusão. Pediu a Howard que reduzisse o passo. Entraram em um elevador que tinha uma janela, e ele pôde ver aquela rua enorme, mas a porta não se abriu, e eles acabaram lá no alto, de onde não era possível ver as plataformas móveis. Porém, viu as pessoas ir de um lado para o outro através de cabos e pontes estranhas de aparência frágil.

E assim atravessaram a rua pelo alto. Passaram por uma ponte estreita envidraçada – o vidro era tão transparente que Graham até se sentiu um pouco tonto. O piso também era de vidro. Ele começou a se lembrar dos penhascos entre New Quay e Boscastle, uma lembrança distante em tempo, porém recente em sua memória, e ele começou a imaginar que poderiam estar a quase cento e vinte metros de altura. Parou, olhou por entre as pernas e viu uma multidão de azul e vermelho. O tempo pareceu parar. Conseguia ver as pessoas ainda brigando e gesticulando em frente àquela pequena sacada lá embaixo, uma sacada de brinquedo, era o que lhe parecia, onde havia estado até pouco tempo. Uma leve neblina e o brilho de esferas enormes de luz escureceram tudo. Um homem sentado em uma espécie de berço se encontrava em um ponto um pouco mais alto que aquela ponte estreita. Fez um movimento brusco com um cabo e pareceu até estar caindo. Graham parou para assistir àquilo enquanto o estranho

H. G. WELLS

desaparecia por uma abertura enorme e circular logo abaixo e, em seguida, seus olhos voltaram a prestar atenção em todo aquele tumulto.

Ao longo de um dos trajetos mais rápidos havia uma multidão de pontos vermelhos, que logo se dividiu em indivíduos e foi dispersada nos trajetos mais lentos em direção à multidão na área central. Esses homens de vermelho pareciam estar armados com bastões ou cassetetes; pareciam estar atacando e empurrando as pessoas. Uma grande gritaria, berros de ira, urros, explosões, tudo isso presenciado pelo enfraquecido Graham.

– Vamos – gritou Howard, pegando-o pela mão.

Outro homem desceu pelos cabos. Graham tentou ver de onde ele vinha e observou, através do teto de vidro e da rede de cabos e vigas, formas que passavam de maneira rítmica como os moinhos de vento, por entre os quais se viam traços do céu embranquecido. Howard precisou apressá-lo na ponte. Estavam em uma passagem estreita e decorada com padrões geométricos.

– Quero ver mais – protestou Graham, resistindo.

– Não, não – exclamou Howard, agarrando seu braço. – Por aqui. Você deve vir por aqui.

E os homens de vermelho os seguiram, prontos para acatar as ordens de Howard.

Alguns homens negros usando um curioso uniforme preto e amarelo tal qual vespas surgiram pelo corredor, e um deles fez o gesto de abrir algo como uma porta para Graham, mostrando o caminho que deveriam seguir. Graham viu-se em uma galeria suspensa no final de uma grande câmara. O homem de preto e amarelo a cruzou, empurrou uma segunda porta e ficou parado esperando.

O lugar parecia ser uma antessala. Ele viu diversas pessoas na área central, e do outro lado havia uma porta enorme e imponente na parte superior de um lance de escadas e uma cortina pesada, porém era possível ver um corredor maior. Graham notou haver homens brancos de vermelho e homens negros de preto e amarelo parados na frente desses portais.

À medida que iam passando pela galeria, ele ouviu "O Dorminhoco", vindo de um sussurro de baixo e percebeu que todos começaram a

O DORMINHOCO

observá-lo. Eles entraram em outra pequena passagem que havia na parede daquela antecâmara e, em seguida, viu-se em uma galeria de trilhos de ferro de metal que passavam pela lateral daquele corredor enorme, que ele já havia enxergado por entre as cortinas. Entraram nesse salão por um canto, assim conseguiu ter uma ideia mais completa sobre aquele lugar enorme. O homem negro de uniforme de vespa ficou de parte como um empregado bem treinado e fechou a porta atrás dele.

Comparado a qualquer um dos locais que Graham havia visto até agora, este segundo corredor lhe pareceu decorado com extremo luxo. Em um pedestal na outra ponta, e mais brilhante do que qualquer outro objeto, havia uma enorme estátua branca de Atlas, forte e cansado, o globo sobre os seus ombros curvados. Foi a primeira coisa que lhe chamou a atenção, era tão grande, tão paciente e dolorosamente real, tão branco e simples. Salvo pela figura e pelo estrado no centro, aquele piso enorme do local era um vazio que brilhava. O estrado estava afastado. Teria sido uma mera placa de metal se não fosse pelo grupo de sete homens que se mantinha ao redor de uma mesa em cima dele e que lhe conferiam a devida importância. Estavam todos vestidos com uma túnica branca e pareciam ter surgido de seus assentos. Eles observavam Graham. No final da mesa, Graham percebeu que havia algo cintilante em alguns aparelhos mecânicos.

Howard o levou até o final do salão, até estarem bem longe daquela estátua gigantesca e imponente. E foi então que ele parou. Ambos os homens de vermelho que os haviam seguido até à galeria vieram e ficaram ao lado de Graham.

– Você deve ficar aqui por alguns minutos – murmurou Howard. Sem esperar pela resposta, afastou-se e correu pela galeria.

– Mas *por quê?* – perguntou Graham.

Ele fez como se fosse seguir Howard, mas seu caminho foi obstruído por um daqueles homens de vermelho.

– O senhor precisa esperar aqui – disse um deles.

– *Por quê?*

– Ordens, senhor.

– Ordens de quem?

– Ordens nossas, senhor.

Graham olhou com indignação.

– Que lugar é este? – perguntou em seguida.

– Quem são aqueles homens?

– São membros do Conselho, senhor.

– Que Conselho?

– O Conselho.

– Ah! – disse Graham, e, depois de uma tentativa igualmente infrutífera com o outro, andou um pouco e começou a observar aqueles homens de branco que estavam distantes, que o observavam e cochichavam entre si.

O Conselho? Ele percebeu que agora havia oito homens, apesar de não ter percebido como os demais haviam chegado. Eles não o cumprimentaram. Começaram a encará-lo como um grupo de homens do século XIX teria ficado parado e observando um balão distante que de repente aparecesse flutuando pelo céu. Que tipo de conselho precisava que um grupo de homens ficasse na presença da estátua de Atlas, longe dos olhos de qualquer curioso, neste espaço tão impressionante? E por que ele tinha de ser trazido à presença dessas pessoas, ser observado com estranheza e ter de ouvir palavras que não entendia? Howard apareceu embaixo, andando rapidamente naquele chão encerado e indo em direção a eles. À medida que se aproximava, ele se inclinou e realizou alguns movimentos peculiares, como se fossem parte de algum tipo de cerimônia. Então, ele subiu os degraus do estrado e se posicionou em frente a um aparelho no final da mesa.

Graham assistiu àquela conversa inaudível. Ocasionalmente, um daqueles homens de branco olhava na direção dele. Em vão, ele tentou ouvir alguma coisa. Os gestos daqueles homens conversando se tornaram mais expressivos. Ele espiou os rostos passivos de seus guardas. Quando voltou a olhar, Howard estava estendendo as mãos e mexendo a cabeça como se estivesse protestando. Foi interrompido – ou assim pareceu – por um dos homens de branco, que bateu na mesa.

Para Graham, a conversa pareceu durar um tempo interminável. Seus olhos se ergueram para aquele gigante estático em cujos pés o Conselho

O DORMINHOCO

estava sentado. Assim, eles caminharam finalmente em direção às paredes do corredor. Aquela parede estava decorada com lindos painéis coloridos com características orientais. Esses painéis estavam agrupados em uma enorme e elaborada estrutura metálica e escura, que passava por uma cariátide metálica pertencente às galerias e pelas grandes linhas estruturais do interior. A graça desses painéis destacava a grandiosidade do esforço em construir aquele local. Os olhos de Graham se voltaram para o Conselho, e Howard estava descendo os degraus. Conforme se aproximava e as feições ficavam mais evidentes, Graham viu que ele estava ruborizado e as bochechas quase explodiam. O semblante ainda parecia pesado quando começou a caminhar pela galeria.

– Por aqui – disse ele de forma concisa, e foram em silêncio até uma pequena porta que se abriu quando chegaram até ela. Havia dois homens de vermelho, um em cada lado da porta. Howard e Graham passaram, e Graham, voltando o olhar para trás, viu o Conselho de branco ainda parado junto com um grupo e olhando para ele. Em seguida, a porta se fechou atrás dele com uma batida forte e, pela primeira vez desde seu despertar, ele estava em silêncio. O chão, plano, não fazia nenhum ruído sob seus pés.

Howard abriu outra porta e entraram na primeira das duas câmaras contíguas de cor branca e verde.

– Que Conselho era aquele? – começou Graham. – O que eles estavam discutindo? O que eles têm a ver comigo?

Howard fechou a porta com cuidado, deu um suspiro profundo e disse algo em voz bem baixa. Caminhou cabisbaixo pela sala e se virou, com as bochechas novamente avermelhadas.

– Ugh! – grunhiu, sentindo-se aliviado.

Graham ficou ali parado olhando para ele.

– Você precisa entender – começou Howard abruptamente, evitando olhar nos olhos de Graham – que a nossa ordem social é muito complexa. Metade de uma explicação, uma frase mal compreendida, já seria motivo para uma falsa impressão. De fato, é um caso que tem muitas vantagens; sua pequena fortuna e a fortuna que seu primo, Warming, deixou para você, e outras fontes que se tornaram muito consideráveis. Em outras palavras, isso será difícil para você entender, você se tornou uma pessoa importante, de considerável importância, envolvido em questões globais.

Ele parou.

– E então? – perguntou Graham.

– Temos problemas sociais seríssimos.

– Sim?

– As coisas chegaram a tal ponto que, de fato, é aconselhável que você seja mantido aqui.

– Como prisioneiro! – exclamou Graham.

– Bem, pedimos para mantê-lo aqui.

Graham se virou para ele.

– Isso é estranho! – disse.

– Ninguém lhe fará mal.

– Nenhum mal!

– Mas você deve ser mantido aqui...

– Até que eu entenda o meu lugar, suponho.

– Precisamente.

– Muito bem, então. Comece. Que *mal*?

– Agora não.

– Por que não?

– Essa é uma longa história, senhor.

– Mais uma razão para eu começar imediatamente. Você diz que eu sou uma pessoa importante. Que gritaria foi aquela que ouvi? Por que a multidão gritava e se via animada pelo meu despertar e quem são os homens de branco que estavam naquele grande salão?

– Tudo na devida hora, senhor – disse Howard. – Sem rodeios, sem rodeios. Esta é uma daquelas vezes em que ninguém está tranquilo. Seu despertar... Ninguém esperava seu despertar. O Conselho está deliberando.

– Qual Conselho?

– O Conselho que você viu.

Graham fez um gesto petulante.

– Isso não está certo – disse ele. – Eu deveria saber o que está acontecendo.

O DORMINHOCO

– O senhor precisa esperar. Precisa mesmo esperar.

Graham sentou-se abruptamente.

– Bom, já que esperei tanto tempo para retomar minha vida – disse ele –, não custa nada esperar um pouco mais.

– É melhor – disse Howard. – Sim, é muito melhor. E devo deixá-lo sozinho. Dar-lhe espaço. Enquanto isso, preciso voltar para continuar conversando com o Conselho. Sinto muito.

E foi em direção à porta silenciosa, hesitou e desapareceu.

Graham caminhou em direção à porta, testou-a, descobriu que ela era extremamente difícil de abrir, virou-se e caminhou pela sala de forma inquieta. Andou em círculos pela sala toda e se sentou. Permaneceu sentado durante um tempo com os braços e os joelhos cruzados, roendo as unhas e tentando entender o caleidoscópio de impressões daquela primeira hora do seu despertar; aqueles espaços mecânicos enormes, aquela série interminável de câmaras e corredores, aquela confusão ruidosa e caótica ao redor daquelas estradas estranhas, o pequeno grupo de homens antipáticos que se encontrava logo abaixo daquela estátua colossal de Atlas, o comportamento misterioso de Howard. Já havia uma ideia em sua mente de que aquela confusão teria a ver com a herança dele, talvez uma herança pessimamente utilizada – com alguma importância e oportunidade sem precedentes. O que poderia ele fazer? E o silêncio ensurdecedor daquela sala era uma verdadeira prisão!

Graham teve a impressão, com uma convicção irresistível, de que aquela série de acontecimentos extraordinários era um sonho. Conseguiu fechar os olhos; porém aquele aparelho que marcava a hora não o ajudava a acordar.

Começou a tocar e a examinar tudo o que se encontrava dentro daquelas duas salas.

Ele se viu em um espelho ovalado e se deteve, em choque. Estava usando um traje elegante roxo e branco azulado, sua barba era grisalha e bem aparada, e seu cabelo, preto com algum toque de grisalho, bem penteado em um estilo totalmente desconhecido para ele, mas bonito. Parecia não passar dos quarenta e cinco anos, talvez. Por um momento, não se reconheceu.

E, quando o fez, soltou uma gargalhada.

H. G. Wells

– Que vontade de enviar uma mensagem a Warming agora! – exclamou.
– Fazê-lo me convidar para almoçar!

Daí pensou em se encontrar com os poucos conhecidos que teve na juventude, e, enquanto imaginava aquilo, percebeu que todos já estavam mortos há muitos anos. A realidade o abateu abrupta e profundamente. Ele parou de rir, e a expressão de seu rosto mudou para uma consternação pálida.

As lembranças do tumulto nas plataformas que se mexiam e da fachada gigantesca daquela rua maravilhosa se fizeram presentes. Os gritos daquela multidão voltaram de forma clara e muito viva, e aqueles conselheiros inaudíveis, distantes e pouco amistosos vestidos de branco, também voltaram à mente. Ele se sentiu insignificante, muito pequeno e inútil, alguém digno de pena. E tudo o que o cercava, o mundo como o conhecia era... estranho.

NOS CÔMODOS SILENCIOSOS

Graham concluiu a inspeção de suas salas. Foi a curiosidade, não o cansaço, que o manteve ali, andando de um lado para o outro. Ele notou que a sala interna era alta, e a abóbada do teto, bem formada, com uma abertura oblonga no meio que se abria em um funil no qual uma roda de ventiladores enormes parecia girar, levando o ar para cima do eixo. O ruído leve do seu movimento fácil era o único som claro naquele local tão silencioso. À medida que aquelas hastes giravam uma atrás da outra, Graham conseguia dar uma olhada no céu. Ele se surpreendeu ao ver uma estrela.

Chamou sua atenção o fato de que a luz brilhante que iluminava as salas se devia às luminárias de pouco brilho que havia nas cornijas. Não havia janelas. E ele começou a se lembrar de que não havia visto janela alguma ao longo das câmaras enormes e dos corredores pelos quais havia passado na companhia de Howard. Será que as janelas não existiam? De fato, havia janelas nas ruas, porém será que eram usadas para iluminação? Ou será que toda a cidade ficava iluminada tanto de dia quanto de noite o tempo todo, para que a noite jamais existisse?

Mais uma coisa lhe chamou a atenção: não havia lareiras em nenhuma das salas. Estariam no verão, e aquelas seriam moradias de verão,

H. G. WELLS

ou toda a cidade era aquecida ou resfriada? Ele se intrigou com aqueles questionamentos e começou a examinar a delicada textura das paredes, a cama simples, a forma engenhosa como tudo estava disposto, o que acabara praticamente abolindo o serviço de quarto. E, entre tudo, havia a ausência curiosa de um objeto em particular, um objeto de forma e cores graciosas, que ele havia achado ser muito bonito. Havia diversas cadeiras muito confortáveis, uma mesa com rodinhas que tinha em cima diversas garrafas de bebidas e copos, e dois pratos com uma substância parecida com uma gelatina. Em seguida, notou que não havia livros nem jornais nem nenhum material escrito.

– O mundo realmente mudou – disse.

Ele observou um lado inteiro da sala externa onde havia colunas feitas de cilindros duplos peculiares inscritos em letras verdes sobre um fundo branco, o que deixava aquelas colunas parecendo objetos de decoração, e no centro desse lado, dando para a parede, havia um pequeno aparelho branco com menos de um metro quadrado. Em frente, uma cadeira. Ele pensou que aqueles cilindros poderiam ser livros, ou um substituto moderno dos livros, mas em um primeiro momento não era o que parecia.

As letras escritas naqueles cilindros o intrigaram. A princípio, pareciam russo. Em seguida, notou uma similaridade com o inglês mal escrito, por causa de certas palavras.

"oi Man huwdbi Kin"

Se forçasse um pouco, parecia ser: *O homem que seria rei.*

– Grafia fonética – disse.

Lembrou-se de ter lido uma história com esse título, então lembrou-se da história por completo, uma das melhores do mundo. Mas aquela coisa na sua frente não era um livro como aqueles que ele costumava ler. Ele conseguiu decifrar os títulos encontrados em dois cilindros adjacentes. *O coração da escuridão* e *A madona do futuro*, dos quais nunca ouvira falar. Sem dúvida, se fossem histórias de verdade, teriam sido escritas por autores vitorianos.

O DORMINHOCO

Observou esse cilindro por um tempo, pensando, e então o colocou no lugar. Em seguida, voltou ao aparelho quadrado e observou o que havia feito. Ele abriu uma espécie de tampa e descobriu um cilindro duplo dentro. No canto superior, havia um pequeno pino parecido com uma campainha elétrica. Pressionou-o, e o barulho de um clique rápido começou a disparar, e cessou. Percebeu o som de vozes e música e viu cores na parte frontal. De repente, deu-se conta do que aquilo poderia ser e se afastou.

Na superfície plana, havia uma pequena foto, lindamente colorida, e nela figuras que se mexiam. Elas não somente se mexiam, como também conversavam entre si em um tom de voz bem baixo. Era como a realidade vista através de uma lente e ouvida através de um longo tubo. Seu interesse só aumentou diante daquela situação, que apresentava um homem andando e vociferando com uma bela, porém petulante mulher. Ambos usavam vestimentas que pareciam pitorescas a Graham.

– Eu trabalhei – dizia o homem –, mas o que você fez?

– Ah! – disse Graham.

Esqueceu todo o resto e se sentou na cadeira. Cinco minutos depois, ouviu algo sobre ele: "Quando o Dorminhoco acordar", frase usada jocosamente tendo como significado uma situação remota e incrível. Porém, em poucos minutos começou a enxergar aquelas pessoas como amigos íntimos.

Finalmente o drama em miniatura chegou ao fim, e a face quadrada do aparelho ficou branca.

Era um mundo estranho que agora conhecia de forma prazerosa, inescrupulosa, enérgica e sutil, um mundo que passava por uma grave crise econômica. Havia alusões que ele não compreendia, situações que permitiam estranhas sugestões de ideais moralmente duvidosos. Havia sinais de ética dúbia. O tecido azul que tanto se destacara em sua primeira impressão das ruas da cidade apareceu novamente na roupa de um cidadão comum. Ele não tinha dúvida de que a história era contemporânea, e seu realismo intenso era inegável. O final havia sido uma tragédia que se abateu sobre ele. Sentou-se e ficou lá, encarando o branco da tela.

Ele a encarou e esfregou os olhos. Estava tão absorto com tantas coisas que havia visto no romance do dia anterior que acordou na pequena sala

H. G. Wells

verde e branca tão surpreso quanto no dia em que despertou de seu sono profundo.

Levantou-se e voltou ao seu país das maravilhas. A clareza do drama do cinescópio havia passado e também o tumulto nas ruas, e aquele Conselho pouco confiável e as rápidas fases de sua hora de vigília haviam voltado. Essas pessoas falaram sobre o Conselho, sugerindo uma vaga universalidade de poder. Falaram também sobre o Dorminhoco; e ele ainda não havia percebido de fato, até aquele momento, que ele era o Dorminhoco. Precisou lembrar-se das palavras exatas daquelas pessoas.

Graham foi até o quarto e ficou por lá, sincronizando sua permanência ao movimento do ventilador. À medida que o ventilador girava, sentia-se uma vibração fraca, que era o barulho da maquinaria, bastante rítmica. O resto era silêncio.

Apesar de aquele dia eterno ainda irradiar seu apartamento, ele notou uma pequena faixa do céu, agora azul-escura, quase preta, com várias pequenas estrelas.

Ele continuou a examinar as salas. Não conseguiu descobrir como abrir a porta acolchoada; não havia nenhuma campainha nem outra forma de chamar alguém. O fator surpresa já não existia; porém, ele estava curioso, ansioso por alguma informação. Queria saber exatamente qual era seu papel dentro de tudo aquilo. Tentou recompor-se para esperar até que alguém viesse buscá-lo. Em dado momento, começou a se sentir impaciente e quis ter alguma informação, para distrair-se, para experimentar novas sensações.

Ele voltou ao aparelho localizado na outra sala e logo havia descoberto como substituir os cilindros por outros. Quando o fez, passou por sua cabeça que esses aparelhos já se ajustavam ao idioma e que por isso ainda funcionavam bem e de forma clara após duzentos anos. Os cilindros casuais que ele havia substituído tocavam uma fantasia musical. Em um primeiro momento era lindo e, em seguida, tornou-se sensual. Graham reconheceu o que lhe pareceu ser uma versão modificada da história de Tannhauser. A música não lhe era familiar. Porém, a interpretação era realista e com uma contemporaneidade desconhecida. Tannhauser não havia ido para Venusberg, mas para as Cidades dos Prazeres. Qual seria as Cidades dos

O DORMINHOCO

Prazeres? Um sonho, com certeza, a extravagância de uma escritora fantástica e voluptuosa.

Ele se interessou, ficou curioso. A história se desenvolveu com um toque de sentimentalidade estranhamente distorcida. Repentinamente não gostou. Deixava de gostar à medida que a história se desenrolava.

Sentiu uma revolução de sentimentos. Aquelas não eram figuras nem idealizações, mas realidades fotografadas. Ele não queria mais saber da Venusberg do século XXII. Esqueceu-se do papel interpretado pela modelo na arte do século XIX e sentiu uma indignação arcaica. Levantou-se furioso e meio envergonhado de si mesmo por ter testemunhado aquela coisa, mesmo estando só. Ele puxou o aparelho para a frente e, com certa violência, tentou parar seu funcionamento. Algo se rompeu. Uma fagulha roxa brilhou e deu um choque no seu braço. Quando tentou, no dia seguinte, substituir aqueles cilindros de Tannhauser por outro par, descobriu que o aparelho havia se quebrado.

Ele saiu disparado pela sala, lutando contra aqueles sentimentos ambíguos. As informações que obteve vindas dos cilindros e as coisas que havia visto o deixaram confuso e em conflito. Aquele aparelho lhe parecia a coisa mais incrível de todas em seus trinta anos de vida, algo que nunca havia experimentado. Estava tentando moldar uma imagem daquele futuro.

– Nós estávamos construindo o futuro – disse –, e nenhum de nós se deu ao trabalho de pensar que futuro era. E foi este aqui! O que foi que eles... O que foi que fizeram? Como foi que cheguei ao cerne de tudo isso?

Ele fora preparado para a vastidão da rua e da casa, e até mesmo para aquela multidão de pessoas. Mas não para os conflitos! Nem para a sensualidade sistematizada dos ricos!

Ele pensou em Bellamy, o herói cuja utopia socialista havia, tão estranhamente, antecipado aquela experiência. Mas aqui não havia utopia nem estado socialista. Ele havia visto já o suficiente e percebeu que ainda existia a antiga antítese do luxo, do desperdício e da sensualidade por um lado, e pobreza miserável, pelo por outro. Ele conhecia os fatores essenciais da vida e compreendia a correlação. E não somente as construções da cidade eram gigantescas, assim como as multidões, mas também as vozes que ouvia,

H. G. Wells

o nervosismo de Howard, a própria atmosfera mostrava o enorme descontentamento. Que país era aquele? Parecia ainda ser a Inglaterra, mas ainda assim estranhamente "não inglesa". Sua mente vislumbrou o resto do mundo e enxergou somente um véu enigmático.

Ele continuou a vagar pelo apartamento, examinando tudo, assim como um animal enjaulado. Sentiu-se muito cansado, tomado pela exaustão febril que não admite descanso. Ficou ouvindo o movimento do ventilador para ver se conseguia captar algum eco dos tumultos que acreditava que ainda continuavam na cidade.

Começou a falar consigo mesmo.

– Duzentos e três anos! – disse repetidas vezes, rindo com nervosismo. – Então eu tenho duzentos e trinta e três anos! O morador mais velho da cidade. Com certeza eles não reverteram a tendência do nosso tempo e voltaram à regra do mais velho. Minhas reivindicações são indiscutíveis. Resmungos, resmungos. Lembro-me das atrocidades búlgaras como se fosse ontem. "É uma grande era! Haha!" – Surpreendeu-se ao ouvir sua risada e, em seguida, riu novamente de propósito e mais alto. Em seguida, percebeu estar agindo de forma tola. – Pare – disse. – Pare!

Seus passos haviam ficado mais regulares.

– Este novo mundo – disse. – Não o entendo. Por quê? Tudo se resume a um porquê! Acho que eles podem voar e fazer todo tipo de coisas. Vou tentar me lembrar de como tudo começou.

Surpreendeu-se primeiro ao descobrir quão vagas haviam se tornado as lembranças de seus primeiros trinta e três anos. Ele se lembrava de fragmentos, em sua maioria eram momentos triviais, coisas sem grande importância que ele havia observado. Sua infância, em um primeiro momento, pareceu-lhe mais vívida; lembrou-se dos livros escolares e de certas lições sobre medições. Em seguida começou a se lembrar dos momentos mais importantes de sua vida, memórias da esposa, morta há muito tempo, e de sua influência mágica agora distante e quase perdida, lembrou-se de seus inimigos, dos seus amigos e dos traidores, de tudo o que havia levado a certas decisões, e de seus últimos anos de tristeza, de determinações que mudavam toda a hora, e, por último, de seus estudos árduos. Em pouco

O DORMINHOCO

tempo, percebeu que se lembrava de tudo; lembranças vagas, talvez, como algo deixado de lado, mas não estavam prejudicadas; pelo contrário, podiam ser rememoradas. E o tom era de uma tristeza profunda. Valeria a pena tentar rememorá-las? Fora um milagre ele ter sido arrancado daquela vida que havia se tornado intolerável.

Começou a voltar à sua condição atual. Lutava contra os fatos em vão. Tudo havia se tornado um inextricável emaranhado. Viu o céu através do ventilador, e ele estava rosado por causa da aurora. Uma antiga persuasão veio à tona, vinda dos cantos mais profundos da sua memória.

– Preciso dormir – disse. Parecia ser um alívio encantador que sua mente estressada precisava e que estava lhe provocando dor e peso nos membros. Foi em direção àquela cama estranha, deitou-se e dormiu.

Ele estava, de fato, destinado a se familiarizar com estes apartamentos antes de poder sair deles, já que permaneceu preso por três dias. Durante esse tempo, ninguém, exceto Howard, entrava na sua cela. A maravilha de seu destino se misturou e, de certa maneira, minimizou a maravilha de sua sobrevivência. Ele havia acordado para a humanidade e parecia que isso havia acontecido somente para ele ser arrastado para essa solidão inexplicável. Howard vinha regularmente para lhe dar líquidos nutritivos e que o sustentavam, e comida leve e gostosa, muito estranha para Graham. Howard sempre fechava a porta com cuidado quando entrava. Ele era cada vez mais gentil; porém, as questões que Graham levantava e que sempre eram contestadas dentro daquelas paredes à prova de ruído, ele nunca elucidava. Sempre fugia, o mais educadamente possível, de cada pergunta sobre o mundo exterior.

E, ao longo daqueles três dias, os pensamentos incessantes de Graham haviam ido longe demais. Tudo o que havia visto, todos aqueles artifícios elaborados para evitar que ele visse alguma coisa, tudo estava sendo gravado em sua mente. Ele debatia toda interpretação possível sobre sua posição, mesmo que houvesse uma chance de tê-la interpretado certo. As coisas que aconteciam lhe pareciam pouco críveis, por causa de sua reclusão. Quando finalmente chegou o momento de liberá-lo, ele estava pronto.

O esforço de Howard de aprofundar a impressão de Graham sobre sua própria estranha importância havia ido longe demais; a porta entre a abertura e o fechamento pareceu-lhe ser um momento de felicidade. Suas perguntas haviam se tornado cada vez mais claras e inquisidoras. Howard se afastava sempre sob protestos e reclamações. O despertar não estava previsto, ele repetia, e acabou acontecendo bem no momento em que havia uma convulsão social.

– Para explicar, preciso lhe contar a história que aconteceu há muitos anos – respondia Howard.

– A questão é a seguinte – dizia Graham. – Você está com medo de algo que eu devo fazer. De certa maneira eu sou um mediador, devo ser um mediador.

– Não é isso. Mas você tem, posso lhe dizer só isso, o aumento de seus bens, o que faz recair sobre você muitas chances de interferência. E tem influência, de certa forma, por causa de seu conhecimento do século XVIII.

– Século XIX – corrigiu Graham.

– De qualquer maneira, mesmo com seu conhecimento sobre o mundo antigo, ainda é muito ignorante no que se refere ao nosso Estado.

– Está me chamando de tolo?

– Certamente que não.

– Pareço ser o tipo de homem que agiria de maneira precipitada?

– Você jamais deveria ter tido reação nenhuma. Ninguém contava com seu despertar. Nunca alguém imaginou que você acordaria. O Conselho o cercou de cuidados. De fato, acreditávamos que você estivesse morto e simplesmente não se decompunha. Além disso, tudo é muito complicado. Não ousaríamos… Não enquanto você ainda estivesse meio acordado.

– Não é o suficiente – disse Graham. – Supondo que seja como diz, por que, então, não sou colocado a par dos fatos e de tudo que me possa fazer entender as minhas responsabilidades atuais? Acaso sou mais sábio hoje do que era há dois dias, quando acordei?

Howard mordeu o lábio.

– Eu me sinto, a cada hora, cada vez mais consciente. Tenho a sensação de que estejam omitindo informações de mim e que você seja o ponto central de toda essa trama. É este Conselho, ou comitê, ou o que quer que seja, que está cuidando dos meus bens? É isso?

O DORMINHOCO

– Essa suspeita... – disse Howard.

– Ugh! – disse Graham. – Agora, lembre-se de minhas palavras, será ruim para todos aqueles que me colocaram aqui. Será ruim. Estou vivo. Não duvide disso, estou vivo. A cada dia que passa meu pulso fica mais forte, e minha mente, mais clara e mais ágil. Já chega de calma. Sou um homem que voltou à vida. E quero viver... Viver!

O rosto de Howard se iluminou com uma ideia. Aproximou-se de Graham e disse, em tom de confidência:

– O Conselho o deixou aqui para seu próprio bem. Você é impaciente. Naturalmente, um homem cheio de energia! Acha este lugar entediante. Mas estamos ansiosos para que tudo o que possa desejar, cada desejo, todo tipo de desejo... Talvez haja algo. Há algum tipo de companhia?

Ele parou de falar.

– Sim – disse Graham, observando sua reação. – Tem sim.

– Ah! Agora! Fomos um tanto negligentes.

– Aquela multidão que estava naquelas ruas.

– Isso – disse Howard. – Temo que...

Graham começou a caminhar pela sala. Howard ficou parado na porta observando-o. O que a sugestão significava não estava tão claro para Graham. Companhia? Suponhamos que ele aceitasse a proposta e exigisse algum tipo de companhia? Será que seria possível, ao conversar com essa terceira pessoa, saber o motivo da briga que havia explodido tão ferozmente no momento em que ele acordou? Ele parou para pensar mais um pouco, e a sugestão se fez mais clara. Virou-se para Howard.

– O que quer dizer com companhia?

Howard ergueu os olhos e encolheu os ombros.

– Seres humanos – disse, com um sorriso curioso em seu rosto endurecido. – Nossas ideias sociais têm certa liberalidade superior, talvez, em comparação à sua época. Se um homem deseja substituir esse tédio pela companhia feminina, por exemplo, ninguém se escandalizará. Nós abrimos nossa mente e não pensamos mais em fórmulas. Em nossa cidade existe uma classe, uma classe necessária, não mais desprezada, discreta...

Graham ficou estarrecido.

– Passaria o tempo – disse Howard. – É algo que eu, talvez, devesse ter pensado antes, porém, para dizer a verdade, há tanta coisa acontecendo…
– E indicou o mundo exterior.

Graham hesitou. Por um momento, a figura de uma possível mulher dominou sua mente com uma atração intensa. Em seguida, o sentimento se transformou em ira.

– Não! – gritou. E começou a ir de um lado para o outro da sala. – Tudo o que diz, tudo o que faz, me convence de que há um problema muito preocupante. Eu não quero passar o tempo, como diz. Sim, eu sei. O desejo e a indulgência, de certa forma, são vida… e morte! Extinção! Durante a minha vida antes do meu sono eu já havia resolvido essa triste questão. Isso não vai acontecer novamente. Há uma cidade, uma multidão. E enquanto isso eu me encontro aqui como se fosse um coelho dentro de uma toca.

Sua ira foi aumentando. Ele se engasgou por um momento e começou a se debater. Debatia-se em fúria e começou a proferir xingamentos antigos. Seus gestos pareciam ameaças físicas.

– Eu não sei o que vocês querem. Estou no escuro, e você me mantém no escuro. Mas de uma coisa eu sei: estou sendo mantido aqui por nenhum bom motivo. Nenhum. Estou avisando… estou avisando sobre as consequências. Assim que recuperar meu poder…

Percebeu que qualquer ameaça poderia representar um perigo para si mesmo. Ele parou. Howard ficou ali parado observando-o com uma expressão de curiosidade.

– Levarei essa mensagem ao Conselho – disse Howard.

Graham teve um impulso momentâneo de pular em cima daquele homem e de machucá-lo. Isso deve ter ficado evidente em seu rosto. De qualquer forma, Howard foi rápido. Em um segundo, a porta silenciosa havia se fechado novamente, e o homem do século XIX estava sozinho.

Ele ficou parado, com as mãos meio erguidas e fechadas, baixando-as em seguida.

– Como tenho sido tolo! – disse e se enfureceu mais uma vez, caminhando pela sala e proferindo xingamentos. Durante muito tempo, ele pareceu ter perdido o controle, enfurecido sobre a situação em que se encontrava,

O DORMINHOCO

mergulhado na sua loucura, enfurecido com os patifes que o haviam aprisionado. Fez isso porque não queria parecer ter aceitado a situação de forma tranquila. Apegou-se à ira, porque temia o medo.

Viu-se pensando sobre sua prisão e que ela havia sido arbitrária; porém, sem dúvida os procedimentos legais – os novos procedimentos – desta época a permitiam. Com certeza, é claro, devia ser legal. Essas pessoas estavam duzentos anos mais avançadas na marcha da civilização do que a geração vitoriana. Portanto, era pouco provável que fossem menos... humanas. Ainda assim, elas haviam se desapegado de todos os padrões da civilização! Será que a humanidade era uma fórmula assim como a castidade?

Sua imaginação começou a funcionar e a sugerir coisas que poderiam ser feitas com ele. As tentativas de pensar, por mais que fossem lógicas e válidas, não levaram a lugar algum.

– Por que eles fariam qualquer coisa contra mim? Se piorar – viu-se dizendo para si mesmo –, eu poderia dar o que eles querem. Mas o que eles querem? E por que não me pedem em vez de tentarem me dar um golpe?

Ele voltou à sua preocupação anterior sobre as possíveis intenções do Conselho. Começou a reconsiderar os detalhes sobre o comportamento de Howard, os olhares sinistros e as hesitações inexplicáveis. Em seguida, por um tempo, sua mente mergulhou na ideia de fugir daquelas salas; porém, será que ele poderia mesmo fugir daquele mundo tão vasto e cheio de gente? Ele se daria pior que um fazendeiro saxônico que se visse perdido na Londres do século XIX. E, além disso, como alguém poderia fugir daquelas salas?

– Como alguém poderia se beneficiar se algo acontecesse comigo?

Ele pensou no tumulto, no grande problema social cuja causa era ele. Um texto, totalmente irrelevante e ainda assim curioso, surgiu no fundo da sua memória. Era algo que um Conselho dissera: "É conveniente para nós que um homem morra pelo povo".

OS TELHADOS DA CIDADE

À medida que os ventiladores instalados na abertura circular do teto seguiam sua rotação, era possível vislumbrar a noite, além de alguns sons próximos. E Graham, parado embaixo deles, lutando contra forças desconhecidas que o mantinham aprisionado e as quais havia desafiado, foi surpreendido pelo som de uma voz.

Prestou mais atenção e viu, entre o intervalo de rotação do ventilador, no escuro, o rosto e os ombros de um homem que o observava. Quando uma mão escura apareceu, foi logo atingida pelo ventilador e bateu em um pedaço amarronzado no canto daquela lâmina fina, e algo começou a cair no chão, pingando em silêncio.

Graham olhou para baixo: havia gotas de sangue nos seus pés. Ele tornou a olhar para cima, um tanto quanto animado. A figura havia desaparecido.

Permaneceu parado; todos os seus sentidos lhe diziam que havia alguém no meio daquela escuridão, aproveitando-se dela. Ele percebeu que havia algumas manchas desbotadas, porém escuras flutuando no ar. De formato irregular, elas começaram a cair em cima dele em círculos, vindas daquele ventilador. Um feixe de luz brilhou, as manchas ficaram brancas, e, em seguida, a escuridão voltou. Aquecido como estava, Graham percebeu que estava nevando a poucos metros dali.

O DORMINHOCO

Ele caminhou para dentro do quarto e logo estava de volta ao ventilador. Viu a cabeça de um homem passar por ali. Ouviu um sussurro. Em seguida, uma pancada dada com alguma coisa de metal, o som de um esforço, vozes, e as lâminas do ventilador deixaram de funcionar. Uma rajada de flocos de neve entrou no quarto e desapareceu antes de tocar o chão.

– Não tenha medo – disse a voz.

Graham ficou parado embaixo do ventilador.

– Quem é você? – sussurrou.

Por um momento, nada se ouviu a não ser a oscilação do ventilador, e, em seguida, a cabeça de um homem surgiu na abertura. Seu rosto apareceu quase de ponta-cabeça para Graham; seu cabelo escuro estava úmido e cheio de flocos de neve derretidos. Seu braço se ergueu na escuridão, segurando algo que não se podia ver. Tinha um rosto jovem e olhos brilhantes, e as veias de sua testa estavam inchadas. Ele parecia estar se esforçando para ficar naquela posição.

Durante vários segundos, nem ele nem Graham falaram.

– O senhor é o Dorminhoco? – perguntou, por fim, aquele estranho.

– Sim – disse Graham. – O que quer de mim?

– Venho da parte de Ostrog, senhor.

– Ostrog?

O homem no ventilador girou a cabeça para olhar direito para Graham. Ele pareceu estar ouvindo. De repente, ouviu-se um grito, e o intruso se afastou bem na hora em que o ventilador havia começado a funcionar de novo. E então não havia nada visível além da neve caindo.

Passaram-se cerca de quinze minutos antes que algo acontecesse perto do ventilador. O ruído metálico voltou, os ventiladores pararam, e o rosto reapareceu. Graham havia permanecido ali, no mesmo lugar, alerta e muito agitado.

– Quem é você? O que quer? – perguntou.

– Queremos falar com o senhor – disse o intruso.

– Queremos… Não consigo segurar mais. Estávamos tentando descobrir uma maneira de chegar até o senhor nesses três dias.

– É um resgate? – sussurrou Graham. – Uma fuga?

– Sim, senhor. Se preferir chamar assim.

– Vocês estão do meu lado, do lado do Dorminhoco?

– Sim, senhor.

– O que devo fazer? – perguntou Graham.

Houve uma luta. O braço do estranho apareceu, e sua mão estava sangrando. Seus joelhos também ficaram à vista por cima do canto do funil.

– Afaste-se de mim – disse ele e caiu pesadamente, batendo as mãos e um dos ombros aos pés de Graham.

O ventilador começou a funcionar e a fazer barulho. O estranho ajeitou-se e se levantou ofegante, pôs a mão no ombro machucado e, com os olhos brilhantes, focou a visão em Graham.

– O senhor é mesmo o Dorminhoco – disse ele. – Eu o vi enquanto dormia. Enquanto estava na lei que qualquer pessoa podia ir vê-lo.

– Eu era o homem que estava em transe – disse Graham. – Eles me prenderam aqui. Estou aqui desde que acordei, há pelo menos três dias.

O intruso pareceu querer falar, ouviu algo, voltou-se para a porta e subitamente deixou Graham, correndo em direção a ela gritando palavras incoerentes. Uma lâmina de aço brilhante surgiu em suas mãos, e ele começou a bater e bater nas dobradiças, numa sucessão rápida de golpes.

– Cuidado! – gritou uma voz.

– Oh! – A voz vinha de cima.

Graham olhou para cima, viu as solas de uns pés, firmes, e esses pés atingiram seu ombro com força e o jogaram no chão. Ele caiu de joelhos para a frente, o peso caiu em sua cabeça. Tentou levantar-se e viu um segundo homem lá em cima, sentado diante dele.

– Eu não o tinha visto, senhor – disse ofegante o homem. Ele se levantou e ajudou Graham a se levantar. – Está ferido, senhor? – perguntou, arfando. Uma sucessão de golpes pesados vindos do ventilador recomeçou. Algo caiu perto do rosto de Graham, e uma barra de metal branco surgiu, rodopiou e caiu no chão.

– O que é isso? – gritou Graham, confuso e olhando para o ventilador. – Quem é você? O que vai fazer? Lembre-se, eu não estou entendendo nada.

O DORMINHOCO

– Afaste-se – disse o estranho, e o tirou de baixo do ventilador enquanto outro pedaço de metal caía no chão.

– Queremos que o senhor venha conosco – disse o desconhecido. Graham voltou a olhar para seu rosto, viu que um novo corte havia mudado do branco para o vermelho em sua testa, e algumas gotas de sangue começaram a aparecer. – O seu povo clama pelo senhor.

– Ir para onde? Meu povo?

– Para o salão acima dos mercados. Sua vida corre perigo neste lugar. Temos espiões. Viemos a tempo. O Conselho já decidiu, hoje mesmo, que vai drogar o senhor ou matá-lo. E está tudo pronto. O povo sabe, a polícia dos Cata-ventos, os engenheiros e metade dos outros profissionais estão do nosso lado. Os salões estão lotados de pessoas gritando. A cidade inteira está contra o Conselho. Temos armas. – E limpou o sangue com a mão. – Sua vida corre perigo aqui…

– Mas por que armas?

– O povo se levantou para protegê-lo, senhor. O quê?

Ele se virou em direção ao homem que havia chegado primeiro e assoviou. Graham viu o primeiro deles gesticular para os dois e mandá-los se proteger, enquanto ele se escondia atrás da porta.

Quando se escondeu, Howard apareceu, com uma pequena bandeja em uma das mãos e o semblante cabisbaixo. Ele entrou e olhou para cima. A porta se fechou atrás dele, a bandeja se inclinou para o lado, e uma lâmina de aço o atingiu atrás da orelha. Ele caiu como uma árvore derrubada e ficou imóvel no chão da sala externa. O homem que o golpeara se agachou apressadamente, examinou seu rosto por um momento, levantou-se e voltou ao seu trabalho na porta.

De repente, tudo ficou escuro. As luzes infinitas da cornija haviam se apagado. Graham viu a abertura do ventilador, a neve caindo em cima dele e figuras escuras se movendo apressadas. Três se agacharam no ventilador. Um objeto escuro: uma escada estava sendo descida pela abertura, e uma mão apareceu segurando uma luz amarela piscante.

Ele hesitou. Mas aqueles homens, seus entusiasmos, suas palavras iam tão ao encontro de seus próprios medos do Conselho – e com sua ideia e esperança de um resgate – que não esperou mais nem um segundo. E seu povo o aguardava!

– Eu continuo sem entender – disse. – Mas confio. Digam-me o que fazer.

O homem com o corte na sobrancelha agarrou o braço de Graham.

– Suba a escada – sussurrou. – Rápido. Eles já devem ter ouvido algo…

Graham se agarrou da escada com as mãos, colocou o pé no primeiro degrau, virou-se, olhou por cima do ombro do homem que estava ao seu lado, com a ajuda daquela luz amarela, e viu o primeiro homem que apareceu para o seu resgate ir em direção a Howard enquanto ainda cuidava da porta. Graham se voltou para a escada, foi puxado por outro homem e ajudado por outros que estavam em cima e, em seguida, estava de pé em alguma superfície dura, fria e escorregadia do lado de fora do túnel de ventilação.

Ele tremeu. Sentiu a grande diferença na temperatura. Cerca de seis pessoas estavam ao lado dele, e pequenos flocos de neve tocavam mãos e rostos e derretiam. Estava tudo escuro, mas logo houve um clarão branco e violeta, e, depois, escuridão novamente.

Ele percebeu ter saído pelo telhado da imensa estrutura que havia substituído o enorme número de casas, ruas e espaços abertos da Londres vitoriana. O lugar onde estava era nivelado, com grandes fios de serpentina espalhados transversalmente em todas as direções. As rodas circulares de diversos moinhos pairavam pela cidade e eram tão grandes a ponto de se destacarem na escuridão e na neve. Havia um ruído ensurdecedor à medida que a luz branca destacava tudo de baixo, tocando os flocos de neve com um brilho efêmero, e formava um espectro evanescente na noite; aqui e lá, depreciado! Alguns mecanismos eólicos vagamente destacados tremulavam com faíscas furiosas.

Tudo isso ele foi apreciando aos poucos, já que seus salvadores estavam ao seu lado. Alguém jogou sobre ele uma capa grossa e delicada, que parecia mais um casaco de pele, e o amarrou na cintura e nos ombros. Tudo era dito de forma rápida e precisa. Alguém o empurrou para a frente.

O DORMINHOCO

Antes que ele pudesse entender o que estava acontecendo, uma figura escura o agarrou pelo braço.

– Por aqui – disse a figura, empurrando-o enquanto apontava para Graham um telhado plano na direção de um feixe de luz semicircular. Graham obedeceu.

– Cuidado! – ouviu-se uma voz, no momento em que ele tropeçou em um fio.

– Entre eles, não sobre eles – disse a voz. – Devemos nos apressar.

– Onde está o povo? – perguntou Graham. – O povo que me disseram que estava me esperando?

O estranho não respondeu. Soltou o braço de Graham quando o trajeto começou a ficar cada vez mais estreito e abriu caminho a passos apressados. Graham seguiu-os cegamente. Em um minuto, ele se viu correndo.

– Será que os outros estão vindo? – perguntou ofegante, sem receber uma resposta. Seu salvador olhou para trás e continuou correndo. Viraram e chegaram a um tipo de caminho aberto de metal, transversal àquele por onde vinham. Seguiram por essa via. Graham olhou para trás, mas a tempestade de neve havia escondido os demais.

– Vamos! – disse o guia. Correndo o mais rápido que podiam, aproximaram-se de um pequeno moinho de vento que girava rapidamente no ar.

– Paaare – disse o guia de Graham, e eles evitaram uma faixa infinita que corria pelo eixo da hélice.

– Por aqui! – E entraram em uma calha cheia de neve descongelada, entre duas paredes baixas de metal que chegavam à altura da cintura.

– Eu vou primeiro – disse o guia.

Graham puxou sua capa e o acompanhou. Em seguida, chegaram a um fosso estreito, o qual tiveram que pular, em direção à escuridão cheia de neve do outro lado. Graham deu uma olhada uma vez e viu que o fosso era escuro. Por um momento, arrependeu-se de ter ido até lá. Não quis olhar novamente, e seu cérebro estava a mil enquanto passava pela neve meio derretida.

Quando saíram do fosso, escalaram e apertaram o passo em um espaço largo com neve derretida, e até a metade daquele trajeto o caminho era

H. G. Wells

pouco iluminado. Ele hesitou ao ver tudo aquilo, porém seu guia correu, ignorando-o, e tiveram que subir alguns degraus escorregadios até alcançar um grande domo de vidro. Culminaram em um local redondo. Embaixo havia diversas pessoas que pareciam estar dançando, e a música ecoava por todo aquele domo. Graham imaginou ouvir um grito através da tempestade de neve, e seu guia correu até ele. Escalaram até chegar a um local onde havia moinhos de vento gigantes; um deles era tão grande que só a parte inferior de suas hastes passou rapidamente por eles e tornou a subir, perdendo-se na noite e na neve. Passaram pela enorme estrutura metálica que segurava tudo aquilo e finalmente chegaram em cima, em um lugar que tinha plataformas móveis assim como o local que Graham havia visto da sacada. Rastejaram-se, por causa da neve escorregadia, em uma superfície transparente que cobria essa rua cheia de plataformas.

Uma grande parte de cima do vidro estava cheia de orvalho, e Graham viu somente um pouco do que havia embaixo. No entanto, perto da ponta do telhado transparente, o vidro era mais visível, e ele se viu observando e olhando para tudo o que o cercava. Durante um tempo, apesar da pressa de seu guia, sentiu uma tontura forte que o fez se deitar sobre o vidro, sentindo-se mal e paralisado. Lá embaixo, podiam-se ver apenas algumas manchas e pontos. Era o povo daquela cidade que não dormia e que passava a vida sem ver a noite e as plataformas móveis funcionando sem parar. Mensageiros e homens de negócios passavam pelos cabos pendentes, e aquelas pontes frágeis estavam cheias de pessoas. Era como observar uma colmeia de vidro gigantesca, e ela estava bem embaixo dele, tendo somente uma grossa camada de vidro de dureza desconhecida que o impedia de cair. A rua parecia estar quente; Graham estava molhado dos pés à cabeça por causa daquela neve derretida e não conseguia sentir seus pés, tamanho o frio. Lá estava ele, em um lugar onde não conseguia se mover.

– Vamos! – gritou o guia, com um tom de terror na voz. – Vamos!

Graham chegou ao topo do teto com dificuldade.

Lá em cima, seguindo o exemplo do guia, deu meia-volta e escorregou de costas até o outro declive, em meio a uma pequena avalanche de neve. Enquanto escorregava, pensou no que lhe aconteceria se fosse de encontro

O DORMINHOCO

a uma falha no teto. Na beirada, tropeçou e caiu na neve meio derretida, agradecendo aos céus pelo chão firme. O guia já estava subindo por uma tela de metal que levava lá para cima.

Ao longo de todos aqueles flocos de neve que pairavam por lá, havia uma enorme quantidade de moinhos de vento. Ouviu-se, em seguida, aquele barulho ensurdecedor de rodas girando. Era um ruído mecânico de intensidade incrível que parecia vir simultaneamente de todos os pontos da região.

– Perceberam nossa fuga! – gritou o guia de Graham aterrorizado, e, de repente, como um clarão ofuscante, a noite se tornou dia.

Acima da neve, dos topos das hélices do moinho, surgiram mastros enormes carregando esferas de luz intensa. Eles recuaram e começaram a se deslocar em todas as direções. Observavam tudo, até onde seus olhos podiam enxergar em meio aos flocos de neve.

– Suba aí – gritou o acompanhante de Graham, e o empurrou em direção a uma grade de metal sem neve que corria como uma faixa entre duas extensões inclinadas de neve. A sensação de calor foi sentida imediatamente pelos pés de Graham, e um pequeno turbilhão de vapor veio dali.

– Vamos! – gritou o guia alguns passos adiante, correndo, sem esperar, por entre aquele brilho incandescente em direção aos suportes de aço do outro lado daqueles moinhos de vento. Graham, recuperando-se de seu choque, seguiu-o o mais rápido possível, convencido de que seria capturado.

Em questão de segundos, eles estavam em uma estrutura brilhante e com sombras escuras que se moviam embaixo daquelas rodas monstruosas. O guia de Graham continuou correndo por um tempo, e, de repente, virou-se e desapareceu naquela sombra escura bem aos pés de um suporte enorme. Mas, em um instante, Graham estava ao lado dele.

Esconderam-se ofegantes e ficaram observando.

A cena que Graham viu era selvagem e estranha. A neve havia quase cessado. Somente um floco atrasado caía de vez em quando sobre a cidade. Porém, toda aquela área diante deles estava tomada pelo branco da neve, o qual era quebrado somente pelas massas enormes, pelas formas em movimento e pelas longas faixas de escuridão impenetrável, um enorme número de titãs das sombras. Tudo isso os cercava; enormes estruturas metálicas, vigas de aço. Havia tão pouca humanidade… aquilo passava por sua cabeça, as pontas das hélices dos moinhos, mal se movendo, passavam em enormes curvas brilhantes, e esse brilho era cada vez mais acentuado. Fosse no lugar que fosse onde a luz brilhante da neve resplandecesse, em vigas e em faixas em funcionamento constante, toda aquela luz, toda aquela iluminação acabava com a escuridão. E, em meio a tanta atividade, que aparentava ter uma razão de ser, toda aquela desolação do mecanismo, encoberta de neve, parecia inutilizar toda a presença humana. Salvo aquelas pessoas, tudo parecia estar deserto e não frequentado pelo ser humano, assim como acontece com os campos nevados dos Alpes.

– Eles virão atrás de nós – gritou o líder. – Nós mal chegamos à metade do caminho. Por mais frio que faça, precisamos nos manter escondidos aqui, pelo menos até que a neve fique mais grossa novamente.

Seus dentes não paravam de bater.

– Onde estão os mercados? – perguntou Graham tentando ver alguma coisa. – Onde estão todas as pessoas?

Não ouviu resposta alguma.

– Veja! – sussurrou Graham, agachando-se e mantendo-se parado.

A neve voltou a ficar mais espessa. Deslizando em rodopios, surgiu daquele céu escuro algo indefinido e grande, e muito rápido. Desceu fazendo uma curva acentuada; tinha longas asas e um rastro de vapor de condensação atrás dele. Depois, subiu com uma rapidez incrível e planou no ar, voando na horizontal e fazendo uma curva acentuada. Em seguida, desapareceu naquela névoa. Graham pôde enxergar dois pequenos homens, minúsculos e ativos, vasculhando as áreas repletas de neve, procurando-o com o que pareciam ser binóculos. Por um segundo, aqueles homens estavam bem à vista, mas, de repente, soprou uma névoa espessa provocada pela neve, e eles já não estavam mais lá.

– Agora! – gritou o seu acompanhante. – Venha!

Ele puxou a manga de Graham e, quando deram por si, já estavam correndo e descendo por aquela galeria de aço embaixo dos moinhos de

O DORMINHOCO

vento. Graham, correndo cegamente, colidiu com o líder, que precisou se virar. Ele se viu dentro de um pátio muito escuro, que se estendia a perder de vista em ambos os lados. Parecia tê-los deixado presos, pois não conseguiam ir em nenhuma direção.

– Faça como eu – sussurrou o guia. Ele se deitou e rastejou até a beirada, empurrou a cabeça para a frente e se virou até liberar uma das pernas. Ele parecia procurar algo com o pé. Achou o que queria e foi deslizando até a beirada, até que chegou ao fosso. Sua cabeça reapareceu. – Tem um relevo – sussurrou. – Estará totalmente escuro. Faça como eu fiz.

Graham hesitou, desceu até lá de quatro, rastejou até a beirada e observou aquela escuridão aveludada. Por um breve momento, não teve coragem nem de continuar nem de voltar. Em seguida, sentou-se e deixou as pernas penduradas. Sentindo as mãos de seu guia o puxar, teve uma sensação horrível ao deslizar até a beirada e chegar ao insondável, molhado, e se viu em uma sarjeta lamacenta e tremendamente escura.

– Por aqui – sussurrou o guia, e começou a rastejar por aquele lugar todo coberto de gelo derretido, pressionando-se contra a parede. Ambos continuaram o trajeto por alguns minutos. Graham pareceu passar por centenas de estágios de angústia e, a cada minuto, sentia-se cada vez mais com frio, sujo e exausto. Em pouco tempo, deixou de sentir as mãos e os pés.

A calha seguia um trajeto de descida. Ele percebeu que estavam agora muitos metros abaixo da beirada dos edifícios. Corredores brancos refletiam formas espectrais pelas janelas acima deles como se fossem fantasmas. Eles chegaram ao final de um fio amarrado acima de uma dessas janelas. Mal se podia ver, e o que se via eram sombras impenetráveis. Subitamente, sua mão foi ao encontro das mãos do guia.

– Parado! – sussurrou o guia muito educadamente.

Ele olhou para cima e viu asas enormes pertencentes a uma máquina voadora planando devagar e sem fazer barulho por aquele céu azul acinzentado por causa da neve. Em seguida, desapareceu.

– Continue parado. Eles só estavam virando.

Ficaram parados por um tempo. O guia ficou de pé e alcançou os grampos daquele fio enrolado para tentar fazer alguma coisa.

H. G. WELLS

– O que é isso? – perguntou Graham.

A única resposta foi um choro fraco. O homem se agachou, imóvel. Graham observou bem seu rosto. Ele estava observando aquele céu brilhante, e Graham, seguindo seus olhos, viu a máquina voadora pequena, fraca e remota. Em seguida, viu que as asas se abriram dos dois lados e que começou a manobrar em direção a eles, e a cada instante parecia ser maior. Estava seguindo a borda daquele abismo em direção a eles.

O homem começou a se mexer freneticamente. Ele jogou duas barras transversais na mão de Graham, que não as viu, apenas soube o que eram por tê-las sentido. Elas tinham cordas finas presas a um cabo. Nas cordas, havia pegas feitas de elástico.

– Coloque a cruz entre as pernas – sussurrou histérico o guia – e agarre as prensas. Agarre firme, agarre!

Graham o fez.

– Pule – disse a voz. – Pelo amor de Deus, pule!

Graham não conseguia falar. Estava feliz porque a escuridão lhe permitia esconder o rosto. Ele não disse nada. Começou a tremer violentamente. Olhou para ambos os lados, para a sombra que se aproximava cortando o céu e partindo para cima dele.

– Pule! Pule, pelo amor de Deus! Ou eles vão nos pegar – gritou o guia, e com violência o empurrou para a frente.

Graham cambaleou bastante, soltou um choro nervoso, totalmente espontâneo; em seguida, quando aquela máquina voou sobre ele, caiu naquela fossa escura, sentado naquela cruz de madeira, segurando as cordas como se estivesse se agarrando à vida. Algo havia se rompido, algo havia se despedaçado contra a parede. Ele ouviu a polia daquela coisa zumbir na corda. Ele ouviu os pilotos gritar. Sentiu dois joelhos tocar suas costas… Ele estava em pleno ar, contorcendo-se e caindo. Toda a sua força estava nas mãos. Ele queria gritar, porém parecia estar sem ar.

Disparou em direção a uma luz que o cegava e que o fez agarrar aquilo com mais força. Reconheceu o corredor enorme com aquelas avenidas móveis, as luzes penduradas e as vigas entrelaçadas. Eles correram e foram

O DORMINHOCO

até ele, que ficou com a momentânea impressão de ver uma abertura grande e circular enorme que o iria engolir.

Novamente, estava no escuro, caindo, caindo, agarrando-se com as mãos doloridas. E de repente um ruído, uma luz cintilante, e ele se viu em um corredor extremamente brilhante com uma multidão de pessoas aos seus pés. O povo! Seu povo! Um proscênio; várias pessoas foram em sua direção, e seu cabo desceu até uma abertura à direita. Sentiu como se estivesse descendo mais lentamente e, de súbito, bem mais lento. Conseguiu, sim, ouvir gritos de "Está salvo! O Mestre. Ele está salvo!". Todas aquelas pessoas foram em sua direção com uma rapidez que, aos poucos, ia diminuindo. E então...

Ouviu o homem que descia atrás dele gritando aterrorizado, e aquele grito foi abafado por outro vindo lá de baixo. Percebeu que já não estava deslizando pelo cabo, mas caindo com ele. Houve uma gritaria, berros e crises de choro. Sentiu algo macio tocar sua mão estendida, e o impacto de uma queda brusca estava sendo sentido pelo seu braço...

Ele queria ficar parado enquanto as pessoas queriam carregá-lo. Ele achou que seria carregado até a plataforma e receberia alguma bebida, mas não tinha certeza. Não soube o que acontecera com o guia. Quando finalmente havia se acalmado e voltava a estar de pé; algumas mãos agitadas o ajudavam a ficar de pé. Encontrou-se, então, em um grande quarto, que, de acordo com sua experiência, havia sido o lugar onde ficariam os assentos inferiores. Aquilo parecia ser mesmo um teatro.

Um grande tumulto acontecia ao seu redor, uma gritaria forte, o berro de uma multidão enorme.

– É o Dorminhoco! O Dorminhoco está com a gente!

– O Dorminhoco está com a gente! O Mestre, o Mestre! O Mestre está com a gente. Ele está seguro.

Graham teve uma visão incrível de um grande salão lotado de pessoas. Não viu ninguém em particular. Estava, sim, consciente dos diversos rostos na sua frente acenando com os braços. Sentia a influência oculta de uma multidão enorme sobre ele, comprimindo-o. Havia sacadas, galerias, arcos enormes transmitindo um ar de antiguidade ao local e, para onde quer que se olhasse, havia pessoas, uma arena cheia, o local estava preenchido de pessoas animadas. Do outro lado do espaço mais próximo, jazia o cabo caído, parecendo uma cobra enorme. Fora cortado pelos homens que estavam dirigindo a máquina voadora na parte superior, desabando e caindo naquele corredor. Os homens pareciam estar arrastando aquilo para longe. Porém, o efeito era incerto, os vários edifícios vibravam e pulavam com toda a gritaria.

Ele estava ali parado e agitado e olhava para todas as pessoas que o observavam. Alguém o pegou pelo braço.

– Deixe-me ir até uma pequena sala – disse ele, chorando –, uma pequena sala. – E não conseguia dizer mais nada.

Um homem de preto se aproximou e pegou no seu braço também. Ele viu que alguns homens inoportunos estavam abrindo uma porta diante dele. Alguém o levou até um assento. Ele estava desconcertado. Sentou-se e cobriu o rosto com as mãos, tremendo violentamente, sem conseguir ter controle sobre o nervosismo. Ele já não estava mais usando a capa – não se lembrava de tê-la perdido. A mangueira roxa que havia visto estava preta pela umidade. As pessoas estavam indo em sua direção. As coisas estavam acontecendo, mas, por alguns instantes, pareceu não se importar com elas.

Ele havia fugido. Diversas pessoas lhe disseram para ele fazer isso. Sentia-se seguro. Eram essas as pessoas que estavam ao seu lado. Precisou de um tempo para retomar o fôlego. Em seguida, sentou-se e ficou lá sem se mexer, com as mãos sobre o rosto. Os gritos continuavam.

O POVO MARCHA

 Ele percebeu que alguém lhe apontava um copo com um líquido transparente. Olhou bem para a pessoa e viu que era um jovem negro com roupas amarelas. Ele se aproximou e pegou o copo, e em um minuto estava se sentindo melhor. Um homem alto vestindo uma túnica preta ficou parado ao lado dele e apontou para uma porta entreaberta no corredor. Esse homem estava gritando perto do seu ouvido e, ainda assim, o que era dito não era compreendido por causa do barulho enorme que havia naquele teatro imenso. Atrás do homem havia uma garota com uma túnica cinza prateada, que Graham, mesmo naquela confusão, notou como era linda. Os olhos escuros dela, cheios de admiração e curiosidade, fixaram-se nele, e seus lábios tremiam. Uma porta entreaberta fez com que ele conseguisse ver aquele lugar cheio de gente, com um tumulto sem sentido, muito barulho, com palmas batendo e muita gritaria. Tudo parava por um instante para voltar a acontecer um pouco depois, aumentando de intensidade. Assim foi por algum tempo, enquanto Graham permaneceu naquela pequena sala. Ele olhou para os lábios daquele homem com a túnica preta e supôs que estivesse explicando algo.

 Ele ficou observando aquela bagunça durante um tempo até que, de repente, levantou-se e tocou no braço do homem que gritava.

H. G. Wells

– Diga-me! – gritou. – Quem sou eu? Quem sou eu?

Os demais se aproximaram para ouvir suas palavras.

– Quem sou eu? – Seus olhos procuraram os rostos.

– Eles não lhe disseram nada! – gritou a garota.

– Digam-me, digam-me! – gritou Graham.

– Você é o Mestre da Terra. Você é dono de metade do mundo.

Ele não acreditou no que ouviu e resistiu à ideia. Fingiu não ter entendido, não ter ouvido. Ergueu a voz novamente.

– Acordei há três dias e fui prisioneiro durante esse tempo. Acredito que há algum tipo de disputa entre a população desta cidade. Estamos em Londres?

– Sim – disse o jovem.

– E as pessoas que estavam no grande salão do Atlas branco? O que elas têm a ver comigo? De certa forma elas estão envolvidas. Por quê, eu não sei. Drogas? Me parece que, enquanto eu dormia, o mundo enlouqueceu. Eu enlouqueci. Quem eram aqueles conselheiros do Atlas? Por que tentaram me drogar?

– Para torná-lo um homem insensato – disse o homem de amarelo. – Para evitar sua interferência.

– Mas por quê?

– Porque o senhor é o Atlas, senhor – disse o homem de amarelo. – O mundo está sob os seus ombros. Eles o governam em seu nome.

O barulho que havia no local cessou, e o silêncio foi interrompido por uma voz calma. Agora, de repente, passando por cima daquelas últimas palavras, veio um tumulto ensurdecedor, gritaria e batidas, aplausos e mais aplausos, vozes que gritavam e vibravam, sons, interrupções. Enquanto aquilo acontecia, as pessoas naquela pequena sala não conseguiam entender os gritos.

Graham ficou parado, sua inteligência parecia tê-lo deixado à mercê daquilo que ele acabara de ouvir.

– O Conselho – repetiu inutilmente; em seguida, proferiu um nome que lhe viera à cabeça. – Mas quem é Ostrog?

– Ele é o organizador da revolta. O nosso líder, em seu nome.

O DORMINHOCO

– Em meu nome? E você? Por que ele não está aqui?

– Ele nos escolheu. Eu sou irmão dele, seu meio-irmão, Lincoln. Ele quer que o senhor se mostre a essas pessoas e, em seguida, vá ao encontro dele. Foi por isso que ele nos enviou. Ele está nos escritórios dos Cata-ventos, dirigindo tudo. As pessoas estão marchando.

– Em seu nome – gritou o jovem. – Eles mandam, destroem, tiranizam. Finalmente receberão o troco…

– Em meu nome! Em meu nome! Mestre?

O mais jovem se fez ouvir durante uma pausa no barulho dos trovões lá fora, indignado e veemente, uma voz aguda e penetrante. O nariz aquilino dele estava vermelho, e ele tinha um bigode espesso.

– Ninguém esperava que o senhor fosse acordar. Ninguém. Eles foram ardilosos. Malditos tiranos! Mas foram pegos de surpresa. Eles não sabiam se deveriam drogá-lo, hipnotizá-lo ou matá-lo.

Novamente a multidão começou a se agitar.

– Ostrog está pronto, nos escritórios dos Cata-ventos… Há agora um rumor de que uma guerra está começando.

O homem que se dizia chamar Lincoln se aproximou dele.

– Ostrog planejou tudo. Confie nele. Nossos grupos estão prontos. Precisamos começar agora enquanto eles não se organizaram ainda… Talvez eles já estejam fazendo isso. Então…

– Este teatro público – gritou o homem de amarelo – é só um contingente. Temos cinco miríades de homens treinados…

– Temos armas – gritou Lincoln. – Temos planos. Um líder. A polícia deles saiu das ruas e estão em massa no… – Graham não pôde ouvir. – É agora ou nunca. O Conselho está se desfazendo. Eles não podem confiar nem mesmo em seus homens treinados…

– Ouça as pessoas chamando pelo senhor!

A mente de Graham era como uma noite clara e de poucas nuvens, ora escura e sem esperança, ora clara e estrelada. Ele era o Mestre da Terra, o homem que estava encharcado pela neve derretida. De todas aquelas impressões conflitantes que ele estava tendo, as mais predominantes apresentavam um antagonismo: de um lado estava o Conselho Branco, poderoso, disciplinado, de poucos, aquele de onde havia acabado de fugir; do outro lado, multidões monstruosas, massas de pessoas de todo tipo clamando pelo seu nome, chamando-o de Mestre. Aquele lado o havia aprisionado, debatido sobre sua morte. Essa massa de milhares gritando por trás daquela pequena entrada o havia salvado. Mas ele ainda não conseguia entender o porquê de tudo aquilo.

A porta se abrira, a voz de Lincoln foi abafada, e uma multidão de pessoas reiniciou o tumulto. Esses intrusos foram em sua direção, e Lincoln começou a gesticular. Vozes gritando e proferindo palavras que não eram compreendidas. "Mostre-nos o Dorminhoco, mostre-nos o Dorminhoco!" era o refrão usado. Alguns homens clamavam por: "Ordem! Silêncio!".

Graham virou-se em direção à porta aberta e viu uma figura alta e longa, e uma multidão entre gritos e confusão, todos clamando juntos, homens e mulheres, trajando vestimentas azuis, mãos estendidas. Muitos estavam de pé, um dos homens vestindo um trapo marrom-escuro, uma figura esquelética, estava de pé em cima de um assento e agitava um pano preto. Ele chamou a atenção da garota, que se virou para ele. O que essas pessoas esperavam dele? Ele ainda não fazia ideia de que aquele tumulto do lado de fora havia mudado na essência. Sua mente também havia se transformado porque estava enxergando uma realidade que não reconhecia. Ele não estava discernindo a influência que o estava transformando. Porém, quando o pânico estava começando a tomar conta dele, passou. Ele tentou fazer perguntas sobre o que aquelas pessoas esperavam dele.

Lincoln estava gritando no seu ouvido, mas Graham não conseguia ouvi-lo. Todos, salvo a mulher, gesticulavam. Ele percebeu o porquê daquele tumulto. Aquela massa de pessoas estava cantando. Não era apenas uma música, as vozes se uniam e vinham acompanhadas de uma música instrumental, como se entoada por um órgão, suave, com sons de trompetes, cartazes sendo exibidos, marchas e gritos de guerra. E os pés das pessoas marcavam o ritmo: marchar, marchar.

Ele foi levado à porta. Obedeceu de forma mecânica. A força daquela cantoria tomou conta dele, agitou-o, deu-lhe coragem. O salão abriu-se para ele, uma confusão enorme de cores vibrantes ao som daquela música.

O DORMINHOCO

– Acene para eles – disse Lincoln. – Acene para eles.

– Isso – disse uma voz do outro lado –, é disso o que ele precisa.

Havia braços na altura do seu pescoço segurando-o na porta, e um manto preto foi colocado sob seus ombros. Ele se soltou e seguiu Lincoln. Notou que aquela garota de cinza estava perto dele, seu rosto erguido e fazendo gestos de ovação. No momento em que ela olhou para ele, vermelha e animada como estava, o volume da música começou a aumentar. Ele emergiu na alcova novamente. Sem parar, as ondas cada vez mais crescentes da música o tocaram e ele precisava aparecer em meio a toda aquela gritaria. Guiado pelas mãos de Lincoln, ele marchou e foi até o centro do palco para encarar as pessoas.

O salão era um espaço vasto e complexo – galerias, sacadas, espaços amplos com escadarias típicas de um anfiteatro e um grande número de arcos. Longe dali, lá no alto, havia um corredor enorme cheio de pessoas. Toda aquela multidão se encontrava amontoada a ponto de haver congestionamento. Algumas figuras se destacaram no meio daquele tumulto, impressionando-o por um instante, e logo depois desapareceram novamente. Perto da plataforma havia uma linda mulher, carregada por três homens, seus cabelos cobriam o rosto e ela agitava um estandarte verde. Perto desse grupo, havia um velho cansado com vestes azuis mantendo-se firme em seu lugar, mas com dificuldade, e, um pouco mais atrás, um homem sem barba ou nenhum pelo no rosto e, ao gritar, via-se que sua boca era desdentada. Uma voz chamava aquela palavra enigmática, "Ostrog". Todas as suas impressões eram vagas, salvo a grande emoção que sentiu ao ouvir aquela música. A multidão estava marcando o ritmo com os pés, enfatizando o tempo, marchar, marchar, marchar, marchar. As armas verdes tremulavam, destacavam-se e balançavam. Em seguida, ele viu que as pessoas que estavam próximas também marchavam, indo em direção a um grande arco e gritando: "Até o Conselho!". Marchar, marchar, marchar, marchar. Ele levantou o braço, e aquele tumulto se fortaleceu. Lembrou-se de que deveria gritar: "Marchem!" Sua boca proferiu palavras heroicas que ninguém conseguia ouvir. Ele ergueu o braço novamente e apontou para o arco, gritando: "Em frente!". O povo já havia deixado de marcar o

H. G. WELLS

tempo, ele estava marchando; marchar, marchar, marchar, marchar. No meio daquelas pessoas havia homens barbados, velhos, jovens, mulheres sem armas, garotas. Homens e mulheres da nova era! Roupas ricas, trapos velhos, todos juntos no meio daquele movimento e ao lado do azul predominante. Um enorme cartaz preto abriu caminho à direita. Ele notou a presença de um homem negro usando um manto azul, uma idosa de amarelo, e, em seguida, um grupo de homens altos, de cabelo arrumado, brancos com um manto azul. Ele reparou também em dois chineses. Um jovem alto, amarelado, de cabelo escuro, de olhos brilhantes, vestindo uma roupa branca dos pés à cabeça, subiu em direção à plataforma gritando e gesticulando uma e outra vez, até que recuou e olhou para trás. Cabeças, ombros, mãos carregavam armas, e todos caminhavam marcando o passo.

Rostos se destacavam na multidão enquanto ele estava parado lá. Todos o encaravam, passavam e desapareciam. Homens moviam-se gesticulando para ele, proclamavam coisas pessoais que ele não conseguia entender. A maioria daqueles rostos estava vermelha, enquanto outros eram pálidos. Os doentes estavam lá, e muitos tinham as mãos esqueléticas e fracas, era o que ele via quando essas pessoas acenavam para ele. Homens e mulheres da nova era! Reuniões estranhas e incríveis! À medida que aquela gente deslocava-se à direita dele, corredores abarrotados de pessoas na parte superior daquele local as empurravam para baixo em uma incessante troca de gente. Marchar, marchar, marchar, marchar. O uníssono de vozes cantando aquela música era encantador, e todas elas ecoavam pelos arcos e corredores. Homens e mulheres se amontoavam nas fileiras; marchar, marchar, marchar, marchar. Parecia que o mundo todo estava marchando. Seu cérebro estava em êxtase. Aquelas vestimentas pareciam voar por onde passavam, os rostos expressavam a emoção do momento.

Sob a pressão de Lincoln, Graham foi em direção ao arco, caminhando naquele ritmo sem ao menos perceber que o fazia. Mal notava seu movimento no compasso da melodia e da agitação. A multidão, os gestos e a música, tudo ia para aquela direção, o fluxo de pessoas ia descendo até que todos estivessem lá embaixo e aos seus pés. Ele havia visto um trajeto protegido por guardas, e Lincoln à sua direita. Os assistentes intervinham e

O DORMINHOCO

quase sempre ficavam na frente da multidão que estava à esquerda. Diante dele se encontravam os guardas de preto, de três em três. Ele estava sendo conduzido por um pequeno caminho que cruzava por cima do arco, onde uma enxurrada de pessoas movia-se por baixo, enquanto gritavam para ele. Ele não sabia para onde ia nem queria saber. Atrás, viu uma vastidão de pessoas inflamadas. Marchar, marchar, marchar, marchar.

A BATALHA CONTRA A ESCURIDÃO

Ele já não estava mais naqueles corredores. Estava marchando com aquelas pessoas por uma galeria suspensa que passava por algumas das maiores ruas onde havia plataformas móveis que atravessavam a cidade. Diante e atrás dele se encontravam os guardas. Toda a extensão daquelas avenidas móveis estava repleta de pessoas marchando, indo para a esquerda, gritando, acenando com mãos e armas, podendo ser vistas a distância, ovacionando à medida que se aproximavam. Elas gritavam ao passar, ao recuar. Por fim, os globos de luz elétrica deixavam de iluminar e escondiam aquele mar de cabeças descobertas.

A música entoada em homenagem a Graham agora já não seguia o ritmo da música, era algo mais ofensivo e barulhento, e a batida dos pés em marcha misturava-se ao ruído dos passos irregulares daquelas pessoas que não conseguiam seguir o ritmo.

Graham notou um contraste. As edificações localizadas ao lado oposto daquela estrada pareciam desertas, as pontes e os cabos suspensos estavam vazios e escuros. Ele pensou que tudo aquilo também deveria estar repleto de gente.

Uma emoção curiosa, latejante, muito rápida! Graham parou novamente. Os guardas à sua frente continuavam marchando; aqueles que o seguiam pararam quando ele também parou. Ele olhou na mesma direção que as pessoas. Aquela sensação tinha algo a ver com as luzes.

Em um primeiro momento lhe pareceu algo que estava afetando as luzes, um fenômeno isolado, que não tinha nada a ver com o que acontecia lá embaixo. Era como se cada um dos globos incandescentes estivesse apertado, comprimido em uma sístole seguida por uma diástole transitória, e novamente uma sístole, uma escuridão, luz, escuridão, em uma rápida alternância.

Graham percebeu que esse estranho comportamento das luzes tinha a ver com as pessoas logo abaixo. O aparecimento das casas e das ruas, o surgimento das grandes massas mudara, tudo havia se tornado uma confusão de luzes fortes e sombras. Ele viu que a multidão de sombras havia se tornado agressiva, parecia ter começado a correr, a se espalhar e a aumentar de número rapidamente, para subitamente parar e voltar com mais força. A música e a marcha haviam parado. A marcha inteira, ele descobriu, estava presa. Houve um turbilhão, um fluxo lateral gritava: "As luzes!". Vozes gritavam em uníssono. "As luzes!" Ele olhou para baixo. Nessa dança da morte das luzes, a área da rua, subitamente, tornou-se uma armadilha terrível. Os enormes globos brancos ficaram avermelhados, piscavam, piscavam cada vez mais rápido, tremulavam entre a luz e a extinção. Eles pararam de piscar, e a luz começou a ficar mais fraca, havia somente um brilho vermelho em meio à total escuridão. Em dez segundos estava tudo escuro, e a única coisa que havia era uma escuridão gritante, uma escuridão monstruosa que, repentinamente, engoliu aquela multidão de homens.

Ele sentiu que formas invisíveis o estavam observando; seus braços foram agarrados. Algo afiado encostou no seu queixo. Uma voz sussurrou em seu ouvido:

– Está tudo bem, tudo bem.

Graham finalmente saiu do choque que sentiu em um primeiro momento. Ele encostou sua testa na de Lincoln e gritou:

– Que escuridão é essa?

– O Conselho cortou a luz da cidade. Precisamos esperar. O povo vai continuar. Eles vão...

H. G. WELLS

Sua voz se embargou. As vozes gritavam: "Salvem o Dorminhoco. Salvem o Dorminhoco". Um guarda tropeçou em Graham e acabou machucando a mão dele, sem querer, com a arma. Houve o início de um tumulto grande ao seu redor, cada vez mais crescente; parecia-lhe cada vez mais barulhento, maior e mais furioso a cada instante. Ele conseguia reconhecer alguns sons, mas logo se afastavam. As vozes pareciam gritar ordens contraditórias, outras vozes respondiam. De repente, ouviu-se uma sucessão de gritos agudos perto deles.

Uma voz sussurrou em seu ouvido:

– A polícia vermelha. – E se foi, apesar da tentativa de Graham de fazer algumas perguntas.

Um som crepitante começou a se distinguir, e lá, com um uma sucessão de *flashes* bem fracos, começou a se espalhar por todos os lados. Com a ajuda daquela luz um tanto fraca, Graham viu cabeças e corpos de vários homens, empunhando armas parecidas com as que os seus guardas usavam. Toda aquela área começou a estalar, iluminada por *flashes* de luz, e de repente a escuridão retornou como uma cortina que se fechara no local.

O brilho de uma luz acertou em cheio seus olhos, e um enorme número de homens no meio daquela confusão confundiu sua mente. Um grito e uma explosão de aplausos começaram a ser ouvidos por todos os lados. Ele olhou para cima para ver de onde vinha aquela luz. Um homem estava lá pendurado em um cabo, preso por uma corda, uma estrela ofuscante que havia deixado tudo escuro de novo. Ele usava um uniforme vermelho.

Graham se voltou novamente para aquelas ruas. Uma cunha vermelha ao longe chamou sua atenção, uma massa densa de homens que bloqueava as vias, de costas para um prédio alto e cercada por uma multidão de antagonistas. Eles estavam lutando. As armas eram derrubadas, cabeças desapareciam no meio daquela confusão, e outras as substituíam, os pequenos *flashes* vindos das armas verdes se tornavam pequenos jatos de fumaça cinza enquanto a luz ficava acesa.

De repente, o brilho desapareceu, e as ruas se tornaram escuras, um mistério tumultuoso.

O DORMINHOCO

Ele sentiu algo o empurrar em direção à galeria. Alguém estava gritando, talvez fosse para ele, que estava muito confuso e não conseguia ouvir nada. Foi jogado contra a parede, enquanto diversas pessoas passavam por ele inadvertidamente. Parecia que os guardas estavam brigando entre si.

O homem que estava pendurado no cabo reapareceu, e toda a área ficou branca de tanto que brilhava. O grupo de casacos vermelhos pareceu estar se aproximando cada vez mais; seu ápice foi quando já estavam no meio do caminho indo em direção ao corredor central. Ao olhar para cima, Graham viu que vários daqueles homens também haviam aparecido nas galerias subterrâneas do outro prédio e estavam atirando em direção aos próprios colegas que estavam embaixo, no meio daquela confusão. Ele começou a compreender aquilo. A marcha de pessoas havia se tornado uma armadilha. Jogados no meio daquela confusão pelo apagar das luzes, eles agora estavam sendo atacados pela polícia vermelha. Em seguida, percebeu estar parado lá, sozinho, já que seus guardas e Lincoln estavam na galeria indo em direção ao lugar de onde ele havia vindo antes de a escuridão se abater. Ele os viu gesticular freneticamente para ele, correndo em sua direção. Um grito alto ecoou pelas ruas. Em seguida, parecia que toda a fachada daquele prédio estava repleta de homens com roupas vermelhas. Eles apontavam para ele, e várias vozes gritavam: "O Dorminhoco! Salvem o Dorminhoco!".

Algo golpeou a parede acima de sua cabeça. Ele viu algo metálico em forma de estrela cair. Lincoln estava perto dele. Sentiu seu braço ser agarrado. Em seguida, um tapinha, outro tapinha. Por duas vezes, ele fora salvo.

Não conseguiu compreender. A rua estava escondida, tudo estava escondido, era o que via. O segundo brilho havia se apagado.

Lincoln o arrastava pela galeria.

– Antes da próxima luz! – gritou. Sua pressa incentivou a todos. O instinto de autopreservação de Graham superou a paralisia que o choque havia lhe provocado. Durante um tempo, Graham se tornou a criatura cega levada a agir pelo medo da morte. Ele correu, acabou tropeçando por causa de toda aquela escuridão bem no meio dos guardas, que se viraram e começaram a correr com ele. Sua pressa era notória, ele queria fugir do perigo que havia naquela galeria e onde se via totalmente exposto. Um terceiro brilho começou a despontar perto dos demais. Também se ouviu um grito ao longo de toda aquela área, um tumulto. Os casacos vermelhos embaixo, Graham viu, estavam quase chegando no meio daquela área. Os inúmeros rostos haviam se voltado para ele, gritando. A fachada branca do outro lado estava tomada pela cor vermelha. Todas aquelas coisas maravilhosas o preocupavam; na verdade, tornaram-se sua maior preocupação. Esses eram os guardas do Conselho tentando recapturá-lo.

Sorte que esses tiros haviam sido os primeiros disparados depois de 150 anos. Ele ouviu as balas passando por sua cabeça, sentiu o golpe de aço fundido na sua orelha e percebeu, sem precisar olhar, que toda a fachada atrás dele estava tomada pela polícia vermelha, todos mirando e atirando nele.

Um dos guardas fora abatido na sua frente, e Graham, sem poder fazer nada, pulou por sobre o corpo que se contorcia.

Em questão de segundos, ele havia entrado, sem ferimentos, no corredor escuro. Vinha alguém do lado oposto, que se lançou violentamente contra ele. Ele caiu por uma escada e foi parar na total escuridão. Cambaleou e foi atingido; tentou segurar-se na parede com as mãos. Graham foi derrubado pelo peso de pessoas lutando, debateu-se e foi jogado à direita. Uma pressão enorme caiu sobre ele, que não conseguia respirar: suas costelas pareciam estar se quebrando. Ele sentiu uma paz momentânea, e, em seguida, toda aquela massa de pessoas começou a andar junta e o levou de volta ao grande teatro de onde saíra há pouco.

Houve momentos em que seus pés não tocaram o chão. Em seguida, foi empurrado e jogado. Ele ouviu gritos de "eles estão vindo!" e um choro abafado ali perto. Seu pé bateu em algo macio, e ele ouviu um grito rouco. Escutou alguns clamores de "O Dorminhoco!", mas estava muito confuso para poder falar. Ouviu as armas verdes crepitar. Por um curto período, perdeu sua vontade, tornou-se um átomo em pânico, cego, incapaz de pensar, e mecânico. Ele foi empurrado, pressionado contra uma parede e retorcido diante daquela pressão, chutado contra uma escadaria,

O DORMINHOCO

e viu-se subindo uma encosta. Abruptamente, todos aqueles que estavam de olho nele viram como ele desaparecia no escuro. Graham estava pálido feito um fantasma e em choque, aterrorizado, suando tanto que chegava a brilhar. O rosto de um jovem estava bem próximo a ele, a alguns centímetros de distância. Naquele momento, havia sido apenas um pequeno acontecimento sem valor emocional, porém mais tarde voltou à sua mente na forma de sonhos. Já aquele jovem, no meio da multidão, fora atingido e estava morto.

Uma quarta estrela branca havia sido acesa pelo homem em cima do cabo. Sua luz entrava por todos aqueles arcos e janelas enormes e mostravam a Graham que ele agora fazia parte de uma massa de figuras escuras empurrada até a área inferior do teatro. Dessa vez, a situação estava muito viva e cheia de figuras escuras. Graham viu que perto dele os guardas vermelhos lutavam para passar pela imensa massa de pessoas. Não sabia se o haviam visto. Olhou para Lincoln e para seus guardas. Viu Lincoln perto do palco, cercado por uma multidão de revolucionários com distintivos pretos que começaram a olhar para todos os lados como se o estivessem procurando. Graham percebeu que ele próprio estava perto do lado oposto de onde eles estavam e que atrás dele, separados por um obstáculo, havia assentos livres. Uma ideia lhe veio à cabeça, e ele começou a tentar ir em direção ao obstáculo. Assim que chegou lá, a luz se apagou.

Em questão de minutos ele havia jogado para longe a capa, que não só atrapalhava seus movimentos como também o deixava em evidência, além de sempre escorregar dos ombros. Ele ouviu alguém tropeçar. Em seguida, escalou o obstáculo para chegar ao outro lado. Continuou a caminhar até chegar à parte final mais baixa de um corredor que subia. No escuro, o barulho dos tiros parou, e o som dos pés e as vozes se acalmaram. Enfim chegou a uma escadaria, tropeçando e caindo. Quando caiu, todas as piscinas e as ilhas, antes escondidas pela escuridão, tornaram-se visíveis com a luz, os gritos ficaram cada vez mais altos, e o brilho da quinta estrela brilhou e iluminou todas as paredes do teatro.

Ele rolou por cima de alguns assentos, ouviu uma gritaria e a barulheira incessante das armas, alguém o agarrou novamente e o jogou no chão. Percebeu que havia vários homens em cima dele atirando nos rebeldes embaixo, pulando de assento em assento, tentando proteger-se entre as cadeiras enquanto carregavam as armas. De forma instintiva, ele rastejou entre os assentos, sempre ouvindo as balas ricochetear nas poltronas e vendo o brilho das suas estruturas de metal. Graham marcou a direção dos corredores, o caminho mais plausível para que fugisse no momento em que o véu da escuridão voltasse a cair.

Um jovem com vestimentas azuis se aproximou dos bancos.

– Olá! – disse, com os pés a centímetros do rosto do Dorminhoco, que estava agachado.

Ele ficou encarando-o sem nenhum sinal de tê-lo reconhecido. Voltou-se para atirar, o fez e gritou "Para o inferno com o Conselho!" e estava a ponto de atirar mais uma vez. Depois de alguns instantes, Graham viu que metade do pescoço daquele homem havia desaparecido. Uma gota de algo úmido caiu em seu rosto. A arma verde parou de atirar e foi erguida. De repente, o homem ficou parado, e seu rosto deixou de ter qualquer expressão, inclinando-se para a frente em seguida. Caiu de joelhos. O homem tombou no momento em que a escuridão se fez presente novamente. Quando ele caiu, Graham se levantou e correu para salvar sua vida até tropeçar em um degrau que levava até o corredor. Cambaleou e caiu, virou-se em direção a esse corredor e recomeçou a correr.

Quando a sexta estrela brilhou, ele já estava perto da entrada do corredor. Correu agilmente até a luz, adentrou no corredor e entrou em uma passagem que estava escura. Foi derrubado, rolou, mas se recuperou, levantando-se. Viu-se no meio de uma multidão de fugitivos invisíveis que ia na mesma direção. O único pensamento dele era o mesmo dos demais: fugir daquela guerra. Ele foi empurrado e ficou em choque, tropeçou, correu, foi empurrado de novo, perdeu o chão e, em seguida, viu-se livre mais uma vez.

Ele correu durante alguns minutos, passando pela escuridão que havia naquele corredor ventoso, e, em seguida, passou por um espaço aberto e

O DORMINHOCO

amplo, cruzou um local íngreme e chegou, finalmente, a uma escadaria que levava a um lugar plano. Muitas pessoas gritavam:

– Eles estão vindo! Os guardas estão vindo. Estão atirando. Saiam do meio da guerra. Os guardas estão atirando. Estaremos a salvo na Sétima Via. Vamos até a Sétima Via!

No meio daquela multidão havia mulheres e crianças, além de homens. Os homens o chamavam. A multidão chegou a um arco e atravessou uma pequena passagem, alcançando um espaço mais amplo, levemente iluminado. As figuras escuras ao seu redor se espalharam e correram até o que parecia ser uma série gigantesca de degraus. Ele os seguiu. As pessoas se dispersaram à direita e à esquerda. Ele percebeu que já não estava no meio de uma multidão. Deteve-se perto do degrau mais alto. Diante dele, naquele nível, havia uma série de assentos e um pequeno quiosque. Seguiu por ali e parou na sombra das fileiras, bastante ofegante.

Tudo era confuso e escuro, mas reconheceu que aqueles degraus enormes faziam parte de uma série de plataformas pertencentes às "ruas", agora novamente imóveis. A plataforma era inclinada do outro lado, e os edifícios altos se viam imponentes. Podia-se distinguir a sombra daquelas pessoas, os cartazes com inscrições e propagandas, e as vigas e os cabos, tudo junto e misturado embaixo daquele céu. Várias pessoas corriam pelo local. Pelos gritos e vozes, parecia que eles estavam correndo para se unirem à luta. Outras pessoas mais tranquilas cruzavam as sombras.

De muito longe, Graham conseguia ouvir o som da luta. Mas era evidente que aquela não era a rua onde o teatro se encontrava. Aquela primeira luta, ao que tudo indicava, havia ficado para trás. Logo, um pensamento grotesco veio à sua mente. Estavam lutando por ele!

Durante alguns minutos, ele se viu paralisado como uma pessoa que para de ler um livro muito bom e de repente duvida das próprias certezas. Naquela hora ele não se importava tanto com os detalhes; tudo aquilo era um enorme choque para ele. Curiosamente, tanto a fuga da prisão do Conselho quanto a grande multidão no teatro e o ataque da polícia vermelha contra aquela multidão estavam claros e vívidos em sua mente.

Foi bastante difícil juntar todas as peças entre o seu despertar e sua estadia naquelas salas silenciosas. Em um primeiro momento, o lapso de memória havia apagado tudo e o levado de volta à cachoeira em Pentargen, e àquela esplendorosa sombra criada pelo sol que iluminava a costa da Cornualha. O contraste tocava tudo com a irrealidade. E, então, os pontos se ligaram, e ele começou a entender a situação.

Aquilo já não era um mistério, como ele sentia que era quando estava nas salas silenciosas. Pelo menos agora ele tinha uma vaga e estranha ideia. De alguma forma, Graham era dono de metade do mundo, e grandes partidos políticos estavam lutando pela sua posse. De um lado estava o Conselho Branco, com a polícia vermelha, determinado, ao que tudo indica, a usurpar sua propriedade e talvez a matá-lo; do outro, a revolução que o havia libertado, tendo como líder o ainda não visto "Ostrog". E aquela cidade gigantesca estava em convulsão por aquela disputa. O mundo havia mudado completamente!

– Eu não entendo – gritou Graham. – Eu não entendo!

Ele havia se distanciado daquela batalha e estava se sentindo livre naquele tranquilo crepúsculo. O que aconteceria depois? O que estaria acontecendo agora? Ele percebeu que aqueles homens de vermelho atrás dele estariam massacrando os revolucionários por sua causa.

Depois de tudo aquilo, sentia que podia parar um pouco para respirar. Podia esconder-se sem ser incomodado pelos transeuntes e assistir ao curso das coisas. Seus olhos seguiram uma imensidão de intrincados edifícios sob a luz do crepúsculo. De repente, percebeu como aquilo era infinitamente belo, que acima daquilo tudo o sol ainda nascia, e o mundo se iluminava com aquela luz familiar do dia. Em pouco tempo, ele havia recuperado o fôlego. Sua roupa já estava seca depois de ter-se molhado com a neve.

Graham vagou por quilômetros por aquelas estradas iluminadas pelo crepúsculo. Não conversou com ninguém, não foi incomodado por ninguém. Era uma figura escura entre tantas outras, o homem cobiçado saído do passado, o dono, sem querer, de metade do mundo. Onde quer que

O DORMINHOCO

houvesse luz ou multidões, ou uma sensação de agitação, ele temia ser reconhecido, portanto prestava atenção ao seu redor, virava-se descendo ou subindo pelas escadas, entrava em qualquer estrada transversal superior ou inferior e saía de lá. Apesar de não ter participado mais de nenhuma luta, a cidade toda estava em guerra. Precisou, em dado momento, correr para evitar uma multidão em marcha que encheu a rua. Todos os demais pareciam estar envolvidos. A maioria daquelas pessoas era homens, carregando o que pareciam ser armas. Aparentemente, aquela batalha estava concentrada em especial no bairro da cidade de onde ele estava vindo. Mais de uma vez um tumulto distante, a remota sugestão de um conflito, chegou aos seus ouvidos. Em seguida, seu cuidado e sua curiosidade se viram em conflito. Porém, seu cuidado prevaleceu, e ele continuou se afastando de qualquer conflito o máximo que podia. Seguiu o caminho sem ser incomodado e passando despercebido. Depois de um tempo, deixou de ouvir qualquer eco do combate. Pouquíssimas pessoas passaram por ele, até que, finalmente, aquelas ruas gigantescas ficaram desertas. As fachadas dos prédios estavam mais visíveis e com um ar mais austero. Parecia ter chegado a um distrito onde havia depósitos vazios. A solidão o tocou, e seu ritmo diminuiu.

Sentiu uma fadiga cada vez maior. Se estivesse em outro lugar, ele se sentaria em um dos numerosos assentos localizados nas ruas superiores. Porém, uma inquietude doentia, o saber de sua implicação vital naquela luta, não o deixaria descansar por muito tempo. Será que aquela luta em seu nome não poderia contar com ele?

E então, em um local deserto, sentiu o choque de um terremoto: um barulho muito forte junto com uma vibração violenta, um vento de ar gelado muito potente soprou na cidade, vidros se rompendo, o barulho de coisas caindo, uma série de abalos muito fortes. Uma grande quantidade de vidro e objetos de aço caiu de alguns telhados no meio da galeria, não muito longe dele, e a distância ouviam-se gritos e correria. Ele também não podia fazer nada, e primeiro correu para um lado e depois para o sentido oposto.

Um homem veio correndo em sua direção. Seu autocontrole havia voltado.

H. G. Wells

– O que foi que eles explodiram? – perguntou o homem ofegante. – Isso foi uma explosão. – E, antes que Graham pudesse dizer alguma coisa, o homem saiu correndo.

Os prédios enormes mal apareciam no meio da luz do crepúsculo, embora as formas das nuvens acima estivessem bem visíveis com o brilho do dia. Ele notou muitas marcas estranhas, não as entendia naquele momento; até mesmo leu algumas das muitas inscrições que lá haviam. Mas o que haveria de bom em decifrar aquela confusão de palavras sem sentido? "Aqui é adamita", ou "Escritório do Trabalho – Lado menor"? Um pensamento maluco tomou conta de sua mente, o de que, provavelmente, alguns ou todos aqueles edifícios enormes lhe pertenceriam!

A perversidade da experiência voltou à sua mente de forma vívida. Na verdade, ele havia chegado a essa conclusão na época em que os romancistas já o haviam imaginado. E aquilo o fez perceber que ele já estava preparado. Sua mente esperava assistir àquele espetáculo. E não haveria um espetáculo, mas havia um grande risco, sombras perigosas e o véu da escuridão. Em algum lugar daquela escuridão sem sentido, a morte o procurava. Seria ele, afinal, morto antes que pudesse ver alguma coisa? A morte poderia estar escondida, à espera de atacá-lo, nas sombras da próxima esquina. Surgiu nele um grande desejo de ver, de saber.

Graham começou a temer cada esquina. Passou a sentir que estaria mais seguro em locais fechados. Onde poderia se esconder e passar despercebido quando as luzes retornassem? Finalmente se sentou em um banco, em uma das ruas superiores, percebendo estar sozinho.

Ele se encolheu como pôde e fechou os olhos cansados. Será que, quando voltasse a abri-los, aquela escuridão total presente em todos os lados e aquela altura insuportável do prédio teriam desaparecido? Ele acreditava que iria descobrir tudo o que estava acontecendo naqueles últimos dias, o despertar, a gritaria das multidões, a escuridão e as batalhas, uma fantasmagoria, um tipo novo e mais real de sonho. Devia ser um sonho; afinal tudo era tão sem sentido. Por que as pessoas brigavam por ele? Por que aquele novo mundo o enxergava como proprietário e mestre?

O DORMINHOCO

Ele estava pensando, enquanto estava sentado de olhos fechados, e voltou a abri-los, meio que esperando ver algum aspecto conhecido da sua vida do século XIX. Avistar, talvez, o pequeno píer de Boscastle perto dali, ou os penhascos de Pentargen, ou sua casa. Mas os fatos não se importam com os desejos das pessoas. Um pelotão de homens carregando uma bandeira negra impediu que as sombras que se aproximavam chegassem lá, assim impediriam um conflito do outro lado daquela parede enorme que era o prédio, grande e escuro, que exibia aquele texto incompreensível na fachada.

– Não é um sonho – disse. – Não é um sonho. – Baixou a cabeça, colocando-a entre as mãos.

O VELHO QUE SABIA TUDO

Assustou-se com uma tosse muito próxima.

Virou-se rapidamente e viu uma figura pequena e curvada sentada a alguns metros dele, na sombra daquele lugar.

– Alguma novidade? – perguntou aquele velho com voz muito aguda.

Graham hesitou.

– Nenhuma – disse.

– Fico aqui até as luzes voltarem – disse o velho. – Esses canalhas de azul estão por toda parte.

A resposta de Graham foi um gesto que mostrava concordância. Ele tentou enxergar melhor o velho, mas a escuridão escondia seu rosto. Queria muito responder, conversar, mas não sabia como começar.

– Escura e condenada – disse o velho de repente. –É o que minha casa se tornou em meio a todos esses perigos.

– Difícil – arriscou dizer Graham. – Deve ser muito difícil para o senhor.

– Um velho perdido no meio da escuridão. E o mundo todo enlouquecido. Guerra e brigas. A polícia apanhando, e os bandidos à solta. Por que eles não mandam alguns negros para nos proteger? Para mim já chega

O DORMINHOCO

de esconderijos. Eu caí em cima de um homem morto. Estará mais seguro se estiver acompanhado – disse o velho –, desde que a companhia seja certa. – E pareceu franco. De súbito, levantou-se e foi em direção a Graham.

Aparentemente a conversa havia sido satisfatória. O velho se sentou aliviado por não estar mais só.

– É! – disse – Mas foi na pior hora! Guerra e brigas, mortos no chão, homens, homens fortes, morrendo na escuridão. Filhos! Eu tenho três filhos. Só Deus sabe onde devem estar agora.

Calou-se. Em seguida, repetiu com embargo:

– Só Deus sabe onde devem estar agora.

Graham ficou lá parado pensando em como formular uma pergunta que não o denunciasse como ignorante. Novamente, a voz do velho cessou a pausa.

– Esse Ostrog vai vencer – disse. – Ele vai vencer. O que o mundo será com ele ninguém sabe. Meus filhos estão nos Cata-ventos, os três. Uma das minhas noras foi amante dele por um tempo. Amante! Nós não somos pessoas comuns. Apesar de terem me mandado vagar nesta noite e me arriscar... Eu sabia o que estava acontecendo. Antes da maioria. Mas esta escuridão! E de repente cair em cima de um corpo no escuro!

Sua respiração sibilante podia ser ouvida.

– Ostrog! – disse Graham.

– O grande chefe que o mundo já viu – disse a voz.

Graham começou a pensar.

– O Conselho tem alguns poucos amigos entre o povo – arriscou.

– Poucos amigos. E coitados. Eles tiveram sua chance. É! Eles deveriam ter mantido os espertos. Porém, fizeram eleições duas vezes. E Ostrog. Agora que jogou tudo que tinha, nada será como antes. Eles rejeitaram Ostrog duas vezes... Ostrog, o líder. Eu soube o quanto ele ficou furioso na época, ele ficou devastado. Que o céu os proteja! Porque nada na terra poderá agora, ele conseguiu que as Empresas de Trabalho o apoiassem. Ninguém mais se atreveria. Todos os soldados de azul armados e marchando! Ele vai vencer. Ele vai vencer.

Ficou quieto por alguns minutos.

– Esse Dorminhoco – disse, e parou.

– Sim – disse Graham. – Bem?

Aquela voz senil se tornou um sussurro, seu rosto pálido e enfraquecido se aproximou.

– O verdadeiro Dorminhoco…

– Sim – disse Graham.

– Morreu anos atrás.

– O quê? – disse Graham, rispidamente.

– Anos atrás. Morreu. Anos atrás.

– Não me diga! – disse Graham.

– Digo. Eu digo sim. Ele morreu. Esse Dorminhoco que acabou de acordar foi trocado durante a noite. Uma pobre e drogada criatura insensível. Mas não posso dizer tudo o que sei. Não posso.

Durante um tempo, ele sussurrou. O segredo era demais para ele.

– Não conheço aqueles que o colocaram para dormir, isso aconteceu antes de eu nascer, mas sei quem injetou os estimulantes para acordá-lo. Era tudo ou nada: acordá-lo ou matá-lo. Acordá-lo ou matá-lo. O jeito de Ostrog.

Graham ficou tão chocado com essas informações que precisou interrompê-lo, fazendo com que o velho repetisse as palavras, antes de ter certeza do que aquilo significava e da loucura que havia ouvido. O despertar não fora natural! Seriam apenas delírios de um velho senil ou haveria alguma verdade naquilo tudo? Vindo dos cantos mais escondidos de sua mente, ele se lembrou de algo que poderia ser, concebivelmente, algum efeito estimulante. Ele sentiu que tivera um encontro afortunado, que poderia ensinar-lhe alguma coisa sobre a nova era. O velho parou por um instante e cuspiu e, em seguida, continuou com a voz um tanto fraca:

– Da primeira vez eles o rejeitaram. Eu acompanhei tudo.

– Rejeitaram quem? – disse Graham. – O Dorminhoco?

– O Dorminhoco? Não. Ostrog. Ele era terrível, terrível mesmo! E prometeram que ele seria escolhido da próxima vez. Eram tolos por não o temerem. Agora toda a cidade é pedra de moinho dele, e nós estamos à sua mercê. Enquanto ele não sobe ao poder, os trabalhadores cortam as gargantas uns dos outros, e de vez em quando matam um chinês ou um

O DORMINHOCO

policial e deixam o resto de nós em paz. Corpos! Roubos! Escuridão! Tudo isso não acontecia há anos. E quer saber? Os pequenos pagarão quando os grandes caírem! Pode apostar.

– O senhor disse... O que foi que não aconteceu?

– Hein? – disse o velho.

O velho disse alguma coisa cortando as palavras, e Graham o fez repetir o que havia dito uma terceira vez.

– Esses combates e mortes. Armas nas mãos, tolos gritando por liberdade e coisas assim – disse o velho. – Isso nunca aconteceu em toda a minha vida. É como se tivéssemos voltado no tempo, com certeza, para quando a população de Paris se insurgiu, mais ou menos uns três anos e pouco atrás. Foi o que eu quis dizer. Mas é assim que o mundo funciona. Tinha que voltar. Eu sei. Eu sei. Ostrog vem trabalhando há cinco anos, e já perdi a conta de quantos problemas houve: fome, ameaças, vários discursos e armas. Roupas azuis e murmúrios. Ninguém está seguro. Tudo desmoronando. E agora aqui estamos! Revoltas e lutas, e o Conselho chegando ao fim.

– O senhor está muito bem informado sobre tudo isso – disse Graham.

– Eu sei o que ouvi. Eu não falo só bobagens.

– Não – disse Graham, imaginando o que ele queria dizer com aquilo. – E o senhor tem certeza de que esse Ostrog... O senhor tem certeza de que esse Ostrog organizou essa rebelião e planejou o despertar do Dorminhoco, só para se impor, porque ele não foi eleito para o Conselho?

– Todos sabem disso, eu acho – disse o velho. – Somente os tolos discordam. De alguma forma ele quer ser o mestre. Com ou sem Conselho. Qualquer pessoa que saiba um pouco mais tem consciência disso. E aqui estamos com corpos jogados no escuro! Por quê? Por onde esteve que não ouviu nada sobre o problema entre Ostrog e os Verneys? E o que você pensa sobre o que tem acontecido? O Dorminhoco? Hein? Você acha que o Dorminhoco é real e que acordou sozinho, hein?

– Eu sou um tolo, mais velho do que aparento, e esquecido – disse Graham. – Esqueci muitas coisas que aconteceram, principalmente nos últimos anos. Mesmo, se eu fosse o Dorminhoco, para dizer a verdade, não saberia nada.

– Hein?! – disse a voz. – Velho, você? Você não parece ser tão velho! Mas nem todo mundo tem uma boa memória, isso é verdade. Só que essas são informações importantes! Mas você não é tão velho quanto eu, não mesmo. Bem... Talvez não devesse julgar os outros baseado em mim mesmo. Eu sou jovem, para um homem tão velho. Talvez seja velho para alguém tão jovem.

– É isso – disse Graham. – E minha história é estranha. Eu sei bem pouco. E sei muito pouco de história, praticamente nada! O Dorminhoco e Júlio César são a mesma coisa para mim. É muito interessante ouvi-lo falar sobre essas coisas.

– Eu sei algumas coisas – disse o velho. – Sei uma coisa ou outra. Mas... Ouça!

Ambos ficaram em silêncio, ouvindo. Houve uma batida pesada, um abalo que fez o banco tremer. Os transeuntes pararam e começaram a gritar uns com os outros. O velho não havia entendido nada; gritou com um homem que passava por ali. Graham, inspirado por seu exemplo, levantou-se e parou outras pessoas. Ninguém sabia o que havia acontecido.

Ele voltou ao banco e viu que o velho estava murmurando perguntas com a voz bem baixa. Durante um tempo, eles ficaram sem se falar.

A sensação de ter aquela batalha enorme tão perto e, ao mesmo tempo, tão longe fez a imaginação de Graham voar. Será que este velho estava certo, será que as informações do povo estavam certas, e será que os revolucionários estavam vencendo? Ou será que estavam errados e seriam os guardas vermelhos que estariam vencendo? A qualquer momento aquela guerra iria chegar a esse quarteirão silencioso da cidade e atingi-lo novamente. Ocorreu-lhe que deveria obter o máximo de informação enquanto havia tempo. Voltou-se para o velho com uma pergunta que ainda não havia sido feita. Mas seu movimento fez com que o outro voltasse a falar.

– Ei! Mas como as coisas funcionam! – disse o velho. – Este Dorminhoco em que todos os tolos depositaram confiança! Eu conheço a história toda. Sempre fui bom em contar histórias. Quando ainda era um menino, há muito tempo isso, eu costumava ler livros impressos. Nunca alguém imaginaria algo assim. O mais provável é que não sejam mais vistos, todos eles

O DORMINHOCO

já apodreceram ou estão cheios de pó, e a Companhia Sanitária os queimou para fazer cinzas. Porém, convenientemente, estavam em seu estado mais contaminado. Ah, eu aprendi muito. Essas baboseiras ultramodernas (não parecem ultramodernas para você, não é?), são fáceis de ouvir, fáceis de esquecer. Mas eu rastreei todos os negócios do Dorminhoco desde o início.

– O senhor mal acreditaria – disse Graham, discreto. – Sou tão ignorante, sempre me preocupei tanto com a minha própria vida. Minhas circunstâncias foram estranhas, eu não sei nada sobre a história desse Dorminhoco. Quem foi ele?

– Eh! – disse o velho. – Eu sei. Eu sei. Ele era um zé-ninguém, que caiu na conversa de uma mulher que o enganou, coitado! E caiu em transe. Tem umas coisas antigas, essas coisas marrons, fotografias prateadas, que já o mostravam dormindo, vários anos atrás.

– Caiu na conversa de uma mulher, coitado – disse Graham para si mesmo, e em seguida falou alto: – Sim, bem! Continue.

– Você deve saber que ele tinha um primo chamado Warming, um homem solitário e sem filhos, que fez uma grande fortuna no mercado de estradas, as primeiras de adamita. Mas isso você deve saber, não é? Não? Por quê? Ele comprou todos os direitos de patentes e criou uma grande empresa. Naquela época havia milhares e milhares de empresas distintas. Milhares e milhares! Suas estradas acabaram com as ferrovias, aquelas coisas antigas. Em vinte e quatro anos, ele comprou tudo. E, como ele não queria dividir sua propriedade gigantesca nem ceder aos acionistas, deixou tudo para o Dorminhoco, sob a tutela de um Conselho de Administradores que ele mesmo havia escolhido e treinado. Ele já sabia que o Dorminhoco não acordaria, que ele continuaria dormindo até morrer. Ele sabia muito bem disso! Até que… Um homem nos Estados Unidos, que havia perdido dois filhos em um acidente de navio, fez algo parecido com outra grande fortuna. Seus administradores descobriram, logo no início, uma propriedade que valia muito dinheiro.

– Qual era o nome dele?

– Graham.

– Não, quero dizer… desse americano.

– Isbister.

– Isbister! – gritou Graham. – Eu nem conheço esse homem.

– É claro que não – disse o velho. – As pessoas já não aprendem tanto nas escolas hoje em dia. Mas eu sei tudo sobre ele. Ele era um americano rico que veio da Inglaterra e deixou ao Dorminhoco ainda mais dinheiro que o Warming. Como ele fez isso? Não sei. Teve alguma coisa a ver com fotos tiradas em uma máquina. Mas ele fez isso e foi embora, por isso o Conselho teve início. Antes se tratava apenas de um conselho de administradores.

– E como foi que isso cresceu tanto?

– É, você não sabe de nada mesmo. Dinheiro atrai dinheiro. Além do mais, doze cérebros são melhores que um. Eles foram inteligentes: misturaram a política com o dinheiro e continuaram investindo dinheiro trabalhando as moedas e as tarifas. Eles cresceram... Cresceram. E durante anos os doze administradores esconderam o crescimento dos bens do Dorminhoco, sob nomes e títulos de empresa falsos e tudo mais. O Conselho se expandiu por escrituras, hipotecas, ações, partidos políticos e jornais que eles compraram. Se você ouvir as histórias antigas, verá que o Conselho nunca parou de crescer. Bilhões e bilhões de leões, pelos bens do Dorminhoco. E tudo isso foi por causa de um capricho de Warming e de Isbister, após o acidente com os filhos.

"O ser humano é estranho. Mas, para mim, foi estranha a forma como o Conselho trabalhou junto durante tanto tempo. Por pelo menos doze anos. Trabalharam em grupo desde o início. E retrocederam. Quando eu era jovem, ao falarmos do Conselho, era como se um ignorante quisesse falar sobre Deus. Jamais imaginamos que eles pudessem errar. Nós não sabíamos das mulheres deles e disso tudo! Se soubéssemos, eu teria ficado mais esperto.

"O ser humano é estranho. Aqui está você, jovem e ignorante, e eu, com setenta anos de idade, posso estar esquecendo algumas coisas, mas explico tudo a você em resumo e com clareza.

"Setenta anos, e ouço e vejo, ouço melhor do que vejo. E penso com clareza, e me mantenho atualizado sobre tudo o que acontece. Setenta!

O DORMINHOCO

"A vida é estranha. Eu tinha vinte anos quando Ostrog era ainda um bebê. Eu me lembro dele muito antes de ele chegar à chefia do controle dos Cata-ventos. Presenciei muitas mudanças. É! Eu já vesti azul. E finalmente presenciei a queda e a escuridão, e o tumulto e os mortos empilhados nas estradas. Tudo obra dele! Tudo!"

Sua voz foi desaparecendo à medida que ele ia falando de Ostrog.

Graham pensou.

– Deixe-me ver se eu entendi.

Estendeu uma mão e foi apontando, com os dedos, alguns pontos.

– O Dorminhoco estava dormindo...

– Foi trocado! – disse o velho.

– Talvez. E, entretanto, o patrimônio do Dorminhoco cresceu nas mãos dos doze administradores, até ter engolido quase toda a riqueza do mundo. Os doze administradores, em virtude do patrimônio que eles administravam, tornaram-se os verdadeiros senhores do mundo. Porque é o poder que domina o dinheiro, assim como o antigo Parlamento britânico era...

– É! – disse o velho. – Isso mesmo, boa comparação. O senhor não é tão...

– E agora esse Ostrog revolucionou o mundo ao acordar de repente o Dorminhoco. Ninguém, a não ser pessoas simples e supersticiosas, acreditavam que ele acordaria. Acordando o Dorminhoco, ele reivindicaria sua herança ao Conselho, depois de todos esses anos.

O velho tossiu concordando.

– É estranho conhecer alguém que esteja ouvindo toda esta história pela primeira vez.

– Sim – disse Graham. – É estranho.

– Você já esteve em uma Cidade dos Prazeres? – perguntou o velho. – Eu sempre quis ir – riu. – Mesmo agora, eu adoraria me divertir um pouco. Enfim, gostaria de ver outras coisas. – E murmurou algo que Graham não conseguiu entender.

– O Dorminhoco... Quando ele acordou? – perguntou Graham de repente.

– Há três dias.

– Onde ele está?

– Nas mãos de Ostrog. Ele fugiu do Conselho há umas quatro horas. Meu caro senhor, onde você estava neste tempo? Ele estava nos corredores dos mercados, onde as lutas começaram. A cidade toda estava falando sobre isso aos gritos. Toda essa baboseira! A cidade toda ouviu sobre isso. Até mesmo os tolos que falavam pelo Conselho admitiam isso. Todos foram correndo para vê-lo, todos estavam pegando em armas. Você estava bêbado ou dormindo? E mesmo assim! Mas você está brincando! Com certeza você está fingindo não saber. Foi para parar toda aquela gritaria e aquelas baboseiras e evitar que as pessoas se reunissem que desligaram as luzes, por isso estamos neste maldito escuro. Você quer dizer…?

– Eu ouvi dizer que o Dorminhoco foi resgatado – disse Graham. – Mas, voltando um pouco ao que você disse, o senhor tem certeza de que Ostrog está com ele?

– Ele não o deixaria escapar – disse o velho.

– E quanto ao Dorminhoco? Tem certeza de que ele é falso? Eu nunca ouvi…

– Então é assim que todos os tolos pensam. Desse jeito. Como se não houvesse mil coisas que nunca se ouviu falar. Eu conheço muito bem Ostrog para ter certeza disso. Eu não lhe contei? De certo modo eu tenho algum parentesco com Ostrog. É um tipo de parentesco. Pela minha nora.

– Suponho…

– Bem?

– Suponho que não há nenhuma chance de esse Dorminhoco se impor. Acho que ele sabe que será um fantoche, tanto nas mãos do Ostrog quanto na do Conselho, assim que a briga acabar.

– Nas mãos de Ostrog, certamente. Por que ele seria um fantoche? Veja a posição dele. Tudo feito por ele, todo prazer possível. Por que ele não iria querer se impor?

– O que são essas Cidades dos Prazeres? – perguntou Graham, de repente.

O velho o fez repetir a pergunta. Quando, por fim, ele teve certeza das palavras de Graham, ele o empurrou violentamente.

O DORMINHOCO

– Isso já é demais – disse. – Você está zombando de um velho. Suspeito que você saiba mais do que diz saber.

– Talvez eu saiba – disse Graham. – Mas não! Por que eu fingiria? Não, eu realmente não sei o que é a Cidade dos Prazeres.

O velho riu como se ambos fossem velhos amigos.

– E tem mais, não sei ler seu alfabeto, não sei qual moeda usam, não sei quais são os demais países que existem. Não sei onde estou. Eu não sei contar e também não sei onde arranjar comida, bebida ou abrigo.

– Ora, ora – disse o velho –, se você tivesse um copo de bebida, colocaria no ouvido ou nos olhos?

– Gostaria que me contasse todas essas coisas.

– Haha! Bem, cavalheiros que se vestem de seda devem se divertir. – A mão envelhecida do homem tocou o braço de Graham por um instante. – Seda! Ora, ora! Mas o tempo todo quisera eu ter sido o homem a ser usado como o Dorminhoco. Ele vai se divertir muito lá. Toda a pompa e o prazer. Ele é um homem estranho. Quando as pessoas podiam ir vê-lo, eu cheguei a comprar ingressos e ir lá. A imagem do verdadeiro, como mostra as fotografias, é a desse substituto. É amarelo. Mas logo ele vai se cansar. É um mundo esquisito. Pense na sorte. Na sorte que ele teve. Espero que ele seja mandado para Capri. É o melhor lugar para um novato se divertir.

A tosse tomou conta dele novamente. Em seguida, ele começou a resmungar com inveja sobre os estranhos prazeres.

– Que sorte ele teve! Que sorte! A minha vida toda eu morei em Londres, esperando uma chance.

– Mas o senhor não sabe se o Dorminhoco morreu – disse Graham.

O velho o fez repetir suas palavras.

– Os homens não passam de dez dúzias. Não é a ordem natural das coisas – disse o velho. – Eu não sou um tolo. Os tolos podem acreditar, mas eu, não.

Graham ficou furioso com a certeza do velho.

– Não sei se é um tolo ou não – disse –, mas o senhor está enganado sobre o Dorminhoco.

– Hã?

– O senhor está errado sobre o Dorminhoco. Eu não lhe contei até agora, mas vou fazê-lo. O senhor está errado sobre o Dorminhoco.

– Como sabe? Achei que não soubesse de nada, nem mesmo sobre as Cidades dos Prazeres.

Graham ficou em silêncio.

– Você não sabe – disse o velho. – Como poderia saber? Foram poucos homens...

– Eu sou o Dorminhoco.

Ele precisou repetir.

Houve um silêncio curto.

– Mas isso é uma bobagem, senhor, com licença. Isso pode lhe trazer problemas em tempos como este – disse o velho.

Graham, levemente frustrado, repetiu sua afirmação.

– Estou dizendo que eu sou o Dorminhoco. Que anos atrás eu, de fato, caí no sono, em uma vila, construída de pedras, onde existiam sebes, vilas e hospedarias. Todo o interior era dividido em pequenas partes, pequenos campos. O senhor nunca ouviu falar dessa época? E sou eu, eu que estou falando com o senhor, quem acordou novamente há quatro dias.

– Há quatro dias! O Dorminhoco! Mas o Dorminhoco está com eles. Eles estão com ele e não o deixarão escapar. Bobagem! Até agora estava sendo sensato. Eu posso ver como se eu estivesse lá. Lincoln deve estar com ele e não tiraria os olhos dele; não o deixariam solto e sozinho por aí. Acredite nisso. Você é um homem estranho. Um desses engraçadinhos. Agora entendo o motivo de falar tão estranhamente, mas...

Parou de falar, e Graham pôde ver seu gesto.

– Até parece que Ostrog deixaria o Dorminhoco andar por aí sozinho! Não, você está contando essa história para o homem errado. Hã! Como se eu fosse acreditar. Qual é a sua jogada? Além disso, estávamos falando do Dorminhoco.

Graham se levantou.

– Ouça – disse. – Eu sou o Dorminhoco.

– Você é um homem estranho – disse o velho –, sentado no escuro, falando bobagens e contando uma mentira dessa. Mas...

O DORMINHOCO

A irritação de Graham se transformou em riso.

– Isso é um absurdo – gritou. – Um absurdo. Isso tem que acabar. Está ficando cada vez pior. Aqui estou eu, neste maldito crepúsculo. Nunca soube de um sonho que acontecesse no crepúsculo antes, um anacronismo que dura duzentos anos, e estou tentando convencer um velho tolo que eu sou eu mesmo e, entretanto... Ugh!

Voltou a se irritar e foi caminhar. O velho foi atrás dele.

– Ei! Mas não precisa ir embora! – gritou o velho. – Sei que sou um velho tolo. Não vá embora. Não me deixe sozinho nesta escuridão.

Graham hesitou e parou. De repente, percebeu a gravidade de ter contado seu segredo.

– Eu não quis ofendê-lo, desacreditando no senhor – disse o velho se aproximando. – Não quis ofendê-lo. Se quiser ser chamado de o Dorminhoco, tudo bem. É uma bobagem.

Graham hesitou, virou-se e seguiu seu caminho.

Por um tempo, ele ouviu o velho mancar e correr atrás dele e gritar para que voltasse. Porém, finalmente a escuridão tomou conta dele, e Graham não o viu mais.

OSTROG

Graham poderia agora ter uma melhor clareza de sua posição. Ele caminhou por um bom tempo, mas, depois de conversar com o velho, a descoberta sobre Ostrog estava clara em sua mente, e ele havia tomado uma decisão inevitável. Uma coisa era evidente: aqueles que se encontravam na sede da revolta foram eficientes em esconder seu desaparecimento. Porém, a cada momento que passava, ele achava que ouviria o anúncio da sua morte ou da sua recaptura pelo Conselho.

De repente, um homem parou na sua frente.

– Você ficou sabendo? – perguntou.

– Não! – respondeu Graham ofegante.

– Quase uma dúzia – disse o homem –, uma dúzia de homens! – E continuou correndo.

Vários homens e uma menina passaram na escuridão, gesticulando e gritando: "Desistiram! Rendidos!"; "Uma dúzia de homens"; "Duas dúzias de homens"; "Viva Ostrog! Viva Ostrog!". Esses gritos começaram a ficar mais baixos, e ele não conseguiu entender mais nada.

Outro grupo de homens os seguia. Por um tempo, sua atenção se voltou aos pedaços de frases que ouvia. Ficou em dúvida se aquelas pessoas estariam falando inglês. Algumas palavras soltas ele conseguiu pegar, outras

O DORMINHOCO

pareciam inglês *pidgin*, algo como um dialeto crioulo, entre outras palavras um tanto distorcidas. Ele não se atreveu a perguntar nada a ninguém. A impressão que as pessoas lhe davam era a de que estariam todas reunidas seguindo seus preceitos de luta, o que terminou confirmando a fé do velho em Ostrog. Devagar e aos poucos ele começou a acreditar que todas aquelas pessoas estavam muito felizes em derrotar o Conselho, que o Conselho, que o havia perseguido com tanto poder e força, fosse o lado mais fraco daquele conflito. E, se isso era verdade, como o afetaria? Diversas vezes ele hesitou em questões fundamentais. Graham se virou e continuou a caminhar por um bom tempo até encontrar um pequeno homem rechonchudo, porém não conseguiu ter coragem para se comunicar com ele.

Aos poucos, teve a ideia de perguntar sobre os "escritórios Cata-ventos", fossem o que fossem. A primeira vez que fez a pergunta, teve como resposta que deveria seguir em frente em direção a Westminster. A segunda vez o levou à descoberta de um atalho que o fez se perder. Disseram que ele deveria sair do trajeto e voltar até o local onde estava. Sem saber como fazê-lo, ele desceu por uma das escadas do meio até chegar à escuridão de uma encruzilhada. Então veio o início de algumas aventuras triviais; a maior delas foi o encontro com uma criatura invisível e de voz rouca que falava um estranho dialeto que parecia, no início, um idioma estranho, um conjunto de palavras com alguns resquícios de inglês, um dialeto muito diferente. Em seguida, outra voz se aproximou, a voz de uma menina cantando "tralalá". Ela falou com Graham; seu inglês era muito parecido com o inglês daquela criatura. Dizendo ter perdido a irmã, tropeçou nele sem necessidade e riu ao agarrá-lo. Porém, uma palavra de vaga reclamação a fez desaparecer novamente na escuridão.

Os sons ao seu redor aumentaram. Pessoas passavam por ele tropeçando e falando animadas. "Eles se renderam!" "O Conselho! Com certeza não foi o Conselho!" "Estão dizendo isso nas ruas." A passagem parecia mais ampla. De repente, a parede caiu. Ele se viu em um grande espaço e as pessoas estavam se movimentando devagar. Ele perguntou a alguém por onde devia ir para chegar aonde queria. "Pode seguir reto", disse uma voz feminina. Ele se afastou daquela parede e tropeçou em uma

H. G. Wells

pequena mesa onde havia utensílios de vidro. Os olhos de Graham, agora acostumados ao escuro, começaram a identificar várias mesas em ambos os lados. Seguiu por ali. Em uma ou duas mesas ele ouviu o barulho dos vidros e o barulho de alguém comendo. Havia pessoas jantando lá, ou corajosas demais para roubarem comida em vez de se juntarem à convulsão social e sem se importarem com a escuridão. Viu que longe dali havia uma luz fraca de forma meio circular. À medida que foi se aproximando, algo preto se aproximou e o atingiu. Ele caiu em alguns degraus e se viu em uma galeria. Ouviu um choro e encontrou duas meninas assustadas agachadas perto de uma grade. Essas crianças ficaram em silêncio conforme ele se aproximava. Tentou consolá-las, porém elas ficaram paradas até ele se afastar. Em seguida, enquanto ele foi se afastando, ouviu os seus choros novamente.

Viu-se aos pés de uma escada e perto de uma porta grande. Ele viu uma luz bem fraca e subiu até a escuridão onde estavam as ruas com vias móveis. Ao lado, viu um grupo desordenado de pessoas marchando e gritando. Cantavam trechos da música da revolta; a maior parte dessas pessoas era desafinada. Aqui e ali podiam-se ver tochas que criavam sombras estranhas por onde passavam. Ele refez a mesma pergunta, e mais uma vez ouviu aquele dialeto estranho. Na terceira tentativa, obteve sucesso e conseguiu entender. Ele estava a três quilômetros dos escritórios Cata-ventos em Westminster, porém era fácil chegar até lá.

Teve a sensação de estar, finalmente, aproximando-se do distrito onde esses escritórios se encontravam por causa daquela procissão de pessoas que vinham marchando, pois ouvia gritos de alegria e, graças à iluminação da cidade, a derrocada do Conselho parecia ser possível. E ainda não ouvira nenhuma notícia sobre seu desaparecimento.

A restauração da energia da cidade ocorrera de forma abrupta. Precisou fechar os olhos, e todas as pessoas ao seu redor se viram desorientadas. O mundo havia ficado incandescente. A luz o havia alcançado nas imediações de onde a multidão se encontrava perto dos escritórios Cata-ventos, e a sensação de visibilidade e exposição que veio dela transformou em ansiedade sua intenção de se unir a Ostrog.

O DORMINHOCO

Durante um tempo, ele foi empurrado. Obstruíram sua passagem, e foi posto em perigo por homens que gritavam e usavam seu nome. Alguns estavam feridos e sangrando por sua causa. A fachada dos escritórios Cata-ventos era iluminada por uma imagem que se movia, porém ele não conseguia distingui-la, porque, apesar de suas tentativas, a multidão não o deixava se aproximar. Depois de algumas conversas que ele conseguiu entender, acreditou que as pessoas já soubessem que haveria uma briga ao redor da Casa do Conselho. A ignorância e a indecisão o paralisaram. Ele não soube como poderia passar pela porta daquele lugar. Começou a abrir caminho devagar, bem no meio daquela massa de pessoas, até perceber que, se descesse as escadas da rua central, alcançaria o interior dos edifícios. Isso se tornou seu objetivo, mas a multidão que lá estava era tão densa que demorou um tempo até conseguir chegar lá. E, mesmo assim, enfrentou problemas para entrar. Levou uma hora tentando argumentar com o guarda e depois escreveu uma nota para o homem que mais queria vê-lo. Sua história foi ridicularizada no início, e ainda bem. Quando finalmente ele chegou à segunda escadaria, alegou apenas ter notícias de extrema importância para Ostrog. O que era, ele não havia dito. Enviaram o recado com relutância. Durante um bom tempo ele esperou em uma salinha aos pés do elevador, e ali, finalmente, viu Lincoln entrar, ansioso, pedindo desculpas, atônito. Ele parou na porta olhando para Graham. Em seguida, correu efusivamente em sua direção.

– Sim – gritou. – É o senhor. E não está morto!

Graham deu uma breve explicação.

– Meu irmão está esperando – explicou Lincoln. – Ele está sozinho nos escritórios Cata-ventos. Ficamos com medo de que tivesse sido assassinado no teatro. Ele duvidou. A situação era muito complicada e urgente, apesar do que dissemos a eles lá; caso contrário, ele teria ido até você.

Eles pegaram o elevador, passaram por um corredor estreito, atravessaram um enorme salão vazio, salvo por dois mensageiros apressados, e entraram em uma sala pequena, onde havia apenas um sofá grande e um disco oval acinzentado, pendurado por cabos na parede. Lincoln deixou

H. G. Wells

Graham sozinho por uns instantes, e assim ficou, sem entender as formas meio nebulosas daquele disco.

Sua atenção foi interrompida pelo barulho que começou de repente. Eram gritos frenéticos de uma pequena multidão que chamava a atenção em berros de exultação. Terminou tão rápido quanto havia começado. Ouviu-se um barulho de porta abrindo e fechando. Na sala externa, havia um alvoroço de passos apressados e um tilintar melodioso como se uma corrente solta estivesse passando por cima dos dentes de uma roda.

Em seguida, ele ouviu a voz de uma mulher e o ruído de trajes não vistos.

– É o Ostrog! – ele a ouviu dizer. Um pequeno sino tocou, e, em seguida, tudo ficou em silêncio outra vez.

Ouviram-se vozes, passos e movimentos. Os passos de uma pessoa se destacavam: eram firmes, próximos e sincronizados. A cortina se levantou lentamente. Surgiu um homem alto de cabelos grisalhos, com vestimentas de seda cor creme. Ele observava Graham sob seu braço estendido.

Por um instante, aquele homem permaneceu segurando a cortina e, em seguida, soltou-a e se colocou diante dela. A primeira impressão de Graham foi a de que a testa daquele homem era enorme, olhos azuis bem afundados e sobrancelhas grisalhas, nariz aquilino e uma boca resoluta bem alinhada. As pálpebras e o canto da boca bem enrugado delatavam sua idade. Graham se levantou instintivamente, e por um instante ambos ficaram ali parados em silêncio, observando-se.

– Você é Ostrog? – perguntou Graham.

– Sim.

– O líder?

– É como me chamam.

Graham sentiu o incômodo do silêncio.

– Creio que devo lhe agradecer principalmente pela minha segurança – disse.

– Estávamos com medo de que tivesse sido morto – disse Ostrog. – Ou que tivesse sido posto para dormir, dessa vez para sempre. Temos feito de tudo para mantermos o nosso segredo, o segredo do seu desaparecimento. Por onde esteve? Como chegou aqui?

Graham contou rapidamente. Ostrog ouviu em silêncio e sorriu de leve.

O DORMINHOCO

– Sabe o que eu estava fazendo quando vieram me dizer que você havia voltado?

– Como posso saber?

– Preparando seu sósia.

– Meu sósia?

– Um homem parecido com você, o mais parecido que pudemos encontrar. Nós iríamos hipnotizá-lo, para que ele não precisasse passar pela dificuldade de atuar. Isso era imperativo. O sucesso dessa revolta depende da ideia de que você esteja acordado, vivo e conosco. Mesmo agora há uma grande multidão de pessoas reunidas no teatro clamando para vê-lo. Eles não confiam... Você sabe, é claro, algo sobre sua condição?

– Muito pouco – disse Graham.

– Assim são as coisas. – Ostrog caminhou um pouco pela sala e se voltou. – Você é o dono absoluto de mais da metade do mundo. Como resultado, é praticamente um rei. Seus poderes são limitados, de muitas maneiras intrincadas; porém, você é o cabeça, o símbolo popular do governo. Deste Conselho Branco, o Conselho dos Administradores, como é chamado.

– Ouvi falar vagamente sobre essas coisas.

– Imagino.

– Encontrei um velho bem tagarela.

– Entendo... Nossas massas... a palavra vem da sua época, é claro que sabe que ainda temos massas... o reconhecem como nosso verdadeiro governante. Assim como um grande número de pessoas, na sua época, reconhecia a Coroa como governante. Elas estão descontentes, as massas em toda a Terra, com o governo de seus administradores. Na verdade, esse descontentamento é longevo, vem da antiga contenda entre os comuns e seus governantes, as pobres condições de trabalho e a falta de disciplina e a inaptidão. Porém, seus representantes têm governado muito mal. Em certas questões, na administração das Empresas de Trabalho, por exemplo, eles não têm feito um bom trabalho. E já tiveram diversas oportunidades. Nós, do partido popular, já vínhamos pedindo reformas, quando você acordou. E acordou! Se seu despertar tivesse sido proposital, não teria vindo em melhor hora. – Ele sorriu. – O poder público, sem levar em conta

seus anos de sono, já havia pensado em acordá-lo e pedir-lhe ajuda, e...
Pá! – E fez um gesto com as mãos, e Graham mexeu a cabeça para indicar
que havia entendido.

– O Conselho se atrapalhou... brigou. Eles sempre fazem isso. Não
conseguiam decidir o que fazer com você. Sabe como o aprisionaram...

– Entendo. Entendo. E agora, vencemos?

– Vencemos. Para dizer a verdade, vencemos. Hoje à noite, em cinco
horas decisivas. De repente estávamos em todo lugar. As pessoas dos
Cata-ventos da Empresa de Trabalho e seus milhões, todos se uniram.
Conseguimos atrair o pessoal dos aeroplanos.

Ele fez uma pausa.

– Sim – disse Graham, pensando que aquilo fosse alguma máquina
voadora.

– Isso foi, é claro, essencial. Caso contrário, teriam escapado. A cidade
toda se rebelou, quase todo terceiro homem estava lá! Todos os azuis, todos
os serviços públicos, salvo alguns aeronautas e cerca da metade da polícia
vermelha. O senhor foi resgatado, e nem metade da polícia deles pôde ser
contada na Casa do Conselho. Foram divididos, desarmados ou mortos.
Toda Londres é nossa agora. Só resta a Casa do Conselho.

"Metade dos integrantes da polícia vermelha que permaneceram com
eles caiu naquela estúpida tentativa de recapturá-lo. Ficaram desorientados
quando perderam você. Eles jogaram tudo o que tinham no teatro. Nós
os cortamos da Casa do Conselho. Esta noite foi realmente vitoriosa. Sua
estrela está brilhando em todo lugar. Ontem, o Conselho Branco governou
como se governasse há muito tempo, há uns cento e cinquenta anos. E
então, com somente um pouco de conversa, uma tropa discreta aqui e ali,
pronto, conseguimos!"

– Sou muito ignorante – disse Graham. – Olha, não entendo muito bem
as condições dessa luta. Se pudesse me explicar. Onde está o Conselho?
Onde está acontecendo a luta?

Ostrog atravessou a sala. Algo fez barulho, e subitamente, salvo por
uma tela oval, a escuridão caiu sobre eles. Por um momento, Graham ficou
sem entender nada.

O DORMINHOCO

Em seguida, viu que o disco cinza havia adquirido profundidade e cor, havia assumido a aparência de uma janela oval que mostrava uma cena estranha e desconhecida para ele.

Em um primeiro momento, ele não conseguiu identificar aquela cena. Tinha ocorrido durante o dia, um dia de inverno, cinza e sem nuvens. Havia uma distância entre ele e aquela cena, e podia ser visto um cabo robusto de um fio branco todo torcido esticado verticalmente. Em seguida, percebeu que as fileiras dos grandes moinhos de vento que ele havia visto, os espaços amplos, a escuridão ocasional eram semelhantes àqueles por onde havia fugido da Casa do Conselho. Ele conseguiu enxergar uma fila ordenada de figuras vermelhas marchando em um espaço aberto entre um alinhamento de homens de preto, e percebeu, antes que Ostrog falasse, que ele estava olhando para o que havia acontecido no dia anterior em Londres. A neve da noite havia derretido. Ele julgou que esse espelho era algum substituto da câmara obscura, porém essa questão não havia sido explicada a ele. Ele viu que, apesar de as figuras vermelhas estarem correndo da esquerda para a direita, elas desapareciam da cena à esquerda. Ele ficou pensando por um instante e, em seguida, viu que a cena ia passando devagar, no estilo panorama, por aquela janela oval.

– Daqui a pouco você verá a luta – disse Ostrog ao seu lado. – Essas pessoas de vermelho são prisioneiras. Essa é a área do telhado de Londres, todas as casas são praticamente contínuas agora. As ruas e as praças públicas estão cobertas por essas áreas. Os espaços e os fossos da sua época desapareceram.

Algo fora do foco tirou a atenção da metade da imagem. A forma sugeria a figura de um homem. Havia o brilho de um metal, um clarão, algo que não passou despercebido, e a imagem se mostrava clara novamente. E agora Graham observava os homens correndo entre os moinhos de vento, apontando armas que soltavam pequenos *flashes* esfumaçados. Era uma multidão cada vez maior à direita, gesticulando, talvez também estivessem gritando, mas fora isso a imagem não mostrava nada. Eles e os moinhos de vento passavam devagar e em linha reta, pelo que se via na imagem.

– Agora – disse Ostrog – vem a Casa do Conselho. – E lentamente uma margem preta apareceu na imagem e chamou a atenção de Graham. Logo já não era uma margem, mas uma abertura, um enorme espaço escuro entre aquele grupo de edifícios. De lá, uns pináculos finos de fumaça começaram a se erguer e a sair daquela escuridão. Por cima dos vestígios daquele lugar esplêndido, durante minutos infinitos, os homens escalavam, pulavam e se aglomeravam.

– Esta é a Casa do Conselho – disse Ostrog. – A última fortaleza deles. E os tolos perderam munições só para resistirem por um mês e poderem destruir os prédios ao seu redor, na tentativa de parar nosso ataque. Ouviu o barulho? A força da explosão destruiu metade dos vidros da cidade.

E, enquanto falava, Graham viu que, além daquele mar de destruição e de escombros que chegavam às alturas, havia um conjunto irregular de prédios brancos. Esses edifícios haviam sido isolados pela destruição brutal ocorrida ao redor. Espaços escuros marcavam as passagens por onde o desastre havia passado; grandes salões tiveram suas coberturas destruídas, e suas decorações internas foram totalmente arrasadas no meio dos escombros, e nas paredes caídas era possível ver polias penduradas de fios partidos e terminações de linhas e hastes metálicas torcidos. Entre todos aqueles detalhes, havia pequenas manchas vermelhas, no mesmo tom da roupa dos defensores do Conselho. Às vezes, viam-se pequenos *flashes* que iluminavam o lugar. À primeira vista, Graham pensou que estivesse acontecendo um ataque naquele prédio branco isolado, mas, em seguida, percebeu que os revoltosos não estavam avançando, mas tentando se proteger no meio daqueles destroços que cercavam aquela fortaleza toda destruída, já que os homens de vermelho continuavam atirando.

Há menos de dez horas, ele havia estado lá embaixo dos ventiladores, em uma pequena câmara dentro daquele edifício, imaginando o que estaria acontecendo no mundo!

Olhando com mais atenção à medida que esse cenário de guerra acontecia silenciosamente no centro do espelho, Graham viu que o edifício branco estava cercado de ruínas por toda parte, e Ostrog continuava descrevendo, em frases resumidas, como seus defensores conseguiram destruir tudo e isolá-los daquela invasão. Falou de uma forma indiferente sobre a perda de homens cuja derrota teria implicado outras consequências. Indicou um necrotério improvisado entre aqueles escombros onde havia ambulâncias

O DORMINHOCO

que fervilhavam como ácaro-do-queijo ao longo de ruínas do que um dia havia sido uma rua movimentada. Ele estava mais interessado em apontar os escombros da Casa do Conselho e o cerco que havia lá. Em pouco tempo, aquela guerra civil que havia tomado conta de Londres já não era nenhum mistério para Graham. Não houve nenhuma revolta naquela noite, nenhuma guerra, mas, sim, um golpe de estado impressionantemente organizado. Os detalhes que Ostrog dava sobre tudo eram incríveis; ele parecia saber de tudo o que estava relacionando a toda aquela imagem e sucessão de eventos entre aqueles que usavam preto e os que usavam vermelho.

Esticou seu braço enorme vestido de preto bem na frente da imagem luminosa para mostrar a sala de onde Graham havia escapado. No meio daquelas ruínas, também se podia ver o caminho de sua fuga. Graham reconheceu o vão por onde precisou fugir e as pás do moinho das quais havia desviado e que pertenciam à máquina voadora. O restante do caminho havia sido destruído pela explosão. Ele voltou a olhar para a Casa do Conselho, que estava parcialmente escondida. À direita havia uma encosta junto com um conjunto de cúpulas e pináculos, nebulosos e distantes.

– E o Conselho foi realmente derrotado? – perguntou.

– Derrotado – disse Ostrog.

– E eu... É mesmo verdade que eu...?

– Você é o Mestre do mundo.

– Mas essa bandeira branca...

– Essa é a bandeira do Conselho, a bandeira da Ordem do Mundo. Mas ela cairá. A guerra acabou. O ataque perpetrado no teatro foi sua última luta desesperada. Eles têm apenas uns mil homens, mais ou menos, e alguns deles serão desleais. E não têm muita munição. E estamos revivendo as antigas artes. Estamos forjando armas.

– Mas... me ajude a entender. Esta cidade é o mundo?

– Praticamente é tudo o que restou do império deles. No exterior, as cidades já se revoltaram conosco ou estão prestes a se revoltar. O seu despertar os deixou chocados, paralisados.

– Mas o Conselho não tem máquinas voadoras? Por que não lutam ao lado deles?

– Eles tinham. Mas a maior parte dos aeronautas está conosco na revolta. Eles não se arriscarão a lutar do nosso lado, mas também não se colocarão contra nós. Tivemos que nos afastar dos aeronautas. Metade deles estava do nosso lado, e os demais sabiam. Eles sabiam que você havia fugido e deixaram de procurá-lo. Nós matamos o homem que atirou em você, há uma hora. E ocupamos as plataformas aéreas nas primeiras horas do dia em cada cidade que pudemos, e detivemos e capturamos os aviões. No que se refere às pequenas máquinas voadoras que foram descartadas, algumas não, nós as mantivemos e fizemos de tudo para que elas pudessem chegar até a Casa do Conselho. Se elas caíssem, não iriam levantar voo novamente, isso porque não há espaço livre para isso. Destruímos várias, outras caíram, e os ocupantes se renderam. O resto saiu do continente para encontrar alguma cidade amiga, caso chegassem ao destino antes que o combustível acabasse. A maior parte desses homens estava feliz em ser aprisionada para não correr mais risco. Cair junto com uma máquina voadora não é um destino muito agradável. Dessa forma, o Conselho não tem nenhuma chance. Seus dias acabaram.

Ele riu e se virou para a janela oval novamente, para mostrar a Graham o que ele queria dizer com as plataformas aéreas. Até mesmo as quatro mais próximas estavam vazias e cobertas por uma fina camada de neblina. Mas Graham pôde perceber que aquelas estruturas eram enormes, a julgar até mesmo pelos padrões daquilo que as cercava.

E, à medida que essas formas passavam para a esquerda, veio novamente a visão daquela vastidão em que homens desarmados estavam marchando. E depois viram as ruínas, e então, de novo, aquele prédio branco sitiado que um dia pertencera ao Conselho. Parecia agora um lugar abandonado, mas ainda brilhava com a ajuda da luz do sol, isso porque uma nuvem acabara de passar. Ainda pairava no ar uma luta, mas agora os defensores de vermelho já não estavam mais atirando.

Então, em uma quietude sombria, o homem do século XIX viu a cena final da grande revolta: a criação à força de seu governo. Com a qualidade de descoberta surpreendente, ele percebeu que este era o seu mundo, e não outro que ele havia deixado para trás; que aquilo não era um espetáculo que teria começo, meio e fim; que neste mundo a vida ainda existia, que ele ainda tinha deveres, corria perigos e tinha responsabilidades. Ele começou a fazer novas perguntas. Ostrog passou a responder-lhe, e, em seguida, parou de falar.

– Essas coisas eu preciso explicar melhor mais tarde. Neste momento, temos deveres. As pessoas estão chegando pelas ruas móveis vindo em direção a este lugar, vindas da cidade toda. Os mercados e os teatros estão lotados. Você chegou bem na hora para recebê-las. Elas clamam por você. E no exterior as pessoas querem vê-lo. Paris, Nova Iorque, Chicago, Denver, Capri, milhares de cidades estão se unindo, ainda não se decidiram, e pedem para ver você. Há anos dizem que você deveria ter sido acordado, e, agora que isso finalmente aconteceu, eles mal conseguem acreditar...

– Mas com certeza, eu não posso ir...

Ostrog respondeu estando do outro lado da sala. A imagem exibida no disco oval quase desaparecia à medida que a luz voltava.

– Isto é um cinetotelefotógrafo – disse. – Ao saudar as pessoas daqui, você será visto por milhares e milhares de pessoas, amontoadas e ainda presas dentro de salões escuros, pelo mundo inteiro. Você será visto em preto e branco, é claro, e não assim. Você poderá ouvir gritos de apoio que reforçarão os gritos no salão.

"E usaremos um artifício ótico utilizado por algumas pessoas e dançarinas. Talvez para você isso seja novidade. Você ficaria exposto a uma luz muito brilhante, e as pessoas não verão você, mas, sim, uma imagem sua aumentada, exibida em uma tela. Assim, até mesmo o homem que estiver muito distante, na galeria mais remota, pode, se quiser, contar seus cílios."

Graham, de forma desesperada, lançou uma pergunta que surgira em sua mente.

– Quantos habitantes existem em Londres?

– Oitocentos e vinte miríades.

– Oitocentos e o quê?

– Mais de trinta e três milhões.

Esse número ultrapassava o que Graham estava imaginando.

– Esperam que você pronuncie algo – disse Ostrog. – Não é o que você conhece como discurso, mas o que nosso povo chama de palavra: somente uma frase, ou meia dúzia de palavras. Algo formal. Se eu puder fazer uma sugestão: "Despertei e meu coração está com vocês". É esse o tipo de coisa que as pessoas querem.

– O quê? – perguntou Graham.

– Despertei e meu coração está com vocês. E se incline, uma reverência real. Mas primeiro temos que providenciar vestes pretas, já que o preto é sua cor. Importa-se? E, em seguida, eles serão dispersados de volta para casa.

Graham hesitou.

– Estou em suas mãos – disse.

Ostrog claramente concordava com isso. Pensou por um momento, virou-se para a cortina e começou a dar ordens para ajudantes invisíveis. Quase imediatamente, uma vestimenta preta, a mesma que Graham havia usado no teatro, foi trazida. E, assim que aquele manto foi posto em seus ombros, não houve nenhum tipo de cerimônia nem ouviu o som de sinos que pudesse marcar aquele momento. Ostrog olhou com cara de interrogação para o ajudante, depois pareceu mudar de ideia, puxou a cortina e desapareceu.

Por um momento, Graham ficou parado ao lado do ajudante, ouvindo os passos de Ostrog se afastar. Houve o som de uma pergunta e uma resposta rápida e de homens correndo. A cortina foi aberta novamente, e Ostrog reapareceu; seu rosto brilhava, tamanha animação. Cruzou a sala a passos largos, apagou as luzes, pegou o braço de Graham e apontou para o espelho.

– Mesmo quando nos viramos – disse.

Graham viu o dedo indicador de Ostrog, preto e enorme, apontar para a Casa do Conselho, que aparecia espelhada. Ele não entendeu nada. E, em seguida, percebeu que o mastro que carregara a bandeira branca estava vazio.

– O que você quer dizer? – começou.

– O Conselho se rendeu. Seu governo chegou ao fim para sempre. Veja! – Ostrog apontou para uma espiral negra que se arrastava lentamente até chegar ao mastro vazio, desdobrando-se à medida que subia.

A imagem oval desvaneceu-se quando Lincoln puxou a cortina e entrou.

– Estão alvoroçados – disse.

O DORMINHOCO

Ostrog continuou segurando o braço de Graham.

– Nós acordamos o povo – afirmou. – Nós lhes demos armas. Pelo menos por ora, seus desejos devem ser a lei.

Lincoln segurou a cortina para Graham e Ostrog passarem.

No caminho para os mercados, Graham conseguiu dar uma olhada em um salão estreito e longo de paredes brancas no qual se viam alguns homens de azul carregando embrulhos e outros em vestimentas médicas roxas, correndo para lá e para cá. Ouviam-se naquele salão gemidos e choros. Teve a impressão de ver um sofá vazio com uma mancha de sangue e outros sofás com homens enfaixados e manchados de sangue. Foi apenas uma olhada de relance. Em seguida, um pilar escondeu o lugar, e eles seguiram até os mercados.

O barulho da multidão se aproximava: aquele barulho tornou-se um trovão. E, chamando a sua atenção, uma fila de bandeiras negras, uma multidão de vestes azuis e de trapos marrons, e a multidão que estava nos teatros próximos aos mercados públicos e que passava por um longo corredor. A imagem se abriu. Ele percebeu que entravam no grande teatro onde havia aparecido primeiro, aquele onde ele havia sido visto pela última vez e que o abrigou quando ele fugira da polícia vermelha. Dessa vez, ele entrou por uma galeria em um nível acima do palco. O local agora estava todo iluminado. Ele viu o grupo de pessoas de quem havia fugido, mas não podia distingui-las; tampouco os assentos destruídos, almofadas desgrenhadas, ou os rastros de luta por causa do grande número de pessoas. Com exceção do palco, todo o local estava lotado. Ao olhar para baixo, o efeito era o de uma área cheia de pontinhos rosa, que representavam rostos parados olhando para ele. Quando Ostrog apareceu, a gritaria e a cantoria cessaram, um silêncio comum tomou conta do lugar em vez da desordem. Parecia que cada pessoa no meio daquela multidão o estava observando.

O FIM DA VELHA ORDEM

Até onde Graham conseguiu julgar, já estava perto do meio-dia quando a bandeira branca do Conselho caiu. Mas foi preciso algumas horas para a rendição ser formalizada, e, depois de ter proferido a "palavra", ele se retirou para seus novos aposentos dentro dos escritórios dos Cata-ventos. A agitação contínua das últimas doze horas o havia deixado extremamente cansado, até a sua curiosidade estava exausta; por um curto espaço de tempo, ele se sentou inerte e passivo com os olhos abertos e, em seguida, adormeceu. Foi acordado por dois atendentes médicos, que haviam chegado com estimulantes para ajudá-lo na próxima missão. Depois de tomar as medicações e tomar banho, de água gelada, como lhe fora sugerido pelos médicos, ele sentiu que as forças e a energia haviam voltado e pôde e quis acompanhar Ostrog em uma viagem de vários quilômetros (foi o que lhe pareceu) por corredores, elevadores e vias móveis até chegarem ao local mais próximo de onde o Conselho Branco governava.

O trajeto até lá os fez passar por uma sucessão de edifícios. Finalmente chegaram a uma passagem que acabava em um tipo de curva, e havia uma longa abertura onde era possível ver nuvens avermelhadas pelo pôr do sol, e na linha do horizonte, as ruínas da Casa do Conselho. Um tumulto de gritos veio até ele. Em outro momento, chegaram ao alto de um penhasco,

O DORMINHOCO

formado pela destruição dos edifícios. Aquela grande área aberta aos olhos de Graham era, ao mesmo tempo, estranha e maravilhosa diante do que havia visto naquele espelho oval.

Esse espaço do anfiteatro parecia agora a melhor parte de tudo o que ele já havia visto. Estava iluminado à esquerda pela luz do sol, e embaixo e à direita estava um tanto frio por causa da sombra. Acima da sombra lúgubre que pairava sobre a Casa do Conselho, a enorme bandeira negra da rendição ainda estava pendurada e podia ser vista naquele pôr do sol. Havia várias salas, salões e passagens dispostos de forma estranha, grandes objetos de metal quebrados jogados por toda a parte, vários cabos e fios torcidos jogados de qualquer maneira, e do andar de baixo havia um tumulto em que se ouviam várias vozes, comoção, confusão e o som de trombetas. Tudo o que restava daquela grande pilha de entulho era a desolação; os objetos quebrados e escurecidos, fundações enfraquecidas e objetos de madeira destruídos por ordem do Conselho, restos de vigas, gigantescos pedaços de parede e uma montanha de pilares caída no chão. Entre todo aquele cenário de destruição que se via lá embaixo, havia água corrente que brilhava, e longe dali, no meio daquela imensidão de edifícios, estava o final de um aqueduto, a cerca de sessenta metros no ar, que, violentamente, despejava uma verdadeira cascata. E, em todo lugar, havia uma multidão de pessoas.

Onde quer que houvesse espaço, as pessoas se amontoavam, insignificantes e minuciosamente claras, exceto onde o pôr do sol as tocasse, deixando-as com um tom dourado. Elas escalavam aquelas paredes instáveis, penduravam-se em grupos pelos pilares que ainda estavam de pé. Amontoavam-se na beira de toda aquela ruína. O ar ecoava os gritos, levando-os em direção à área central.

Os andares superiores da Casa do Conselho pareciam estar desertos. Não havia um único ser humano lá. Somente a bandeira de rendição quase caída pendurada contra a luz. Os mortos estavam dentro da Casa do Conselho, ou escondidos ao lado daquela multidão, ou foram levados. Graham só conseguia ver alguns corpos abandonados em alguns lugares, esquinas e entre a água corrente.

– As pessoas poderão ver o senhor? – perguntou Ostrog. – Elas estão ansiosas para vê-lo.

Graham hesitou, e, em seguida, caminhou em direção à beira da parede que havia caído. Ele ficou parado lá, olhando para baixo, sozinho, alto. Sua figura vestida de preto se destacava contra o céu.

Lentamente, aquela multidão em meio àquelas ruínas se deu conta da sua presença. À medida que isso foi acontecendo, alguns poucos homens vestidos de preto foram aparecendo, empurrando e passando no meio do povo e indo em direção à Casa do Conselho. Ele viu pequenas cabeças negras se transformando em rosadas, porque se viraram para cima para vê-lo, e, então, viu uma onda de reconhecimento tomar conta do lugar. Ocorreu-lhe que talvez devesse prestar àquelas pessoas algum reconhecimento. Ergueu o braço e apontou-o para a Casa do Conselho, e abaixou a mão. As vozes foram unânimes, todas no mesmo volume. Olharam para ele e começaram ondas de aplausos.

O céu do ocidente estava meio azul-esverdeado, e Júpiter brilhava alto ao Sul, antes que a capitulação fosse realizada. Em cima, havia uma mudança lenta e pouco notada, o avanço do sereno e da beleza da noite; embaixo havia pressa, animação, ordens conflituosas, pausas, um desenvolvimento espasmódico na organização, um clamor cada vez maior e muita confusão. Antes de o Conselho sair, trabalhadores suados pelo trabalho, dirigidos por vários gritos, carregavam os corpos daqueles que haviam perecido no conflito armado e os deixavam naqueles corredores longos e nas câmaras.

Os guardas de preto abriam caminho para que o Conselho pudesse vir, passando por um corredor muito longo, com o reflexo azul-escuro do crepúsculo sobre as ruínas. O lugar estava cheio, a Casa do Conselho estava repleta de pessoas; uma multidão estava espalhada pelos prédios adjacentes. Havia muitas pessoas, e suas vozes, mesmo sem que gritassem, soavam como o barulho do mar chegando na praia. Ostrog havia escolhido uma enorme pilha de alvenaria esmagada e destruída, e também um palco de metal estava sendo erguido. As peças essenciais estavam completas, porém as máquinas barulhentas ainda brilhavam por entre as sombras embaixo desse edifício temporário.

O DORMINHOCO

O palco tinha uma pequena parte um pouco maior sobre a qual Graham estava com Ostrog e Lincoln bem atrás dele, um pouco mais à frente de um pequeno grupo de oficiais. Um andar mais abaixo e maior cercava aquela sacada. Ali se encontravam os guardas de preto da revolta armada com aquelas pequenas armas verdes cujo nome Graham ainda não sabia. As pessoas que o cercavam percebiam que seus olhos buscavam, a todo instante, as multidões naquelas ruínas que, um dia, haviam sido a Casa do Conselho, de onde os administradores vinham. Naqueles prédios que o cercavam, ele procurava apenas as pessoas. As vozes da multidão pareciam tornar-se um verdadeiro tumulto.

Primeiro, ele viu os conselheiros de longe, graças à claridade vinda das luzes temporárias e que mostravam o caminho. Um pequeno grupo de figuras brancas apareceu em um arco preto. Na Casa do Conselho, eles estavam no escuro. Ele os viu se aproximar cada vez mais depois de passarem da primeira estrela elétrica que brilhava. Ao lado deles marchava aquele barulho das multidões sobre as quais o seu poder havia durado por cento e cinquenta anos. À medida que seus rostos iam se aproximando, mostravam o cansaço, a palidez e a ansiedade. Ele reparou que aquelas pessoas não paravam de piscar e de olhar para Ostrog através dele. O rosto de cada um deles contrastava com a frieza que Graham havia sentido no salão do Atlas. Ele já conseguira reconhecer vários deles: o homem que havia batido na mesa por causa de Howard, um indivíduo forte de barba ruiva e outro baixo, de características delicadas e um crânio estranhamente longo. Ele notou que dois deles sussurravam, olhando para Ostrog. Em seguida veio um homem alto, escuro e bonito, abatido. De repente, ele olhou para cima, cruzando a visão com a de Graham por um instante. Passou por ele e foi até Ostrog. O uniforme deles era tão apertado que eles tinham de marchar e se curvar antes de chegarem ao percurso inclinado de tábuas que levava para o palco onde sua rendição seria feita.

– O Mestre, o Mestre! Deus e o Mestre – gritavam as pessoas. – Para o inferno com o Conselho!

Graham olhou para a multidão, notou como aquele grito se estendia para além do que ele podia ver, e, em seguida, para Ostrog ao seu lado, pálido, firme e quieto. Seus olhos se voltaram novamente para o pequeno grupo de conselheiros brancos. E, em seguida, olhou para cima, para as estrelas tão familiares sobre sua cabeça. O sentimento maravilhoso da fé, subitamente, tornara-se vívido. Será que tudo aquilo pertencia a ele mesmo: aquela vida em sua memória há duzentos anos e esta também?

DO CESTO DA GÁVEA

E, depois de alguns atrasos e uma série de dúvidas e batalhas, esse homem vindo do século XIX finalmente ocupou a posição como líder daquele mundo tão complexo.

Quando despertou de um longo e profundo sono seguido de seu resgate e da rendição do Conselho, ele não reconhecia nada ao seu redor. Com esforço, começou a compreender melhor, e tudo o que havia acontecido voltou à sua memória. A princípio, ouviu tudo com certa desconfiança, como se fosse apenas uma história contada ou lida, tirada de um livro. E, mesmo antes de as memórias clarearem, a exaltação de sua fuga e a maravilha de sua importância voltaram à sua mente. Ele era o dono de metade do mundo; Mestre da Terra. Essa nova era já lhe fazia sentido. Ele já não esperava mais descobrir que todas aquelas experiências fossem um sonho; ficou ansioso para se convencer de que tudo aquilo era real.

Um pajem o ajudava a se vestir sob a direção de um superior, um homem pequeno cujo rosto lhe dava a impressão de ser japonês, embora falasse inglês como um britânico. Com ele, aprendeu alguma coisa sobre a situação. A revolução já era um fato aceito; os negócios já haviam sido retomados na cidade. No exterior, a queda do Conselho foi recebida, em sua grande maioria, com alegria. O Conselho não era popular em parte alguma, e as milhares de cidades localizadas na América Ocidental, após duzentos anos, ainda sentiam inveja de Nova Iorque, Londres. Já o Oriente havia se rebelado quase inteiro dois dias antes, após as notícias do aprisionamento de Graham. Paris sofria uma luta interna. O resto do mundo estava em suspense.

Enquanto fazia o desjejum, o telefone tocou em um canto, e o criado-chefe chamou sua atenção para Ostrog, que fazia perguntas educadas. Graham interrompeu seu descanso para responder. Pouco tempo depois, Lincoln chegou, e Graham, na hora, expressou um forte desejo de conversar com as pessoas e de conhecer mais a nova vida que se abria para ele. Lincoln lhe disse que em três horas haveria uma reunião de oficiais com as esposas que aconteceria na sala do chefe dos escritórios dos Cata-ventos. O desejo de Graham de caminhar pela cidade havia, no entanto, se tornado impossível, por causa do enorme entusiasmo das pessoas. Seria, contudo, possível dar uma olhada na cidade estando em um cesto da gávea do guarda dos Cata-ventos. Para isso, Graham contou com a ajuda de seu criado. Lincoln, com um elogio ao criado, desculpou-se por não acompanhá-los, por causa da pressão que havia no trabalho administrativo.

O cesto da gávea se encontrava ainda mais alto que o maior moinho de vento, trezentos metros acima dos telhados: uma pequena mancha oval em uma lança de filigrana metálica suspensa por cabos. Para ir até lá, Graham foi levado em um pequeno berço suspenso por um cabo. Na metade do trajeto havia uma galeria iluminada sobre a qual pendia um conjunto de tubulações que podia ser visto de cima, girando devagar no anel de seu trilho externo. Eram *speculas*, espelhos refletores do guarda dos Cata-ventos, onde Ostrog havia lhe mostrado de onde vinha seu governo. O criado japonês se colocou na sua frente e passaram quase uma hora fazendo perguntas e dando respostas.

Foi um dia de primavera cheio de promessas. O toque do vento aqueceu a todos. O céu era de um azul intenso, e toda Londres brilhava com o reflexo do sol da manhã. O ar estava fresco e não havia fumaça nem neblina, doce como o ar de um vale.

Salvo pelas ruínas dentro da Casa do Conselho e pela bandeira negra da rendição que tremulava lá, aquela cidade magnífica que se via lá de

O DORMINHOCO

cima mostrava alguns sinais da breve revolução que havia acontecido, era o que Graham sentia e via. Em uma noite e um dia, o destino do mundo havia mudado.

Uma multidão de pessoas ainda se encontrava em meio a essas ruínas. De longe, podia-se ver como os serviços de viagens voltavam a funcionar com aviões indo para diversas grandes cidades da Europa e América, e esses locais também exibiam o preto da vitória. Do outro lado, havia um estreito entabuamento erguido em cavaletes que cruzava as ruínas e onde havia uma multidão de trabalhadores ocupados restaurando a ligação entre os cabos e os fios da Casa do Conselho e do resto da cidade, preparando-se para a transferência da sede de Ostrog dos prédios Cata-ventos.

Para o restante, a iluminação estava normal. Sua serenidade era tanta em comparação com as áreas onde havia distúrbios que Graham, ao olhar mais para além, quase se esqueceu dos milhares de homens que estavam escondidos no labirinto quase subterrâneo, mortos ou morrendo em consequência dos ferimentos sofridos na noite anterior, ou das enfermarias improvisadas que abrigavam cirurgiões, enfermeiras e todo tipo de pessoa; esqueceu, de fato, toda a maravilha, a consternação e a novidade ocorridas sob as luzes elétricas. Lá embaixo, nos corredores escondidos do formigueiro, ele sabia que a revolução triunfara, que a cor preta estava por toda parte, bandeiras e festões em todo lugar. E aqui, sob a luz do sol, além da cratera símbolo da luta, como se nada tivesse acontecido na Terra, a quantidade de Cata-ventos que aumentou de um ou dois enquanto o Conselho governava, funcionou pacificamente sob seu governo incessante.

Longe dali, as Colinas Surrey, castigadas pelos Cata-ventos, mostravam todo o esplendor azul e delicado. Ao Norte, os contornos afiados de Highgate e de Muswell Hill eram igualmente recortados. Ao longo do interior, ele sabia, em todo cume e em todo campo, onde as sebes se entrelaçavam, e chalés, igrejas, estalagens e fazendas aninhavam-se entre as árvores, os moinhos de vento similares aos que viu e exibindo como anúncios os símbolos sombrios e distintos da nova era lançavam suas sombras giratórias e armazenavam incessantemente a energia que fluía ao longo de toda a cidade. E por baixo deles passavam incontáveis rebanhos e manadas pertencentes ao British Food Trust, com seus guardas e protetores.

H. G. Wells

Nenhum cenário familiar quebrou o conjunto de formas gigantescas abaixo. Ele sabia que Saint Paul havia sobrevivido, assim como muitas das demais edificações em Westminster, incorporadas e longe da vista, arqueadas e escondidas entre as grandes construções desta era. O Tâmisa também. Nada acontecera com ele que o fizesse romper a selva da cidade; os aquedutos sugaram cada gota de suas águas antes que elas pudessem alcançar as paredes. Seu leito e o estuário foram secos e enterrados; agora não passava de um canal de água marinha e um local que servia de caminho para o recebimento e o envio de produtos comercializáveis, que se encontrava aos pés dos trabalhadores. Discretos a Leste, entre a terra e o céu, encontravam-se os mastros dos navios colossais. Por todo o tráfego pesado, para o qual não houve necessidade de pressa, vieram em navios gigantescos a vela dos confins da terra, e as mercadorias pesadas para as quais havia urgência, vieram em naves mecânicas de tipo menor e mais rápido.

E ao Sul, sobre as colinas, viam-se vastos aquedutos de água salgada para os esgotos, e em três direções diferentes corriam linhas pálidas: as estradas, pontilhadas por manchas cinzentas que se moviam. Na primeira ocasião que lhe fosse oferecida, ele estava determinado a ir até lá ver essas estradas. Isso viria depois de ter experimentado o navio voador. O criado descreveu aquelas coisas como um par de superfícies delicadamente curvadas de noventa metros de largura, cada uma para o tráfego em uma direção, e feitas com uma substância artificial chamada de adamita – até onde ele conseguia entender, era algo parecido com um vidro endurecido. Ao longo de todo aquele tráfego estranho de veículos rápidos feitos de borracha, ele via rodas únicas enormes, dois e quatro veículos com rodas, andando com velocidade equivalente a nove quilômetros por hora. As ferrovias haviam desaparecido; poucos aterros haviam permanecido como trincheiras enferrujadas espalhadas por ali. Alguns formavam as bases dos trajetos feitos de adamita.

Entre as primeiras coisas a chamar sua atenção estavam as enormes frotas de balões e pipas de anúncios que podiam ser vistos ao Norte e ao Sul bem na rota dos aviões. Não se via nenhum avião. Tudo havia cessado, e somente um pequeno aeroplano circulava no alto do céu e acima de Surrey Hills, apenas uma mancha inexpressiva.

O DORMINHOCO

Uma coisa que Graham já havia aprendido e que achava difícil de imaginar era que quase todas as cidades do país e quase todas as vilas haviam desaparecido. Aqui e ali, alguns edifícios que se pareciam a hotéis gigantes se encontravam a vários quilômetros de distância de plantações e haviam preservado o nome de uma cidade, como Bournemouth, Wareham ou Swanage. Ainda assim, seu criado o havia convencido rapidamente sobre como aquela mudança fora inevitável. A velha ordem havia enchido o país de fazendas, e a cada quatro ou cinco quilômetros ficavam a casa de um fazendeiro, a estalagem e o sapateiro, a mercearia e a igreja, todos formando uma vila. A cada doze quilômetros, mais ou menos, estava a cidade, onde viviam advogados, comerciantes de milho, tosquiadores, seleiros, veterinários, médicos, entre outros. Doze quilômetros, simplesmente porque era o que levava o trajeto de ida e volta, seis para lá e seis para cá, era uma distância confortável para o fazendeiro. Porém, as ferrovias logo vieram, e depois delas, as ferrovias leves, e todos os veículos novos de motor rápido que substituíram os vagões e os cavalos. E, assim que as estradas principais começaram a ser construídas em madeira e borracha, e adamita, e em todo tipo de substância elástica durável, a necessidade de ter esse tipo de cidade desapareceu. E as grandes cidades cresceram. Elas atraíam os trabalhadores como uma força gravitacional para um ofício aparentemente interminável; o empregador começou a sentir que tinha um trabalho que nunca podia cessar.

Conforme cresciam o padrão do conforto e a complexidade do mecanismo de vivência, a vida no país ia se tornando cada vez mais cara, ou difícil e impossível. O desaparecimento do vigário e do fazendeiro e a extinção do médico de família pelo especialista vindo da cidade roubaram a vila de seus últimos toques de cultura. Depois que o telefone, o fonógrafo e o cinematógrafo substituíram o jornal, os livros, os professores e as cartas, estar fora do alcance dos fios elétricos era viver uma vida isolada. No país não havia meios de se vestir ou se alimentar (de acordo com os conceitos da época), não havia médicos em caso de emergência nem empresas ou ocupações.

Além disso, os aparelhos mecânicos usados na agricultura fizeram de um engenheiro o equivalente a trinta trabalhadores. Portanto, invertendo

H. G. Wells

as condições do escrivão da cidade na época em que Londres era quase inabitável por causa da poluição atmosférica pelo carvão, os trabalhadores agora vinham correndo pela estrada ou pelo ar até a cidade para apreciar a vida noturna, mas voltavam para casa de manhã. A cidade havia se enchido com a humanidade; o ser humano havia iniciado um novo estágio em seu desenvolvimento. Primeiro vieram os nômades, os caçadores; em seguida, os agricultores do estado da agricultura, cujas cidades e portos eram, além da sede, os mercados do interior. Agora, a consequência lógica de uma época de invenção era esse enorme grupo de pessoas. Salvo Londres, havia somente quatro outras cidades na Grã-Bretanha: Edimburgo, Portsmouth, Manchester e Shrewsbury. Descrições como essas, declarações simples de um fato, apesar de serem contemporâneas, faziam a mente de Graham viajar. E, quando ele viu "além" daquelas coisas estranhas que existiam no Continente, tudo desmoronou.

Ele teve uma visão da cidade além da cidade, cidades construídas em grandes planícies ou que ficavam ao lado de grandes rios, cidades enormes junto ao litoral, contornadas por montanhas nevadas. Em grande parte do mundo, o inglês era a língua falada; junto com o espanhol americano e os dialetos hindi, negro e *pidgin*, era o idioma natural de dois terços das pessoas da Terra. No Continente, salvo algumas poucas curiosas sobreviventes, três outras línguas ainda existiam: o alemão, que chegava até a Antioquia e Gênova e atropelou o espanhol-inglês em Cádis; um russo afrancesado que chegava ao inglês indiano na Pérsia e no Curdistão e o inglês *pidgin* em Pequim; e o francês ainda existente e brilhante, a língua da lucidez, que compartilhava o mediterrâneo com o inglês indiano e o alemão e chegava até onde se fala o dialeto negro no Congo.

Agora em todo lugar, em todo o mundo, salvo nos territórios administrados pelo "cinturão negro" dos trópicos, a mesma organização social cosmopolita havia predominado, e por toda parte, dos polos até o equador, as propriedades e responsabilidades haviam se estendido. O mundo todo era civilizado; o mundo todo morava nas cidades; o mundo todo era sua propriedade. Ao longo de todo o Império Britânico e América, quase não se podia distinguir sua propriedade. O Congresso e o Parlamento

O DORMINHOCO

normalmente eram vistos como reuniões antiquadas e curiosas. Até mesmo nos Impérios da Rússia e da Alemanha, a influência de sua riqueza era considerada enorme. Lá, é claro, vieram os problemas, as possibilidades, porém, animado como estava, até mesmo a Rússia e a Alemanha pareciam bastante remotas. E a qualidade da administração do cinturão negro, e o que essa administração significaria, após sua própria era, nem ele imaginava. Aquilo deveria representar uma ameaça àquela visão enorme que se apresentara diante dele e que sua cabeça do século XIX não conseguia compreender. Porém, mudou de ideia assim que pensou que o medo havia desaparecido.

– O que aconteceu com o perigo amarelo? – perguntou, e Asano lhe explicou. O espectro chinês havia desaparecido. Os chineses e os europeus estão em paz. O século XX havia descoberto, com certa relutância, que o chinês médio era civilizado, mais moral e muito mais inteligente que o europeu médio, e repetiu de maneira entusiasmada a fraternização entre os escoceses e os ingleses que acontecera no século XVII. E Asano disse:

– Eles pensaram melhor. Descobriram que éramos homens brancos, afinal. – Graham voltou a observar o que o cercava, e seus pensamentos o levaram a outra direção.

No Sudoeste, brilhando de forma estranha, e de certa maneira terrível, estavam as Cidades dos Prazeres, cidades cujo cinematógrafo-fonógrafo e aquele velho haviam mencionado. Lugares estranhos, remanescentes da lendária Síbaris, cidades da arte e da beleza, a arte mercenária e bela, cidades lindamente estéreis de movimento e música, para onde foram todos aqueles que usufruíram da luta feroz, inglória e econômica que se seguiu naquele labirinto ofuscante.

A ferocidade que Graham conhecia muito bem. Como ele poderia julgar uma ferocidade com base no fato de que essas pessoas atuais remeteram-se à Inglaterra do século XIX como exemplo de um estilo de vida edílico? Ele voltou a olhar para tudo aquilo à sua frente, tentando entender aquelas grandes fábricas localizadas naquele labirinto intrincado.

Ao Norte, ele sabia que ficavam os oleiros, artesãos que não só mexiam com cerâmica e com porcelana, mas também com pastas e compostos semelhantes a um químico mineral sutil que fora desenvolvido; existiam os oleiros de estatuetas e adornos de parede e de móveis muito mais elaborados; também existiam as fábricas onde profissionais muito mais competitivos elaboraram seus discursos e anúncios no fonógrafo e criaram grupos de desenvolvimento para os surpreendentes trabalhos na exibição de romances cinematógrafos. Daí também as mensagens espalharam-se rapidamente para o mundo, a mentira em nível mundial contada pelos jornalistas, os carregadores das máquinas telefônicas que haviam substituído os jornais do passado.

Para o Oeste, além da Casa do Conselho destruída, estavam os grandes escritórios de controle e do governo municipal; e ao Leste, em direção ao porto, a sede do Comércio, os mercados públicos, os teatros, os *resorts*, as casas de apostas, quilômetros de bares de sinuca, estádios de beisebol e de futebol, exposições de animais selvagens e os inumeráveis templos cristãos e quase cristãos, templos maometanos, budistas, agnósticos, devotos de fantasmas, os adoradores do íncubo, os adoradores de móveis, e assim por diante; e ao Sul, novamente contra uma vasta fábrica de têxteis, vegetais em conserva, vinhos e condimentos. E de um ponto a outro via-se a multidão incontável de pessoas passando por aquelas ruas mecânicas. Uma colmeia gigante, da qual os ventos eram serviçais incansáveis, e os incessantes Cata-ventos eram uma coroa e um símbolo adequado.

Ele pensou na população sem precedente que havia sido sugada por essa esponja de corredores e galerias, os trinta e três milhões de vidas que viviam, cada uma delas, o próprio drama lá embaixo, e a complacência que o brilho do dia, do espaço e do esplendor da vista e, acima de tudo, o sentido de própria importância havia gerado, minguado e eliminado. Ao olhar de cima para a cidade, finalmente era possível ter uma ideia melhor sobre aquela multidão incrível de trinta e três milhões, a realidade da responsabilidade que lhe havia caído sobre os ombros, a vastidão daquele turbilhão humano sobre o qual seu frágil reinado pendia.

Ele tentou entender a vida individual. Surpreendeu-se ao perceber quão pouco o homem comum havia mudado, apesar da transformação visível das condições. A vida e a propriedade, de fato, não sofriam com a violência em

O DORMINHOCO

praticamente lugar algum no mundo, as doenças zimóticas, bacterianas de todos os tipos haviam quase desaparecido. Todos tinham um abastecimento de alimentos e roupa suficiente. Na cidade, havia como se proteger tanto do calor quanto do frio. Tudo isso mostrava como o progresso mecânico da ciência e da organização física da sociedade havia sido um sucesso. Porém, a multidão, que ele estava começando a descobrir, era inerte, indefesa nas mãos de demagogos e organizadores, covardemente egoísta, individualmente convencida pela fome, coletivamente incalculável. A lembrança de diversas figuras de azul tomou conta de sua memória. Milhões de homens e mulheres abaixo dele, ele sabia, nunca haviam saído da cidade, nunca haviam visto além de todo aquele mar de negócios e comércio que cercava a cidade, e conseguia um pouco de prazer em coisas que deixavam a desejar. Ele pensou sobre as esperanças que os seus contemporâneos, já falecidos, tinham e, por um momento, no sonho da Londres no antigo e pitoresco *Notícias de Lugar Nenhum*, de Morris, e a terra perfeita da bela obra de Hudson, *Era de Cristal*. Ambos se apresentaram diante dele em uma atmosfera de perda infinita. Ele pensou nas próprias esperanças.

Nos últimos dias de sua antiga e maravilhosa vida, que agora já não mais existia, o conceito de liberdade e igualdade tornou-se real para ele. Esperava, assim como sua era ansiava, que o sacrifício de muitos em benefício de poucos um dia acabaria, que o dia em que cada criança nascida teria a oportunidade de ser feliz estava chegando. E aqui, depois de duzentos anos, o mesmo sonho, ainda não realizado, chorou apaixonadamente pela cidade. Após duzentos anos, ele conhecia, mais que nunca, vendo as proporções gigantescas da cidade, a pobreza e a desolação que havia na sua época.

Ele já sabia algo da história dos anos em que houve intervenção. Ele ouviu agora sobre a decadência moral que se seguira após o fracasso das religiões sobrenaturais nas mentes dos ignorantes, o declínio da honra pública e a ascendência da riqueza. Os homens que haviam perdido a crença em Deus ainda mantinham a fé na propriedade, e a riqueza comandava um mundo venial.

O criado japonês, Asano, ao expor a história política de intervenção, criou uma analogia: uma semente comida por parasitas de insetos. Primeiro

H. G. Wells

está a semente original, amadurecendo com vigor. Em seguida, vem um inseto e deposita um ovo sob a pele, e atenção! Em pouco tempo a semente se tornará uma forma oca com uma larva dentro que a vai devorando aos poucos. Depois, aparece um segundo parasita, alguma vespa parasitoide, e esta deposita um ovo dentro dessa larva, e atenção! Esta também se tornará uma casca oca, e a nova vida estará dentro da pele de seu predecessor, confortável naquela proteção que a semente lhe proporcionou. A casca da semente ainda mantém a forma, a maioria das pessoas acredita ser uma semente, e tudo leva a crer que ainda seja assim, vigorosa e viva.

– Seu reino vitoriano – disse Asano – era assim: um reinado com o coração devorado. Os proprietários, os barões e a aristocracia começaram séculos atrás com o rei John; houve lapsos, porém eles decapitaram o rei Charles e acabaram com qualquer vislumbre real do rei George. O poder estava realmente nas mãos do parlamento. Porém, o parlamento, o órgão da aristocracia governante que detinha o poder da terra, não manteve o poder por muito tempo. A mudança já havia começado no século XIX. As franquias haviam se expandido até incluir massas de homens ignorantes, "miríades urbanas", que foram aos milhares para votar. E a consequência natural de um enxame de eleitores é a regra da organização partidária. O poder estava nas mãos da máquina partidária na época vitoriana; essa máquina era secreta, complexa e corrupta. O poder rápido estava nas mãos de grandes homens de negócios que financiavam as máquinas. Houve uma época em que o poder real e o interesse do Império ficaram entre os dois conselhos do partido, dirigidos pelos jornais e pelas organizações eleitorais, dois pequenos grupos de ricos e capazes, trabalhando primeiro em oposição um ao outro e, em seguida, juntos.

Os gentis reagiram, sem eficácia. Havia diversos livros, continuou Asano, que provavam isso, alguns deles tão antigos quanto a época em que Graham caiu no sono, uma literatura completa sobre a reação. O partido da reação parece ter se fechado em seu estudo e se rebelado com uma determinação inabalável, no papel. A necessidade urgente de ou capturar ou privar os conselhos do poder é uma sugestão comum que sempre foi ventilada no século XX, tanto na América quanto na Inglaterra. Na maioria

O DORMINHOCO

dos casos, a América sempre veio um pouco antes que a Inglaterra, apesar de ambos os países terem ido para a mesma direção.

A contrarrevolução nunca veio. Ela jamais conseguiria se organizar e se manter incorrupta. Já não havia mais aquela antiga sentimentalidade. A antiga fé no que era justo foi deixada entre os homens. Qualquer organização que se tornasse grande o suficiente para influenciar as eleições se tornava complexa o bastante a ponto de não ser enfraquecida, desmantelada ou comprada por homens ricos. Os Partidos Socialistas e Populares, Reacionários e Puritanos eram, finalmente, meros contadores do Mercado de Ações, vendendo seus princípios para pagarem sua eleição. E a grande preocupação dos ricos era, naturalmente, a de manterem sua propriedade intacta, o conselho livre para o jogo da venda. Assim como a preocupação dos senhores feudais era a de manter o conselho livre para caçar e guerrear. O mundo inteiro foi explorado, um campo de batalha comercial; e convulsões financeiras, o flagelo da manipulação da moeda, guerras tarifárias, tudo isso aumentou a miséria humana durante o século XX, porque a miséria foi triste para a vida e pior do que uma morte rápida, pior que uma guerra, que doenças e que a fome, nas horas mais escuras da história.

Agora, sendo parte do desenvolvimento desta era, ele agora sabia de tudo. Por meio das sucessivas fases no desenvolvimento dessa civilização mecânica, ajudando e dirigindo seu desenvolvimento, surgiu um novo poder, o Conselho, a junta de seus administradores. No início, era uma simples união entre os milhões de Isbister e Warming, uma mera *holding* de propriedade, a criação, surgida do capricho de dois testadores sem filhos, de uma empresa. No entanto, o talento coletivo de sua primeira constituição a havia levado rapidamente a sofrer uma enorme influência, até por uma escritura, empréstimo e ação, sob centenas de disfarces e pseudônimos que haviam se ramificado e imbricado nas entranhas dos estados americanos e britânicos.

Exercendo uma influência enorme e também um patrocínio, o Conselho assumiu desde o início um aspecto político; e em seu desenvolvimento continuou a usar sua riqueza para pautar decisões políticas e obter ganhos para adquirir cada vez mais riquezas. Finalmente as organizações partidárias dos dois hemisférios estavam em suas mãos; tornou-se um conselho interno de controle político. Sua última batalha foi com a aliança tácita das grandes famílias judias. Porém, essas famílias estavam ligadas somente por um sentimento frágil. A qualquer momento a herança poderia provocar uma enorme ruptura em seus recursos e fazer com que perdessem muito, centenas de milhares de uma só vez. O Conselho não tinha essa brecha em sua continuidade. E pouco a pouco aquilo foi aumentando.

O Conselho original não era composto apenas por doze homens de habilidade excepcional. Eles se fundiram; era um conselho de gênios. Lutavam bravamente pelos ricos, por influência política, e os dois ficavam de olho um no outro. Com uma visão incrível, previram que gastariam grandes somas de dinheiro na arte do voo, mantendo essa invenção longe dos holofotes até o último instante. Ele usou o direito de patente, e milhares de recursos não tão legais para dificultar o trabalho de todos os investigadores que se recusassem a trabalhar com ele. Nessa época, o Conselho jamais perdia alguém.

Mas todos eles pagaram o preço. A política, naquela época, era vigorosa, infalível. Contra o Conselho havia somente as regras egoístas e caóticas dos ricos. Em cem anos, Graham havia se tornado o dono quase exclusivo da África, da América do Sul, da França, de Londres, da Inglaterra e bastante influente, para propósitos práticos, ou seja, no poder na América do Norte, e, em seguida, também um poder dominante na América. O Conselho comprou e organizou a China, massacrou a Ásia, quebrou os impérios do mundo antigo, enfraqueceu-os financeiramente, lutou contra eles e os derrotou.

E essa generalizada usurpação do mundo era realizada tão habilmente, um proteu; centenas de bancos, empresas, sindicatos mascaravam as operações do Conselho, que já estavam bem avançadas antes que os homens comuns suspeitassem da tirania que havia se instalado. O Conselho jamais hesitou, jamais vacilou. Os meios de comunicação, terra, edifícios, governos, prefeituras, empresas territoriais dos trópicos, toda empresa humana, todas se uniram avidamente. E destruiu e reuniu homens, a polícia da ferrovia, a polícia da estrada, seguranças particulares e seguranças do esgoto e dos cabos, todos. Seus sindicatos não reclamaram; ao contrário,

O DORMINHOCO

enfraqueceram-nos e os e traíram e compraram outros tantos. Ele finalmente havia comprado o mundo. O golpe fatal foi a introdução do voo.

Quando o Conselho, em conflito com os trabalhadores em alguns de seus enormes monopólios, fez algo flagrantemente ilegal e sem a menor civilidade mesmo dentro das próprias regras do suborno, a velha lei, alarmada para os lucros de sua complacência, procurou resolver a questão com armas. Porém, o exército já não existia nem a marinha; a era da paz havia chegado. Os únicos navios de guerra disponíveis eram grandes navios a vapor que pertenciam ao Fundo de Navegação do Conselho. As forças policiais que eles controlavam, a polícia das ferrovias, dos navios, de seus estados agriculturais, seus cronometristas e protetores da ordem superaram as pequenas forças negligenciadas do antigo país e dos órgãos municipais de dez para um. Elas produziram as máquinas voadoras. Havia ainda homens vivos que se lembravam do último grande debate na Casa dos Comuns de Londres: o partido legal, o partido que era contra o Conselho, estava em minoria, mas lutou de forma desesperada e viu como os membros iam chegando, indo até o terraço para ver aquelas formas tão diferentes com asas que voavam acima deles. O Conselho havia aumentado seu poder. O último lampejo falso de democracia que a propriedade ilimitada e irresponsável havia permitido havia chegado ao fim.

Nos cento e cinquenta anos em que Graham esteve dormindo, seu Conselho simplesmente tirou a máscara e governou abertamente; era supremo. As eleições se tornaram uma mera formalidade, uma tolice setenária, um costume antigo e sem sentido, um Parlamento social tão ineficaz quanto a convocação realizada vez ou outra pela Igreja estabelecida na era vitoriana; e um rei da Inglaterra legítimo, deserdado, bêbado e idiota, feito de bobo em alguma apresentação. Portanto, o sonho magnífico do século XIX, o projeto nobre da liberdade universal e individual e da felicidade geral, tocado por uma doença da honra, destruído por uma superstição de propriedade absoluta, desfeito pelos feudos religiosos que haviam roubado a educação dos cidadãos comuns, surrupiado padrões de conduta dos homens, trazendo sanções de moralidade ao total desprezo, havia trabalhado na invenção de negócios indignos, primeiro para uma

H. G. Wells

plutocracia beligerante e finalmente para pôr em prática uma plutocracia suprema. O Conselho, finalmente, havia sido interrompido, mesmo tendo seus decretos endossados por autoridades constitucionais. E ele, sendo uma figura imóvel, pálida e inútil deitada em uma cama, sem estar vivo nem morto, mas reconhecido imediatamente como o Mestre da Terra, por fim acordara para ser o senhor daquela herança! Acordara para ficar parado sob um céu sem nuvens e observar a grandeza dos seus domínios.

Por que ele acordara? Seria esta cidade, esta colmeia de trabalhadores desesperançados, o final de suas antigas esperanças? Ou seria ela conhecida como o fogo da liberdade, o fogo que havia queimado e se apagado ao longo dos anos de sua vida passada, ainda latente embaixo dela? Ele pensou na ação e no impulso da música da revolução. Seria essa música um truque demagogo apenas, a ser esquecida quando seu propósito fosse alcançado? Seria a esperança que ainda havia nele, apenas a memória de coisas já abandonadas, o vestígio de uma crença ultrapassada? Ou será que o significado era maior, algo conectado com o destino do homem? Por que ele havia acordado? O que ele deveria fazer? As pessoas estavam todas espalhadas como um mapa. Ele pensou nos milhões de pessoas vivendo incessantemente para sempre fora da escuridão da não existência em direção à escuridão da morte. Para quê? Deveria haver algum motivo, mas este não lhe vinha à mente. Pela primeira vez, ele viu claramente sua infinita insignificância, viu o trágico contraste entre a força humana e a vontade que havia no coração humano. Nesse pequeno instante, ele sabia sobre o seu desafortunado acidente e, com isso, conhecia a grandeza do seu desejo. Subitamente, sua insignificância foi-lhe intolerável, sua aspiração tornou-se intolerável, e lhe veio um impulso irresistível de rezar. E ele rezou. Rezou por coisas vagas, incoerentes e contraditórias, sua alma estava cansada com toda aquela confusão de tempo e espaço e com toda aquela bagunça provocada pela multidão indo e vindo, sempre em direção a algum lugar, não sabia para onde... indo para algum lugar que poderia fazê-lo entender seu esforço e sua perseverança.

Um homem e uma mulher estavam bem embaixo de um telhado ao Sul da cidade, aproveitando o ar daquela manhã. O homem tinha consigo um

O DORMINHOCO

binóculo para ver melhor a Casa do Conselho e mostrava para a mulher como se usava. Queriam satisfazer a curiosidade. Não conseguiram ver rastros do banho de sangue de onde estavam. Após uma olhada no céu vazio, ela voltou o olhar para o cesto da gávea. Acabou vendo duas pequenas figuras escuras, tão pequenas que foi difícil acreditar que fossem homens; um apenas olhava para o céu, enquanto o outro gesticulava com as mãos estendidas em direção àquele vazio silencioso do céu.

Ela entregou o binóculo para o homem. Ele olhou e exclamou:

– Eu acho que é o Mestre. Sim. Tenho certeza. É o Mestre!

Ele baixou o binóculo e olhou para ela.

– Está mexendo as mãos como se estivesse rezando. O que será que está fazendo: adorando o sol? Não existiam analistas neste país na época dele, não é?

Ele olhou novamente.

– Ele parou agora. Acho que foi um movimento aleatório. – Ele abaixou o binóculo e ficou pensativo. – O Mestre não deve ter nada para fazer a não ser desfrutar um pouco de sua própria companhia, só isso. Ostrog será quem irá mandar de verdade, é claro. Ostrog terá de fazer isso, para manter todos esses trabalhadores tolos na rédea curta. Eles e a música deles! Para que eles a decorem mesmo em sonho, quando fecharem os olhos, simplesmente dormindo. É um mundo maravilhoso.

PESSOAS IMPORTANTES

Os aposentos do Estado nos escritórios dos Cata-ventos pareceriam complicados para Graham se ele tivesse entrado neles assim que despertou da sua vida do século XIX, mas agora já estava se acostumando ao novo estilo desta nova era. Eles mal podiam ser descritos como corredores e salas, pois havia um sistema complicado de arcos, pontes, corredores e galerias divididos e que se uniam ao espaço maior. Graham saiu por um dos painéis deslizantes e chegou a uma espécie de pista de pouso onde havia alguns degraus, e homens e mulheres vestidos de um jeito que ele nunca havia visto antes. Do lugar onde estava, pôde ver um estranho adorno sem brilho, branco, malva e roxo. Havia também pontes que pareciam feitas de porcelana e filigrana, com acabamento de telas perfuradas.

Ao olhar para cima, ele avistou camadas e mais camadas de galerias que iam subindo e cujas frentes estavam voltadas para baixo. O ar estava impregnado com muitas vozes falando ao mesmo tempo e com uma música que vinha de cima, que era alegre e animada.

O corredor central estava lotado de pessoas, porém não desconfortavelmente juntas. Todas aquelas pessoas deviam somar muitos milhares. Elas vestiam roupas brilhantes e até fantásticas; os homens estavam tão bem arrumados quanto as mulheres, isso porque a concepção de que os homens

O DORMINHOCO

não podiam se vestir tão elegantemente quanto as mulheres já havia caído por terra havia anos. O cabelo dos homens também, apesar de quase nunca o usarem longo, era normalmente arranjado como se o tivesse sido por um barbeiro, e a careca havia desaparecido da terra. Cabelos crespos com cortes curtos que teriam encantado Rosetti eram moda, e um homem, que fora apontado para Graham sob o misterioso título de "amorista", usava o cabelo em duas tranças à la Margarida. A trança era moda; parecia que os cidadãos chineses já não sentiam mais vergonha de sua origem. Havia pouca uniformidade na moda no que se referia às formas das vestimentas. Os homens com corpos torneados usavam vestes de forma simétrica e cortes muito diferentes, e capas e túnicas também. A moda da época de Leão X talvez fosse a maior influência, mas os conceitos estéticos do Extremo Oriente também eram visíveis. Na era vitoriana, a boa aparência masculina era resolvida com modelos apertados, cheios de botões perigosos, calças extremamente apertadas, trajes de noite armados com mangas bufantes. Agora, porém, a situação era mais adequada e visava ao conforto e à dignidade. O que se via também eram corpos graciosamente esguios.

Para Graham, um homem rígido pertencente a uma época muito mais inflexível, esses homens não somente se pareciam muito uns com os outros como também eram elegantes. No entanto, tudo era muito expressivo, muito chamativo. Eles gesticulavam, expressavam surpresa, interesse, alegria e, acima de tudo, demonstravam entusiasmo pelas damas, que os cercavam com incrível franqueza. Mesmo em um primeiro olhar, era evidente que as mulheres estavam em maioria.

As mulheres, em companhia desses homens, usavam vestidos muito bem cortados. Exibiam roupas, comportamentos e posturas iguais: menos ênfase e mais complexidade. Algumas se vestiam com simplicidade clássica na forma de um manto comum, à moda do Primeiro Império francês. Conforme Graham passava por elas, observava detalhadamente o que trajavam. Outras usavam vestidos mais ajustados sem costura ou cinto na cintura, às vezes com longas dobras que caíam dos ombros. A maravilha de observar a indumentária das mulheres não havia diminuído mesmo depois de dois séculos.

A forma como se moviam era graciosa. Graham disse a Lincoln que havia visto homens como pinturas de Rafael, e Lincoln lhe disse que esse tipo de comportamento fazia parte da educação dos ricos. A entrada do Mestre foi recebida com discretos aplausos. As pessoas mostraram bons modos, não o cercando nem o incomodando com várias perguntas enquanto ele descia os degraus em direção ao centro da sala.

Ele já sabia, porque Lincoln havia lhe dito, que essas pessoas eram os líderes da sociedade londrina; quase todo mundo presente naquela sala era um funcionário importante ou tinha alguma ligação com alguém poderoso. Muitos haviam voltado das Cidades dos Prazeres apenas para lhe dar as boas-vindas. As autoridades aeronáuticas, cuja deserção havia sido um ponto importante na derrocada do Conselho, também foram prestar suas homenagens a Graham, e também o controle dos Cata-ventos. Entre outros havia várias figuras importantes do Fundo de Alimentação; o controlador das pocilgas europeias tinha uma melancolia particular e um semblante interessante, além de um jeito delicadamente cínico. Um bispo com as vestimentas canônicas passou pelo ponto de visão de Graham, conversando com um homem que usava exatamente as mesmas vestes tradicionais do chanceler, incluindo a coroa de louros.

– Quem é? – perguntou Graham.

– O bispo de Londres – respondeu Lincoln.

– Não, o outro, eu quis dizer.

– O poeta laureado.

– Ainda existe…?

– Ele não faz poesia, é claro. Ele é primo do Wotton, um dos conselheiros. Mas ele é um dos realistas da Rosa Vermelha, um clube encantador que mantém certas tradições.

– Asano me disse que ainda existe um rei.

– O rei não faz parte. Tiveram que expulsá-lo. É da família Stuart, acredito, mas na verdade…

– Era muito?

– Demais.

Graham não conseguiu entender bem isso, mas parecia ser alguma mudança geral que ocorrera nesta nova era. Ele se inclinou educadamente

O DORMINHOCO

à sua primeira apresentação. Era evidente que as diferenças sutis de classe prevaleciam mesmo nesta situação. Lincoln só apresentava Graham a um pequeno grupo de convidados, só a um grupo interno. Essa primeira apresentação foi ao capitão da aeronáutica, um homem cujo rosto bronzeado contrastava com a delicada aparência. E só por apresentar críticas contra o Conselho lhe pareceu uma pessoa importante.

De acordo com as ideias de Graham, seus modos contrastavam de maneira favorável com as ideias gerais. Ele fez algumas observações comuns, reforçou sua lealdade e comentou sobre a saúde do Mestre. Seus modos eram tranquilos, seu sotaque era menos acentuado que o antigo sotaque inglês. Ele deixou muito claro para Graham que era apenas um "lobo dos céus", ele usava essa expressão, que o que se ouvia sobre ele era bobagem, que ele era apenas um homem comum e mais antigo, que ele nunca afirmou saber muito sobre as coisas e que o que ele não soubesse não valia a pena descobrir. Fez uma educada reverência e foi se afastando.

– Fico feliz em ver que ainda há pessoas assim – disse Graham

– Fonógrafos e cinematógrafos – disse Lincoln, um tanto maldoso. – Ele aprendeu tudo o que sabe com a vida.

Graham tornou a olhar para o homem. Curiosamente, ele lhe lembrava alguém.

– Para falar a verdade, nós o compramos – disse Lincoln. – Em parte. E em parte ele ficou com medo da reação do poder de Ostrog. Tudo dependia dele.

Voltou-se de súbito para apresentar o inspetor-geral do ensino público. Essa pessoa era uma figura esbelta em um traje acadêmico azul acinzentado, que sorria para Graham através dos seus óculos pincenê de estilo vitoriano. Ilustrou suas observações com gestos de uma mão muito bem cuidada. Graham se interessou pela atividade desse senhor e lhe fez diversas perguntas, singulares e diretas. O inspetor-geral pareceu gostar da franqueza do Mestre. Ele foi um tanto vago no que se referiu ao monopólio da educação que sua empresa tinha; havia sido feito por contrato com o sindicato que dirigia diversas prefeituras em Londres, mas mostrou entusiasmo sobre o progresso educacional que vinha acontecendo desde a era vitoriana.

– Conquistamos o Cram – disse – por completo. Não há mais nenhuma prova no mundo. Não está feliz?

– Como então conseguem trabalhar com os alunos? – perguntou Graham.

– Nós deixamos tudo atraente, o máximo possível. Se não for atrativo para eles, então deixamos de lado. Desse jeito, podemos trabalhar.

Ele começou a contar os detalhes, e eles tiverem uma longa conversa. O inspetor-geral mencionou os nomes de Pestalozzi e Froebel com profundo respeito, apesar de demonstrar não ter muito conhecimento sobre seus trabalhos. Graham soube que a Extensão Universitária existia de outra maneira.

– Há algumas garotas – disse o inspetor-geral, falando com um ar de importância – apaixonadas pelo estudo, quando não é algo muito difícil, sabe? Atendemos muitas delas. – Nesse momento, ele disse com um tom um tanto napoleônico: – Quase quinhentos fonógrafos estão sendo usados em diferentes lugares de Londres sob a influência exercida por Platão e Swift sobre as histórias de amor de Shelley, Hazlitt e Burns. E depois os alunos escrevem ensaios sobre as aulas, e os nomes, em ordem de mérito, são colocados em locais visíveis. Viu só como sua pequena semente cresceu? A classe média analfabeta da sua época está extinta.

– E sobre as escolas públicas fundamentais? – perguntou Graham. – O senhor as controla?

O inspetor-geral as controlava "completamente". Agora, Graham, nos seus antigos dias de democracia, interessou-se pelo assunto e fez perguntas. Algumas frases casuais ditas pelo velho com quem havia conversado na escuridão lhe vieram à mente. O inspetor-geral, na verdade, endossou as palavras daquele velho.

– Nós abolimos Cram – disse, frase que Graham começava a interpretar para entender como aquele trabalho era feito. O inspetor-geral havia ficado sentimental. – Tentamos e conseguimos deixar as escolas muito agradáveis para os pequenos. Eles terão que começar a trabalhar tão cedo… Temos apenas alguns princípios fundamentais: obediência, indústria.

– Ensina bem pouco a eles?

– Por que ensinaríamos mais? Isso só traria problemas e descontentamento. Preferimos diverti-los. Mesmo assim, surgem problemas, agitações.

O DORMINHOCO

Agora, de onde os trabalhadores tiram ideias, não podemos afirmar. Devem conversar entre si. Há alguns sonhadores socialistas, até mesmo anarquistas! Os agitadores acabam trabalhando com todos eles. Eu entendo, sempre entendi, que o meu dever principal é lutar contra o descontentamento popular. Por que as pessoas devem ser infelizes?

– Entendo – disse Graham pensativo. – Mas há ainda muitas outras coisas que eu gostaria de saber.

Lincoln, que observava as feições de Graham ao longo de toda a conversa, interveio.

– Existem outras pessoas – disse em voz baixa.

O inspetor-geral do ensino público gesticulou e se afastou.

– Talvez – continuou Lincoln, voltando-se para Graham – o senhor queira conhecer algumas dessas damas.

A filha do controlador das pocilgas do Fundo de Alimentação Europeu era uma pessoa particularmente encantadora, cabelos ruivos e lindos olhos azuis. Lincoln o deixou a sós com ela para que pudessem conversar, e ela se mostrou bastante entusiasta "daquela época", como costumava dizer, referindo-se ao início de seu transe. Conforme falava, sorria, e seus olhos também, e inspirava um sorriso de volta.

– Eu já tentei – disse a mulher – inúmeras vezes imaginar aquela época tão romântica. E para o senhor elas são suas memórias. O mundo deve parecer-lhe tão estranho e cheio de gente! Eu já vi fotos e pinturas daquela época, aquelas pequenas casas de tijolos feitas de barro queimado e empretecidas pela fuligem das lareiras, as pontes da linha férrea, os anúncios simples, homens puritanos e solenemente selvagens em estranhos casacos pretos e chapéus altos, trens e pontes de ferro, cavalos e gado, e até mesmo os cachorros selvagens correndo pelas ruas. E, de repente, você vem parar aqui!

– Nisso aqui – disse Graham.

– Fora da sua vida, fora de tudo o que lhe era familiar.

– A minha antiga vida não foi feliz – disse Graham. – Não me sinto mal em tê-la perdido.

Ela o encarou com atenção. Houve um breve silêncio.

– Não?

– Não – disse Graham. – Foi uma vida curta, sem sentido. Mas esta… Costumávamos acreditar que nosso mundo era bem complexo, abarrotado e civilizado o suficiente. Agora eu sei, apesar de estar neste mundo há apenas quatro dias, que a minha época era estranha e bárbara, apenas o início desta nova ordem. Apenas o início. Você deve achar difícil acreditar o quão pouco eu sei deste mundo.

– Pode me perguntar o que quiser – disse ela, sorrindo.

– Então me diga quem são essas pessoas. Eu ainda não sei quase nada sobre elas. Ainda estou perdido aqui. São generais?

– Os homens com chapéus e plumas?

– Claro que não. Não. Acredito que sejam os homens que controlam as grandes empresas públicas. Quem é aquele homem bem vestido?

– Aquele? Ele é um dos funcionários mais importantes. Aquele é Morden. Ele é o diretor administrador da Empresa do Remédio Antibilioso. Já ouvi dizer que seus funcionários, às vezes, produzem montes e montes de pílulas em apenas um dia. Pense: montes e montes!

– Montes e montes. Com razão então ele parece orgulhoso – disse Graham. – Pílulas! Que época maravilhosa! E aquele homem de roxo?

– Ele não faz parte exatamente do círculo interno, sabe? Mas gostamos dele. Ele é muito esperto e divertido. É um dos diretores da Faculdade de Medicina da Universidade de Londres. Todos os médicos são acionistas da Empresa que sustenta a Faculdade de Medicina e usam aquele roxo. Você precisa ser qualificado. Mas, é claro, as pessoas recebem pagamentos para fazerem alguma coisa. – Ela sorriu e desviou o olhar, tentando não falar sobre as pretensões sociais de todas aquelas pessoas.

– Algum dos seus grandes artistas ou escritores está por aqui?

– Não há escritores. Eles são pessoas muito excêntricas e muito preocupadas consigo mesmas. E brigam muito, é horrível! Brigariam, alguns deles, por uma posição melhor na escadaria! Horrível, não? Mas acredito que Wraysbury, o grande capilotomista, esteja aqui. Ele veio de Capri.

– Capilotomista – repetiu Graham. – Ah! Lembrei agora. Um artista!

– Precisamos incentivá-lo – disse a mulher, como se estivesse se desculpando. – Nossa cabeça está nas mãos dele. – E sorriu.

O DORMINHOCO

Graham hesitou sobre aquele elogio, mas seu olhar foi expressivo.

– É possível fazer com que as artes evoluam com o resto das coisas civilizadas? – perguntou. – Na sua opinião, quem são grandes pintores?

Ela olhou para ele um tanto desconfiada. Depois riu.

– Por um momento – disse ela – pensei que quisesse dizer... – e riu novamente. – O senhor se referia, é claro, àqueles bons homens a quem considerava muito porque cobriam grandes espaços de tela com tintas a óleo? Indivíduos incultos. As pessoas costumavam colocar essas coisas em molduras douradas e pendurá-las em fileiras nos corredores de suas salas quadradas. Não temos nenhum. As pessoas se cansaram desse tipo de coisa.

– Mas o que foi que você pensou que eu estava dizendo?

De um jeito significativo, ela colocou um dos dedos na bochecha, que brilhava acima de qualquer suspeita, olhou para ele e sorriu, de um jeito atraente e bem convidativo.

– E aqui. – E apontou para a sua pálpebra.

Graham teve um momento ousado. Em seguida, teve uma lembrança grotesca de uma pintura do Tio Toby e a viúva, que ele havia visto em algum lugar. Uma vergonha antiga caiu sobre ele. Ele se deu conta de que estava na presença de um grande número de pessoas interessantes.

– Entendo – disse. Ele se afastou, um tanto sem jeito, e retornou para aquele lugar fascinante. Olhou ao redor e viu quando todos os olhares se voltaram imediatamente para outras coisas. Era provável que houvesse exagerado um pouco. – Quem é aquele que está conversando com aquela dama vestida em tons de açafrão? – perguntou, evitando o olhar da dama.

A pessoa em questão era um dos maiores organizadores dos teatros americanos, havia acabado de produzir uma peça importante no México. Seu rosto lembrava a Graham um busto de Calígula. Outro homem que chamava bastante a atenção era o Mestre Negro do Trabalho. A frase, na época, não provocava nada, mas depois se repetiu; o Mestre Negro do Trabalho? A dama, nem um pouco envergonhada, apontou para uma pequena e encantadora mulher e disse que se tratava de uma das esposas secundárias do bispo anglicano de Londres. Ela elogiou a coragem do episcopado, já que ainda existia uma regra sobre a monogamia clerical

– Não é nenhuma condição natural ou um arranjo conveniente. Por que o desenvolvimento natural de afetos deveria ser suprimido e restrito pelo fato de um homem ser um padre? A propósito – acrescentou –, você é anglicano?

Graham estava a ponto de começar a questionar o que seria uma "esposa secundária", aparentemente um eufemismo, quando o retorno de Lincoln interrompeu sua conversa tão interessante e sugestiva. Eles cruzaram a parte central daquela sala e foram até um homem alto em vestes de cor carmesim, e mais outras duas pessoas encantadoras em trajes birmaneses (era o que lhe parecia) o aguardavam reservadamente. Depois de conversar com eles, partiu para outras apresentações.

Em pouco tempo, suas impressões começaram a se organizar e a se tornar fatos gerais. De início, o brilho daquela reunião havia inspirado tudo o que havia de mais democrático em Graham; ele havia se sentido hostil e satírico. Mas não é da natureza humana resistir a um ambiente onde há um respeito cortês. Logo a música, a luz, o jogo de cores, o brilho dos braços e ombros ao seu redor, o toque das mãos, o interesse temporário dos rostos sorridentes, o som das vozes moduladas de quem sabia conversar, a atmosfera de elogios, interesse e respeito haviam se transformado em um local de prazeres indiscutíveis. Graham, por um tempo, havia esquecido suas próprias resoluções. Ele se deixou levar, de forma insensível, pela intoxicação da posição que lhe deram. Seus modos foram se tornando menos conscientes, mais soberanos; seus pés começaram a caminhar com mais segurança; o manto negro tinha um caimento que lhe dava um ar de orgulho, e a voz começou a soar majestosa. Afinal de contas, este era um mundo brilhante e interessante.

Seu olhar de aprovação se voltou a todas aquelas pessoas, focando em uma ou outra com um ar de crítica gentil. Ocorreu-lhe que devia uma desculpa à pequena dama ruiva e de olhos azuis. Ele se sentiu culpado por uma indelicadeza tola que havia cometido. Não era educado ter ignorado seus avanços, mesmo que sua política fosse a de rejeitá-la. Ele imaginou se a veria novamente. E de súbito sentiu um pequeno toque em toda aquela reunião brilhante e glamorosa que fez com que houvesse uma mudança na sua qualidade.

O DORMINHOCO

Ele olhou para cima e avistou uma ponte de porcelana e, observando-o, um rosto que se escondeu rapidamente, o rosto da garota que ele havia visto na noite anterior, na pequena sala atrás do teatro após sua fuga do Conselho. Ela olhava para ele com a mesma curiosa expectativa de não saber quais seriam suas intenções, de não saber como ele agiria. Em um primeiro momento, Graham não se lembrou de quando a havia visto, mas depois, quando a reconheceu, lhe veio uma vaga lembrança de todas aquelas emoções que sentiu quando se viram pela primeira vez. Mas a melodia que pairava no ar o fazia esquecer a canção da grande marcha.

A dama com quem ele estava conversando repetiu sua observação, e Graham se lembrou do quase flerte que havia começado.

No entanto, a partir daquele momento, uma vaga agitação, uma sensação de insatisfação crescente, começou a tomar conta dele. Ele estava preocupado como se tivesse algum tipo de dever que precisasse cumprir, como se o sentido das coisas importantes estivesse escapando da sua consciência por causa de toda aquela luz e de todo aquele brilho. A atração que estas damas estavam começando a exercer cessou. Ele deixou de dar respostas vagas e bobas aos avanços amorosos sutis que agora tinha certeza de que estavam sendo feitos, e seus olhos começaram a apreciar de outra forma aquele rosto que lhe havia chamado tanto a atenção. Porém, ele não voltou a vê-la até o momento em que esperava o retorno de Lincoln para irem embora dali. Em resposta ao seu pedido, Lincoln havia prometido que tentaria marcar um voo para aquela tarde, caso o clima assim lhe permitisse. Ele havia se afastado para tomar algumas providências.

Graham estava em uma das galerias superiores conversando com uma dama de olhos brilhantes sobre a adamita, assunto que foi escolhido por ele, não por ela. Ele havia interrompido o raciocínio sobre outro tema quando começou a lhe fazer perguntas. Graham a achou, assim como havia achado de outras mulheres naquela noite, muito mais encantadora do que bem informada. De repente, lutando contra aquela melodia já conhecida, a música da revolta, a grande melodia que ele havia ouvido naquele teatro começou a tocar e a mexer com ele.

Ele olhou para cima assustado e notou que havia uma janela oval de onde vinha aquela música; atrás, toda aquela fiação superior, a bruma azul, e as luzes dos locais públicos. A música passou a se tornar uma confusão de vozes e parou. Mas agora havia percebido também um tumulto que fazia aquelas plataformas se mover e o barulho de muitas pessoas. Ele sentiu um pequeno ímpeto com o qual não estava contando, uma espécie de instinto, uma sensação de que uma multidão estaria assistindo a tudo o que acontecia naquele lugar onde o Mestre estaria se divertindo. Ele refletiu sobre o que as pessoas poderiam pensar.

Apesar de a música ter parado e de o som ambiente ter sido recolocado, o motivo de a marcha ter sido tocada naquele momento ficou na sua mente.

A dama de olhos claros ainda tentava entender os mistérios de adamita quando ele tornou a ver a garota do teatro. Ela agora passava pela galeria indo em direção a ele, que a viu primeiro. Ela usava uma roupa cinza em tom bem claro, seu cabelo escuro parecia uma nuvem. Conforme Graham a observava, a luz fria que vinha da entrada circular e iluminava os corredores batia em seu rosto.

A dama que ainda tentava entender adamita percebeu a mudança em sua expressão e aproveitou a chance para fugir.

– O senhor gostaria de conhecer aquela garota? – perguntou ousadamente. – O nome dela é Helen Wotton, uma sobrinha de Ostrog. Ela sabe muitas coisas. É uma das pessoas mais sérias que existem. Tenho certeza de que vai gostar dela.

No momento seguinte, Graham estava conversando com ela, e a dama de olhos claros havia partido.

– Eu me lembro bem de você – disse Graham. – Você estava naquela salinha. Quando todo mundo estava cantando e marcando o ritmo com os pés. Antes de eu entrar naquele salão.

O constrangimento momentâneo passou. Ela olhou para ele, e seu rosto parecia firme.

– Foi maravilhoso – disse ela, hesitou e falou com certa dificuldade. – Todas aquelas pessoas morreriam pelo senhor. Muitas pessoas morreram pelo senhor naquela noite.

Seu rosto havia se iluminado. Ela olhou para o lado para ter certeza de que ninguém ouviria suas palavras.

O DORMINHOCO

Lincoln apareceu no final da galeria, abrindo caminho para chegar até ele. Ela o viu e voltou a olhar para Graham com ansiedade, mudando o tom e parecendo mais confiante e íntima dele.

– Senhor – disse ela–, não posso lhe dizer nada agora nem aqui. Mas as pessoas simples estão muito infelizes; elas são oprimidas. Este não é um bom governo. Não se esqueça das pessoas que já enfrentaram a morte para que o senhor pudesse viver.

– Não estou sabendo de nada – começou a dizer Graham.

– Não posso lhe dizer mais nada agora.

O rosto de Lincoln surgiu perto deles e se inclinou respeitosamente para a garota.

– Está gostando do novo mundo, senhor? – perguntou Lincoln, sorrindo com apreço, e gesticulou para o espaço e o esplendor daquela reunião. – De qualquer forma, tudo deve lhe parecer mudado.

– Sim – disse Graham. – Mudou muita coisa. E, mesmo assim, não mudou muito.

– Espere até estar no ar – disse Lincoln. – O vento está mais leve. Neste momento, um aeroplano o aguarda.

A atitude da garota era como se esperasse uma despedida.

Graham olhou para o seu rosto, quase lhe fez uma pergunta, mas notou uma expressão de nervoso. Inclinou-se para ela e se virou para acompanhar Lincoln.

O AEROPLANO

Por um instante, conforme Graham caminhava pelos corredores dos escritórios dos Cata-ventos com Lincoln, ele ficou preocupado. Porém, com esforço, prestou atenção no que Lincoln lhe dizia. Logo sua preocupação desapareceu. Lincoln conversava com ele sobre voar. Graham tinha um grande desejo de saber mais sobre essa nova conquista humana e passou a fazer muitas perguntas. Lincoln havia seguido o início da navegação aérea muito de perto durante sua vida anterior; estava ansioso para ouvir os nomes de Maxim e Pilcher, Langley e Chanute e, acima de tudo, do protomártir aéreo, Lillienthal, ainda homenageado pelas pessoas.

Mesmo durante sua vida anterior, duas linhas de investigação apontavam claramente para dois tipos diferentes de artifício, e ambos haviam sido realizados. De um lado estava o aeroplano a motor, uma fileira dupla de flutuadores horizontais com um grande parafuso aéreo atrás, e do outro, o aeroplano ágil. Os aeroplanos voavam com segurança, somente em ventos calmos ou moderados e em tempestades breves, situações que agora são previsíveis, caso contrário não poderiam voar. Eles eram enormes, com uma envergadura de uma asa para a outra de cento e oitenta metros ou mais, e com uma largura de trezentos metros. Eram usados somente para o tráfego de passageiros.

O DORMINHOCO

A lataria móvel que esses aeroplanos usavam tinham de trinta a quarenta e cinco metros de comprimento. Era suspensa de uma forma peculiar para minimizar a vibração que até um vento moderado poderia provocar, e pela mesma razão os pequenos assentos dentro da lataria – cada passageiro ficava sentado durante a viagem – ficavam pendurados com grande liberdade de movimento. O acionamento do mecanismo só era possível a partir de um veículo enorme que estivesse no trilho construído especialmente para isso. Do cesto da gávea, Graham tivera uma bela visão desses veículos enormes, os veículos voadores. Eram seis espaços em branco enormes, com um grande vagão "transportador" em cada um deles.

A descida também era igualmente limitada, uma superfície plana era necessária para poder aterrissar de forma segura. Além da destruição que poderia ocorrer no momento da aterrisagem desse veículo enorme de metal e da impossibilidade de ele voltar a voar, o impacto provocado por uma superfície irregular – uma encosta alta, por exemplo, ou um aterro – seria suficiente para perfurar ou danificar a estrutura, para quebrar as costelas de alguém e talvez até matar alguém.

Em um primeiro momento, Graham se sentiu desapontado com esses aparelhos tão pesados, mas rapidamente pensou no fato de que máquinas menores poderiam ser muito onerosas, pela simples razão de que a geração de energia poderia ser desproporcionalmente diminuída caso o tamanho fosse menor. Além disso, o tamanho enorme dessas coisas permitia que elas – e era algo a se considerar como importante – atravessassem o ar em alta velocidade, e assim o risco de sofrer com alguma mudança no clima era menor. A viagem mais curta, de Londres a Paris, levou cerca de quarenta e cinco minutos, porém a velocidade atingida não foi alta. O trajeto até Nova Iorque levou cerca de duas horas. Indo com cuidado, levando tudo em conta, foi possível dar a volta ao mundo em um dia.

Esses pequenos aeroplanos (sem motivo aparente, eles tinham nomes distintos) eram de um tipo totalmente diferente. Muitos deles iam para lá e para cá. Foram projetados para levar apenas uma ou duas pessoas, e sua fabricação e manutenção eram tão caras quanto entregar seu monopólio às pessoas mais ricas. Suas velas, extremamente coloridas, consistiam em

H. G. Wells

apenas dois pares de flutuadores de ar laterais no mesmo avião e um parafuso atrás. O pequeno tamanho permitia uma descida em espaço aberto fácil e agradável, e foi possível anexar rodas pneumáticas ou até mesmo motores normais usados para o tráfego terrestre e assim poder levá-los até uma pista de voo adequada. Eles exigiam um tipo especial de veículo rápido para lançá-los no ar, mas tal veículo era eficaz em qualquer local aberto onde não houvesse prédios nem árvores. Graham percebeu que as habilidades dos aeronautas ainda estavam muito aquém das do albatroz ou do pega-moscas. Uma grande influência que poderia ter feito com que o aeroplano chegasse a uma perfeição foi cortada; essas invenções nunca foram usadas em guerras. A última grande guerra internacional havia ocorrido antes da usurpação do Conselho.

As plataformas de voo de Londres eram montadas ao lado sul do rio. Elas formavam três grupos de dois cada e receberam nomes de antigos montes e vilas: Roehampton, Wimbledon Park, Streatham, Norwood, Blackheath e Shooter's Hill. Eram estruturas uniformes que ultrapassavam a altura dos telhados normais da cidade. Cada uma delas media cerca de trezentos e sessenta e cinco metros de comprimento e novecentos e quinze metros de largura e era feita de um composto de alumínio e ferro, que havia substituído o ferro na arquitetura. Os níveis mais altos formavam uma abertura de vigas pelas quais elevadores e escadas levavam para cima. A superfície superior era um espaço uniforme, com partes, as esteiras de partida, que podiam ser elevadas e postas em marcha para ficarem levemente inclinadas, se fosse o caso, ou irem reto até o final. Salvo por alguns aeroplanos ou aviões que estavam parados, esses locais abertos sempre estavam disponíveis para chegadas.

Durante o ajuste dos aeroplanos, era costume que os passageiros esperassem em teatros, restaurantes, redações e outros locais de entretenimento que se interligavam com as lojas mais luxuosas. Essa parte de Londres era comumente a mais festeira de todos os distritos, com algumas casas de prostituição ao lado do porto ou na cidade dos hotéis. E, para aqueles que levavam a aeronáutica um pouco mais a sério, os locais religiosos haviam se deslocado a uma colônia mais atraente onde havia capelas, enquanto uma equipe médica fornecia materiais essenciais para a jornada. Em vários níveis ao longo de todas aquelas câmaras e corredores embaixo, além das esteiras móveis da cidade, situadas e reunidas aqui, corria um sistema complexo de corredores especiais e elevadores, para que as pessoas e as bagagens pudessem deslocar-se de um lugar a outro entre os níveis. E uma característica inconfundível da arquitetura desta área era o tamanho enorme dos pilares e das vigas de metal que se viam em todas as partes e espalhadas pelos salões e corredores; eram muitos pilares e vigas que serviam para que as edificações conseguissem aguentar o impacto dos aeroplanos no céu.

Graham foi até a pista de voo usando as vias públicas. Ele estava na companhia de Asano, seu criado japonês. Lincoln havia sido chamado por Ostrog, que estava ocupado com questões administrativas. Alguns guardas fortes da polícia dos Cata-ventos aguardavam o Mestre do lado de fora dos escritórios e abriram caminho para ele na plataforma superior. A ida à pista de voo foi inesperada, no entanto uma multidão considerável se reuniu e o seguiu até lá. Conforme ia, podia ouvir as pessoas gritar seu nome. Uma multidão de homens, mulheres e crianças de azul se aproximava das escadas na área central, gesticulando e gritando. Ele não conseguia entender o que essas pessoas gritavam – novamente foi vencido pela existência evidente de um dialeto vulgar entre os pobres da cidade. Quando por fim ele desceu, seus guardas foram logo cercados por uma multidão. Mais tarde lhe ocorreu que algumas daquelas pessoas talvez quisessem se aproximar dele para lhe fazer pedidos. Seus guardas, com dificuldade, abriram caminho.

Ele viu um aeroplano à sua espera junto com um aeronauta no lado oeste da pista. De perto, o mecanismo não parecia mais tão pequeno. À medida que se aproximava e o via parado prestes a decolar, Graham pôde observar melhor seu esqueleto de alumínio e viu como ele era enorme, tão grande quanto um iate de vinte toneladas. As velas laterais estavam fixadas com barras de metal que se pareciam com uma asa de abelha. Feitas com uma membrana de vidro artificial, elas faziam sombra ao longo de muitos metros quadrados. Os assentos do engenheiro e de seu passageiro ficavam soltos e se mexiam de acordo com o movimento da aeronave, porém ambos ficavam bem protegidos dentro da estrutura. O assento do passageiro era protegido por uma espécie de quebra-vento e por barras metálicas que continham almofadas pneumáticas. Poderia, se fosse o caso, ser completamente fechada, mas Graham estava ansioso para experimentar essa novidade e preferiu que fosse deixada aberta. O aeronauta se sentou atrás de um vidro que protegia seu rosto. O passageiro podia segurar-se firme no assento, e não podia ser de outra maneira no momento da aterrisagem, ou podia movimentar-se com a ajuda de um pequeno trilho e um bastão e se prender à haste da máquina, onde sua bagagem pessoal e demais coisas estariam, e também poderia usar os assentos, que serviriam como contrapeso às peças do motor central que se projetariam em direção à hélice da popa.

O motor era muito simples. Asano, apontando para as peças, disse-lhe que, assim como na era vitoriana, o motor também era do tipo explosivo, queimando em cada golpe uma pequena gota de uma substância chamada fomila. Consistia em um reservatório e um pistão de comprimento parecido a uma manivela acanelada do eixo da hélice. Graham conseguiu ver a máquina em detalhes.

A pista de voo estava vazia, salvo pela presença de Asano e de seu grupo de criados. Obedecendo às ordens do aeronauta, Graham se sentou em seu assento. Em seguida, bebeu uma mistura que continha cravagem – ele aprendeu que uma dose administrada àqueles que voariam poderia evitar os efeitos de uma queda de pressão. Depois de beber aquilo, disse que estava pronto para voar. Asano pegou o copo vazio de suas mãos, passou pelas barras do casco e ficou parado embaixo, acenando. De repente, ele pareceu escorregar e ir para outro nível à direita, e sumiu.

O motor estava funcionando, a hélice rodando, e, por um segundo, tudo ao redor parecia estar se movendo rapidamente e de forma horizontal bem diante dos olhos de Graham; em seguida, tudo parecia desaparecer de súbito. Ele travou as pequenas hastes em ambos os lados, instintivamente. Sentiu que se mexia para cima, ouviu o ar passar por cima do para-brisas. O parafuso da hélice se moveu em círculos com um impulso rítmico poderoso, um, dois, três, pausa; um, dois, três, que o motor controlava delicadamente. A máquina começou a vibrar e continuou o voo, e os telhados pareciam correr a estibordo, ficando cada vez menores. Ele observava tudo sob a

O DORMINHOCO

perspectiva de um engenheiro através das vigas da máquina. Em ambos os lados, não havia nada muito chamativo. Um trilho funicular rápido poderia ter-lhe trazido a mesma sensação. Ele reconheceu a Casa do Conselho e Highgate. Em seguida, olhou direto para baixo entre seus pés.

De repente, o terror físico tomou conta dele, uma sensação de insegurança. Ele se segurou firme. Por alguns segundos, não conseguia abrir os olhos. Alguns metros abaixo dele estavam os enormes Cata-ventos do Sudoeste de Londres, e um pouco à frente, mais ao Sul, estava a pista de voo cheia de pontinhos pretos. Essas coisas pareciam estar se afastando dele. Por um segundo, teve o impulso de pular de lá. Ele fechou a boca, abriu os olhos com muito esforço, e o pânico passou.

Graham permaneceu com os dentes travados e os olhos voltados para o céu. Vibração, vibração, vibração, batida, barulho do motor; vibração, vibração, vibração, batida. Ele se segurou com força, observou o aeronauta e viu um sorriso em seu rosto bronzeado. Sorriu de volta, talvez um tanto nervoso.

– Um pouco estranho no começo – gritou antes de recuperar sua dignidade. Porém, não ousou olhar para baixo por um bom tempo. Encarou o horizonte azul que despontava no céu, por cima da cabeça do aeronauta. Não conseguia parar de pensar em um possível acidente. Vibração, vibração, vibração, batida; e se algum parafuso qualquer se soltasse do motor? E se...? Fez um grande esforço para afastar todas essas suposições. E, mais tranquilo, foi subindo cada vez mais naquele céu claro.

O choque de subir ao ar sem a ajuda de nada e aquele incômodo passaram, e logo a sensação se tornou prazerosa. Ele fora avisado de que poderia se sentir enjoado. Porém, achou que aquele movimento do aeroplano voando com a ajuda do vento sudoeste era suave e não se comparava com o movimento mais brusco de um vendaval durante uma travessia marítima, e ele se considerava um bom marinheiro. A velocidade com que foram subindo e deixando o ar mais rarefeito o fez sentir uma sensação de leveza e euforia. Ele olhava para cima e via o céu azul agitado com as nuvens que passavam rápido. Seus olhos se voltaram, cuidadosamente, para baixo através das barras e chegaram aos pássaros brancos que voavam mais embaixo. Por um tempo, Graham os observou. Em seguida, cada vez menos nervoso, ele viu uma figura esguia vinda do cesto da gávea que brilhava à luz do sol e que ficava menor a cada instante. Sentindo-se mais e mais confiante, passou a observar uma linha azul de colinas, e, em seguida, Londres, a sota-vento, um intrincado conjunto de telhados. O avião seguiu seu caminho, e ele enterrou o último lampejo de medo em um choque de surpresa. A fronteira de Londres era como uma parede, como um penhasco, uma queda íngreme de noventa a cento e vinte metros, uma fachada quebrada somente pelos terraços aqui e lá, uma fachada decorativa complexa.

Aquela mudança gradual de cidade a país através de uma extensa faixa de subúrbios, tão característicos das grandes cidades do século XIX, já não mais existia. Já não havia nada, além de ruínas, muitas ruínas, e mato, restos de árvores e plantas que um dia adornaram os jardins daquela região, tudo isso entre manchas marrons do solo plantado e trechos verdes que exibiam sua cor mesmo durante o inverno. Em certos locais podiam-se ver, até mesmo, vestígios de casas. Porém, grande parte de toda aquela ruína, os escombros das casas localizadas no subúrbio, ainda estavam de pé entre ruas e estradas, estranhas ilhas entre aquela vastidão verde e marrom, abandonados pelos antigos moradores. O abandono era bem visível. Já não havia mais nada lá, apenas uma vastidão de hortícolas perpetrada pelo tempo.

A vegetação presente naquele lugar rodeava um enorme número de escombros de casas em ruínas e mostrava o que havia do outro lado das paredes da cidade, onde havia muitos espinheiros e heras, e cardos, e grama alta. Aqui e lá viam-se palácios chamativos entre todos aqueles destroços da era vitoriana e teleféricos que iam de um lado para o outro, que em dias de inverno pareciam desabitados. Os jardins artificiais entre as ruínas também estavam vazios. Os limites da cidade estavam, de fato, muito bem definidos, como antigamente, quando os portões eram fechados ao anoitecer e os ladrões rondavam as paredes. Uma enorme avenida semicircular tinha um grande tráfego de veículos e que chegava à estrada de adamita Bath. Esta era, portanto, a primeira vista do mundo além da cidade que Graham tinha, e esse mundo havia diminuído. Quando enfim ele pôde olhar para baixo, viu campos vegetais no vale do Tâmisa:

O DORMINHOCO

incontáveis e diminutos campos marrons, entrecortados por linhas brilhantes, os fossos do esgoto.

Sua alegria aumentou rapidamente e pareceu intoxicá-lo. Ele sentiu estar um tanto ofegante, rindo alto e querendo gritar. Depois de um tempo, aquele desejo cresceu, e ele o fez.

A máquina havia agora alcançado o limite de altura, e eles começaram a ir para o Sul. A direção, Graham percebeu, foi afetada pela abertura e fechamento de uma ou duas membranas finas pertencentes às asas e pelo movimento de todo o motor atrás ou na frente ao longo de seus suportes. O aeronauta ajustou o motor para funcionar deslizando na parte da frente junto com seu trilho e abriu a válvula da asa a sota-vento até que a haste do aeroplano ficasse na horizontal e apontando para o Sul. E naquela direção eles foram a sota-vento, alternando o movimento: primeiro uma subida curta e acentuada e, depois, uma descida longa, que foi muito rápida e agradável. Durante aquela descida, a hélice estava parada. Todo aquele movimento deu a Graham uma sensação de esforço bem-sucedido; as descidas feitas em meio ao ar rarefeito iam além de toda aquela experiência. Ele não queria nunca mais sair do ar.

Por um tempo, quis observar todos os detalhes daquela paisagem que passava rapidamente embaixo dele. E isso o deixou muito feliz. Ele ficou impressionado com o estado das casas que um dia encheram o país e com tantos espaços sem árvores, e com a falta de fazendas e vilas, salvo por suas ruínas. Mesmo que já soubesse da situação, ver tudo aquilo com os próprios olhos era bem diferente. Ao observar aquele mundo novo, tentava imaginar os lugares que havia conhecido. Em um primeiro momento, porém, ele não conseguia identificar onde deveria estar o vale do Tâmisa deixado para trás. No entanto, logo estariam passando por uma colina íngreme de calcário que ele reconheceu como a Guildford Hog's Back, por causa do contorno familiar do desfiladeiro na parte Leste e das ruínas da cidade que havia em cada canto daquele desfiladeiro. A partir daí, ele conseguiu vislumbrar mais pontos: Leith Hill, os resíduos arenosos de Aldershot e outros. A escarpa Downs se encontrava bem ao lado dos enormes moinhos de vento que se moviam lentamente. Salvo onde a estrada de adamita para

H. G. WELLS

Portsmouth, densamente marcada por formas específicas, seguia o curso da antiga estrada de ferro, o desfiladeiro do Wey se encontrava cheio de matas.

Toda a extensão da escarpa Downs, pelo menos o que a neblina lhe permitia ver, estava ao lado dos moinhos de vento, para os quais a maior cidade era como um irmão caçula. O aeroplano começou a se mexer um pouco mais forte diante de um vento sudoeste que começara a soprar. Em um lugar ou outro, havia algumas ovelhas pertencentes ao British Food Trust, e também alguns pastores que se viam como pontos pretos. Em seguida, passando pela popa do aeroplano vieram as Wealden Heights, a linha do Hindhead, Pitch Hill e Leith Hill, com uma segunda fileira de rodas de vento que pareciam querer passar por cima de tudo aquilo. A urze roxa estava manchada com um tojo amarelo. Do outro lado, havia uma manada de bois negros correndo diante de dois homens a cavalo. Logo aquela cena ficou para trás, e tudo começou a perder a cor, e as manchas que se viam lá embaixo começaram a ficar cobertas por uma névoa.

Quando tudo desapareceu e se distanciou, Graham ouviu um barulho próximo. Percebeu que estava passando por South Downs. Olhando para baixo, viu os parapeitos do Portsmouth Landing passar por cima do cume de Portsdown Hill. Depois, avistou o que pareciam ser cidades flutuantes, as pequenas colinas brancas das Needles, diminuídas e iluminadas pelo sol, e o cinza das águas cintilantes do mar estreito. Em certo ponto, pareciam pular o Solent, e em poucos segundos a Ilha de Wight também ia se distanciando com rapidez. Abaixo dele, via-se uma extensão de mar, ora roxa com a sombra de uma nuvem, ora cinza, um espelho polido, e diversas nuvens azul-esverdeadas. A Ilha de Wight começou a ficar cada vez menor. Em poucos minutos, uma faixa de névoa acinzentada se soltou, por assim dizer, de outras faixas onde estavam as nuvens, desceu e se tornou uma linha costeira, agradavelmente iluminada pelo sol, o litoral do Norte da França. Aquela imagem ficou colorida, mais nítida e detalhada, e a terra pertencente à Inglaterra passava cada vez mais rápido lá embaixo.

Em instantes, foi o que pareceu, Paris surgiu no horizonte, ficando visível por um tempo e desaparecendo novamente à medida que o aeroplano ia para o Norte. Mas ele conseguiu ver que a Torre Eiffel ainda estava de pé e,

166

O DORMINHOCO

ao lado dela, um domo enorme colossal. Percebeu também, apesar de não haver entendido na hora, uma fumaça que pairava no local. O aeronauta disse algo sobre "problemas à vista", que Graham não entendeu na hora. Mas ele marcou os minaretes e as torres e as massas finas que se viam em cima dos cata-ventos da cidade, e sabia que em termos de beleza, pelo menos, Paris continuava sendo uma grande rival. Mesmo ao ver uma forma azul-clara ascendendo rapidamente assim como uma folha seca voa em um dia de vendaval. Aquilo fez uma curva e subiu em direção a eles cada vez mais rápido. O aeronauta estava dizendo alguma coisa.

– O quê? – perguntou Graham, não querendo tirar os olhos do que via.

– Um aeroplano, senhor – gritou o aeronauta, apontando.

Eles subiram e viraram para o Norte conforme a outra aeronave se aproximava. E se aproximava cada vez mais e ficava cada vez maior. Vibração, vibração, vibração, batida do voo do aeroplano, que parecia tão potente e tão rápido; de repente pareceu mais lento em comparação à rapidez do outro objeto voador. Embora aparentasse ser monstruosamente grande, ele mantinha velocidade e firmeza! Voou bem perto deles, seguindo em silêncio onde a única coisa que se via eram as enormes asas translúcidas, como se fosse um ser vivo. Graham teve uma rápida visão das filas de passageiros, pendurados em seus pequenos assentos atrás do para-brisa, do piloto, vestido de branco rastejando contra o vendaval em direção de uma escada, dos motores de jato funcionando no mesmo ritmo, do propulsor giratório e de uma grande asa. A cena o animou, mas passou em um instante.

A aeronave subiu um pouco, e as pequenas asas balançaram por causa da velocidade da outra aeronave, que desceu e ficou menor. Eles quase não se moveram, ao que parecia. A única coisa que conseguiam ver era um céu azul e calmo. Esse era o aeroplano que fazia o percurso entre Londres e Paris. Quando o clima estava bom e em tempos de paz, o trajeto era feito quatro vezes por dia.

Eles cruzaram o Canal, bem devagar, e Graham começou a divagar. Beachy Head surgiu à esquerda.

– Terra – alertou o aeronauta, com uma voz baixa por causa do vento que assobiava no para-brisa.

H. G. Wells

– Ainda não – berrou Graham, rindo. – Não há Terra ainda. Quero aprender mais sobre esta máquina.

– Eu quis dizer... – disse o aeronauta.

– Eu quero aprender mais sobre esta máquina – repetiu Graham. – Eu vou até você – disse ele e soltou-se do seu assento e foi até onde estava o aeronauta. Ele parou por um momento. Sua cor mudou, e suas mãos enrijeceram. Mais um passo, e ele continuava a se aproximar do aeronauta. Ele sentiu um peso no seu ombro, a pressão do ar. Seu chapéu saiu voando. O vento veio como uma rajada pelo para-brisa e soprou seu cabelo para todos os lados. O aeronauta fez alguns ajustes para centralizar a gravidade e a pressão.

– Gostaria que me explicasse todas essas coisas – disse Graham. – O que acontece quando você mexe isto para a frente?

O aeronauta hesitou. E em seguida respondeu:

– É complicado, senhor.

– Tudo bem – assentiu Graham. – Eu não me importo.

Houve um momento de silêncio.

– A aeronáutica é o segredo, um privilégio...

– Eu sei. Mas eu sou o Mestre e quero saber. – Ele riu feliz por estar tendo aquela oportunidade que só o poder pôde lhe presentear.

O aeroplano estava curvado, e o vento fresco cortava o rosto de Graham. A roupa que usava lhe apertava cada vez mais à medida que iam para o Oeste. Os homens se entreolharam.

– Senhor, há regras...

– Não do meu ponto de vista – disse Graham. – Você parece esquecer.

O aeronauta olhou bem para o seu rosto.

– Não – contestou –, eu não esqueci, senhor. Mas, em toda a Terra, nenhum homem que não seja um aeronauta declarado jamais teve acesso. As pessoas vêm como passageiros...

– Já ouvi falar de algo assim. Mas não vou discutir sobre esses pontos. Você sabe por que eu dormi duzentos anos? Para voar!

– Senhor – disse o aeronauta –, as regras... Se eu quebrar as regras...

Graham fez um gesto com a mão.

O DORMINHOCO

– Então, se quiser me observar...

– Não – disse Graham, balançando e se segurando firme à medida que a máquina erguia o nariz para subir. – Não sou eu quem está fazendo isso. Eu mesmo quero fazer, nem que seja para destruir tudo! Eu vou, sim. Veja. Eu vou subir por aqui e me sentar ao seu lado. Calma! Eu quis dizer que quero voar sozinho mesmo se no final eu acabar batendo em alguma coisa. Assim sentirei que meu sono terá valido a pena. De todas as coisas do passado, voar era o meu sonho. Agora, mantenha o equilíbrio.

– Uma dúzia de espiões está me observando, senhor!

A paciência de Graham estava no fim. Talvez tivesse decidido que seria assim. Ele praguejou. Virou-se em direção ao conjunto de alavancas, e o aeroplano balançou.

– Sou eu o Mestre da Terra – perguntou ele – ou é a sua Sociedade? Agora, tire as mãos dessas alavancas e segure meus pulsos. Sim, muito bom. Agora, como faço para virar o nariz para planear?

– Senhor – disse o aeronauta.

– O que foi?

– O senhor vai me proteger?

– Meu Deus! Claro! Mesmo que eu tenha que queimar Londres. Agora, vamos!

E com essa promessa Graham teve sua primeira aula de navegação aérea.

– Esta viagem está sendo muito boa para você poder me ensinar rápido e bem – disse rindo alto, visto que a altitude dava a mesma sensação que um vinho encorpado. – Posso puxar isto? Ah! Então! Olá!

– Para trás, senhor! Para trás!

– Para trás, direita. Um, dois, três... Deus meu! Ah! E vamos subir! Esta máquina parece ter vida!

A máquina agora dançava e fazia as mais estranhas figuras no ar. Traçava movimentos em espiral com pouco mais de noventa metros de diâmetro, acelerava e novamente fazia movimentos bruscos, íngremes, rápidos, mergulhos, como se fosse um falcão, para recuperar a velocidade e voltar para cima mais uma vez. Em uma dessas descidas, pareceu estar indo direto a um grupo de balões a Sudeste e só se desviou deles no último instante, quando recuperou o controle. A rapidez extraordinária e a delicadeza de movimentos, o efeito extraordinário do ar rarefeito em Graham fizeram com que ele se tornasse furiosamente descuidado.

Entretanto, um acidente estranho o fez recuperar a razão, fazendo-o voar mais uma vez à vida movimentada que estava abaixo, com todos os seus enigmas insolúveis. Quando ele descia, sentiu um golpe e viu algo que passou por eles, depois viu o que parecia ser uma gota de chuva. Em seguida, ao continuar descendo, avistou algo parecido com um trapo branco caindo.

– O que foi isso? – perguntou.

– Eu não vi.

O aeronauta olhou e, em seguida, agarrou a alavanca para recuperar o controle, pois estavam caindo. Quando o aeroplano estava subindo novamente, respirou fundo e disse:

– Aquilo – e indicou a coisa branca que ainda flutuava no céu – era um cisne.

– Eu nunca tinha visto um – disse Graham.

O aeronauta não respondeu, e Graham sentiu pequenas gotas cair sobre sua testa.

Eles começaram a voar horizontalmente enquanto Graham voltava para seu assento de passageiro, longe do vento forte. Em seguida, veio um movimento brusco, e eles começaram a descer. O parafuso giratório tentava segurar sua queda, e a pista de pouso se aproximava cada vez mais dos dois. O sol, que se escondia atrás das colinas de calcário a Oeste, junto com eles, deixava o céu em um tom dourado.

Logo alguns homens começaram a aparecer em seu campo de visão. Ele ouviu um barulho se aproximando dele, parecido com o som das ondas sobre uma praia de calhau, e verificou que os telhados próximos à pista de pouso eram escuros, e as pessoas estavam felizes pelo seu retorno em segurança. Uma massa escura fora forçada sob a pista, uma escuridão marcada com diversos rostos. Tremendo ainda pelos minutos de tensão, enxergou um mar de mãos aplaudindo e acenando.

TRÊS DIAS

Lincoln esperava Graham em um apartamento que ficava logo abaixo da pista de voo. Ele parecia curioso sobre o que havia acontecido, feliz em saber do prazer extraordinário e do interesse em voar que Graham tinha.

– Eu preciso aprender a voar – disse Graham. – Preciso aprender a fazer isso. Sinto pena de todos aqueles que morreram sem ter passado por essa experiência. A doce rajada de ar! Foi a experiência mais maravilhosa do mundo.

– O senhor vai ver que esta época é cheia de experiências maravilhosas – disse Lincoln. – Não sei o que quer fazer agora. Temos a música, que pode ser uma novidade para o senhor.

– Por ora – disse Graham –, voar já foi o suficiente para mim. Deixe-me aprender mais sobre isso. O aeronauta estava dizendo que há uma objeção relacionada ao comércio e que por isso eu não poderia aprender a voar.

– Há sim, eu acho – confirmou Lincoln. – Mas para o senhor…! Se quiser ocupar seu tempo com isso, nós podemos torná-lo um aeronauta oficial amanhã.

Graham expressou seus desejos de um jeito bem animado. Por um bom tempo, continuou a falar sobre suas sensações.

H. G. Wells

– E no que se refere aos outros assuntos… – perguntou de repente. – Como estão as coisas?

Lincoln tentou mudar de assunto.

– Ostrog lhe contará tudo amanhã – disse. – Está tudo se resolvendo. A Revolução foi bem-sucedida em todo o mundo. Problemas são inevitáveis em qualquer lugar, é claro, mas seu governo está garantido. O senhor pode deixar tudo nas mãos de Ostrog.

– Seria possível eu me tornar um aeronauta oficial, como se diz, imediatamente, antes de eu ir dormir? – perguntou Graham. – Assim eu já poderia começar a aprender tudo sobre voar amanhã cedo.

– Seria possível, sim – disse Lincoln. – Bem possível. De fato, será feito. – Ele riu. – Eu vim preparado para sugerir algumas distrações, porém o senhor mesmo encontrou uma perfeita. Ligarei para o escritório da aeronáutica daqui e voltaremos ao seu apartamento no escritório dos Cata-ventos. Assim que o senhor terminar de jantar, os aeronautas chegarão. O senhor não acha que depois de jantar preferiria…? – Fez uma pausa.

– Sim – disse Graham.

– Nós preparamos um *show* de dança. Os artistas vieram do Teatro de Capri.

– Odeio balés – disse Graham secamente. – Sempre odiei. Aquele outro… Não é o que quero assistir. Havia dançarinos na minha época. Na verdade, dançarinos existem desde a época do antigo Egito. Mas voar…

– Verdade – disse Lincoln. – Apesar de que nossos dançarinos…

– Eles podem esperar – disse Graham. – Eles podem esperar. Eu sei. Eu não sou latino. Tenho algumas perguntas a fazer para um especialista, sobre a máquina. Estou entusiasmado. Não quero distrações.

– O senhor pode escolher o que quiser no mundo – disse Lincoln. – O que quiser será seu.

Asano apareceu, e, sob a escolta de um segurança forte, eles foram até o apartamento de Graham. Havia mais gente para ver seu retorno do que havia para ver sua partida, e os gritos e aplausos dessa massa de pessoas ajudaram Lincoln a se livrar das perguntas intermináveis que Graham lhe fazia sobre voar. Em um primeiro momento, Graham agradecia os gritos e

O DORMINHOCO

aplausos da multidão com gestos e reverências, mas Lincoln o advertiu de que tal reconhecimento seria um comportamento incorreto de sua parte. Graham, já um tanto cansado de toda aquela civilidade ritmada, ignorou os serviçais para se focar em seu progresso com o público.

Assim que chegaram ao apartamento, Asano saiu em busca de um cinematógrafo, e Lincoln ordenou que fossem apresentados a Graham modelos de máquinas e de miniaturas para mostrar-lhe os diversos avanços na mecânica nos últimos dois séculos. O pequeno número de aparelhos de comunicação telegráfica atraiu tanto o Mestre que seu delicioso jantar, servido por várias lindas garotas, ficou de lado. O hábito de fumar já estava quase extinto da face da Terra, porém, quando ele expressou esse desejo, fizeram-se alguns arranjos: alguns charutos de excelente qualidade haviam sido descobertos na Flórida e foram enviados para ele enquanto ainda jantava. Mais tarde chegaram os aeronautas, e houve uma reunião de mentes engenhosas presidida por um engenheiro recentemente agraciado. Naquele momento, a simples destreza de contar e numerar máquinas, construir máquinas, girar motores, patentear portas, motores explosivos, elevadores de grãos e água, máquinas de uso em abatedouros e aparelhos de colheita era mais fascinante para Graham que qualquer outra coisa.

– Nós éramos selvagens – disse ele. – Estávamos na idade da pedra, se comparados a isto... E o que mais vocês têm?

Também compareceram alguns psicólogos para falar sobre os interessantes desenvolvimentos na área da hipnose. Os nomes de Milne Bramwell, Fechner, Liebault, William James, Myers e Gurney, na sua opinião, tinham mais valor agora do que teriam entre seus contemporâneos. Diversas práticas da psicologia se tornaram comuns, substituindo o uso de remédios, antissépticos e anestesias na medicina. Essas práticas eram empregadas por quase todos aqueles que precisavam de concentração mental. Parece ter havido uma melhora em termos de humanidade nesse sentido. Os feitos dos "gênios dos cálculos", dos prodígios, como Graham começara a se referir a eles, dos incríveis, agora estavam ao alcance de qualquer um que pudesse pagar pelos serviços de um hipnotizador profissional. Por esse motivo, anos antes, os antigos métodos de provas escolares foram destruídos. Em

H. G. WELLS

vez de anos de estudo, os candidatos haviam substituído esse costume por algumas semanas de transe, e, durante esses transes, os professores simplesmente repetiam todos os ensinamentos necessários, adicionando uma sugestão para que esses alunos, ao acordarem, se lembrassem do que haviam aprendido durante o transe. Essa ajuda era de muita valia, em especial na matemática, e agora era invariavelmente requerida por jogadores de xadrez e de jogos de destreza manual, que ainda existiam. De fato, todas as operações conduzidas sob regras finitas, do tipo quase mecânicas, eram então sistematicamente deixadas na imaginação e na emoção e já não contam com nenhuma precisão. As crianças das classes trabalhadoras, assim que alcançam uma idade adequada para serem hipnotizadas, tornam-se verdadeiras cuidadoras das máquinas, lindamente pontuais e confiáveis, vendo-se livres dos pensamentos comuns da juventude. Os alunos da aeronáutica que sofrem com a vertigem podem ver-se aliviados de seus terrores imaginários. Em cada rua havia hipnólogos prontos para criar memórias permanentes na mente das pessoas. Se alguém quisesse se lembrar de um nome, de uma série de números, de uma música ou de um discurso, isso poderia acontecer por meio desse método; em contrapartida, memórias poderiam ser apagadas, hábitos, mudados, e desejos, erradicados. Essa espécie de cirurgia psíquica se tornou, de fato, normal. Indignidades e experiências humilhantes eram esquecidas, viúvos e viúvas podiam esquecer seus cônjuges, e amantes enraivecidos podiam libertar-se de sua escravidão. Enxertar desejos, no entanto, ainda era impossível, e os efeitos da transferência de pensamentos ainda eram desconhecidos. Os psicólogos expuseram suas ideias por meio de experimentos mnemônicos realizados por clínica especializada em depressão infantil.

Graham, assim como grande parte das pessoas de sua época, não confiava na hipnose, caso contrário isso teria aliviado muitas de suas preocupações dolorosas. Mas, apesar das garantias de Lincoln, ele se manteve firme à antiga teoria de que, de certa forma, a hipnose era a entrega de sua personalidade, a abdicação de sua vontade. E, naquele banquete de experiências incríveis que estava começando, ele queria muito permanecer no mais absoluto controle de si.

O DORMINHOCO

Os dias passavam, e o interesse por esses temas continuava. A cada dia, Graham passava muitas horas se divertindo, falando e aprendendo sobre voar. No terceiro, ele voou pela região central da França e viu os Alpes cobertos de neve. Esses exercícios vigorosos lhe proporcionaram um sono de qualidade, e cada vez mais ele sentia uma grande melhora na sua saúde. Parecia já não sofrer com a anemia que sentiu no despertar. E, quando não estava voando ou dormindo, Lincoln sempre estava preocupado em garantir a distração de Graham; tudo o que representasse algo curioso ou uma novidade contemporânea era levado até ele, até que, finalmente, sua fome de conhecimento por novidades fosse saciada. Tudo o que pudesse lhe interessar era mostrado a ele, inclusive as coisas mais estranhas. Todas as tardes, sua corte se envolvia nessa tarefa por uma hora ou mais. Rapidamente seu interesse nos contemporâneos se tornou pessoal e íntimo. No início ele estranhava, principalmente, pela não familiaridade e peculiaridade, por qualquer diferença nas vestimentas das pessoas, qualquer discordância com os preceitos nos *status* e modos de nobreza que se diferenciassem dos dele. Foi incrível o quão rápido aquela estranheza e leve hostilidade começaram a desaparecer; o quão rápido ele começou a gostar da real perspectiva de sua posição e de ver os antigos dias vitorianos tão remotos e pitorescos. Ele gostou particularmente da filha ruiva do controlador das pocilgas da Europa. No segundo dia, depois do jantar, ele se aproximou de uma dançarina – achou-a uma artista incrível. E, depois disso, mais maravilhas hipnóticas. No terceiro dia, Lincoln sugeriu que o Mestre fosse até as Cidades dos Prazeres, mas Graham declinou, e tampouco iria aceitar ser hipnotizado em seus experimentos aeronáuticos. Ele estava preso a Londres e se entusiasmou muito com as identificações topográficas que não conheceria se estivesse fora.

– Aqui ou a quilômetros daqui – disse –, eu costumava almoçar costeletas ao meio-dia durante meus dias na Universidade de Londres. Embaixo estavam Waterloo e a eterna caça pelos trens que o confundiam. Muitas vezes eu ficava esperando lá, com minha mala nas mãos e olhando para o céu acima de todas aquelas luzes, pensando que eu, algum dia, poderia sair voando por aí. E agora, nesse mesmo céu que, um dia, fora um dossel coberto pela névoa, eu voei em um aeroplano.

Durante esses três dias, Graham estava tão ocupado com essas distrações que os grandes movimentos políticos que ocorriam do lado de fora pouco lhe chamavam a atenção. Aqueles que o cercavam quase nada falavam a respeito. Ostrog, o líder, seu grande vizir, o prefeito do palácio, vinha diariamente para lhe contar o que acontecia em seu governo. "Pequenos problemas" e que logo se resolveriam, "um pequeno distúrbio" lá. A música da revolta social nunca mais foi ouvida por ele; Graham nunca soube que ela havia sido proibida de tocar nos limites da cidade; e com isso também nunca mais sentiu aquela emoção que o cesto da gávea lhe havia proporcionado.

Contudo, no segundo e no terceiro dia, ele se pegou, apesar de seu interesse na filha do gerente das pocilgas, ou por isso mesmo, lembrando de tudo o que ela lhe havia dito, lembrando-se de Helen Wotton, com quem havia conversado de maneira tão estranha naquela reunião. A impressão que ela lhe provocou foi profunda, embora a surpresa incessante das novidades o mantivesse longe de qualquer outro pensamento. Mas agora sua lembrança começara a se fazer presente sem ele querer. Ele tentou entender o que ela quis dizer com aquelas duas frases quase esquecidas; a imagem de seus olhos e a paixão sincera em seu rosto se tornaram mais vívidas conforme seus interesses nas novidades diminuíam. Sua beleza se misturava às tentações imediatas daquela paixão ordinária. Porém, ele só voltou a vê-la depois de três dias.

GRAHAM RECORDA

Finalmente, ela o encontrou em um corredor que ficava no caminho dos escritórios dos Cata-ventos, em direção aos apartamentos do estado. O corredor era longo e estreito e tinha uma série de reentrâncias, cada uma com uma fenestração arqueada que passava sobre um pátio cheio de palmeiras. Em uma dessas reentrâncias, ele de repente cruzou com ela, que estava sentada. Ela se virou ao ouvir seus passos e o encarou. A cada passo que ele dava, mais ela ficava pálida. Ela se levantou rapidamente, deu um passo para a frente como se fosse lhe dizer alguma coisa e hesitou. Graham parou e assim ficou, esperando. De repente, ele percebeu que um tumulto a silenciara e imaginou que, para estar esperando por ele neste lugar, ela provavelmente queria lhe falar.

Graham sentiu uma vontade muito grande de ajudá-la.

– Eu estava querendo me encontrar com você – disse ele. – Há alguns dias você queria me dizer alguma coisa, algo sobre o povo. O que queria me dizer?

Um olhar de preocupação da parte dela.

– Você disse que o povo estava infeliz?

Silêncio.

– Deve ter soado estranho para o senhor – disse Helen de repente.

– Sim. E ainda assim…

– Foi um impulso.

– Como?

– Foi só isso.

Ela continuou olhando para ele com hesitação. Por fim, falou com dificuldade.

– O senhor esqueceu. – Ela respirou fundo.

– Do quê?

– Do povo…

– O que quer dizer?

– O senhor se esqueceu do povo.

Ele a encarou sem entender.

– Sim. Eu sei que está surpreso. Afinal, não entende quem é. O senhor não sabe o que vem acontecendo.

– Como assim?

– O senhor não entende.

– Talvez não esteja entendendo mesmo. Mas me explique.

Helen voltou a olhá-lo com firmeza.

– É tão difícil de explicar. Eu já tentei, eu já quis. Mas agora… não posso. Não estou pronta para usar as palavras certas. Mas sobre o senhor, há alguma coisa no senhor. É algo maravilhoso. Seu sono, seu despertar. Tudo isso é um milagre. Pelo menos para mim e para todo o povo. O senhor viveu, sofreu e morreu, o senhor foi um cidadão comum, volta a acordar, revive, para se descobrir o Mestre de quase toda a Terra.

– Mestre da Terra – disse ele. – É o que me dizem. Mas imagine o quão pouco sei sobre isso.

– Cidades… Fundos… O Departamento do Trabalho…

– Principados, poderes, autoridades: o poder e a glória. Sim, já os ouvi gritar. Eu sei. Eu sou o Mestre. Rei, se preferir. Junto com Ostrog, o líder… – E parou de falar.

Ela se virou e começou a olhar para o seu rosto como se o estivesse examinando.

– Então…?

O DORMINHOCO

Ele sorriu.

– Assumir a responsabilidade.

– Foi isso o que nós começamos a temer. – Helen ficou em silêncio. – Não – disse devagar. – Você assumirá a responsabilidade. O povo espera isso de você.

Ela falava com delicadeza.

– Ouça! Durante pelo menos metade do tempo em que o senhor esteve adormecido, a cada geração, multidões de pessoas... A cada geração o número de pessoas aumentava, rezando pelo seu despertar, rezando.

Graham ia abrir a boca para dizer algo, mas desistiu.

Helen hesitou, e seu rosto ficou um pouco vermelho.

– Você sabia que para milhares de pessoas você era o rei, rei Artur, Barbarossa, o rei que viria no momento certo para colocar as coisas nos eixos?

– Acredito que seja a imaginação das pessoas...

– Você nunca ouviu falar do nosso provérbio: "Quando o Dorminhoco acordar?". Enquanto esteve dormindo imóvel lá, milhares de pessoas vinham vê-lo. Milhares. Todo dia primeiro do mês, vestiam você com uma túnica branca, e as pessoas faziam fila para vê-lo. Quando eu era apenas uma criança, eu o vi assim, vi seu rosto pálido e calmo.

Helen desviou o olhar e começou a fitar firmemente a parede pintada à sua frente. Sua voz ficou fraca.

– Quando eu era uma garotinha, costumava olhar para o seu rosto... Sempre me parecia estar esperando por algo, como a paciência de Deus. Era o que costumávamos pensar de você – disse ela. – Era como o víamos.

Ela observava-o com os olhos brilhando, e a voz era clara e firme.

– Na cidade, na Terra, milhares de homens e mulheres estão esperando para ver o que você fará, todos estão cheios de estranhas expectativas.

– É mesmo?

– Nem Ostrog nem ninguém pode assumir essa responsabilidade.

Graham olhou para seu rosto emocionado com surpresa. Em um primeiro momento, ela parecia ter falado com dificuldade, mas agora havia se soltado.

– Você acha – perguntou ela – que viveu tão pouco na sua vida passada, quem caiu e se reergueu devido a um milagre para... Você acha que a reverência e a esperança de metade do mundo se reuniram em torno de você, apenas para que pudesse viver outra curta vida? Para que você pudesse entregar essa responsabilidade para outra pessoa?

– Eu sei o quão grande essa realeza é – respondeu Graham, um pouco hesitante. – Sei que ela parece gigantesca. Mas será que é real? É incrível, parece um sonho. Será que é real ou é apenas uma grande ilusão?

– É real – disse Helen –, se tiver coragem.

– Afinal de contas, como qualquer reino, o meu reino é a crença. É uma ilusão na mente dos homens.

– Se tiver coragem! – disse ela.

– Mas...

– Inúmeros homens – disse ela –, enquanto tiverem essa ilusão na mente, obedecerão.

– Mas eu não sei de nada. Era isso o que eu pensava. Eu não sei de nada. E esses outros, o Conselho, Ostrog, eles são mais sábios, sensatos, sabem muito, conhecem todos os detalhes. E, a propósito, quais são esses problemas dos quais está falando? O que eu devo saber? Quer dizer...

E deixou de falar abruptamente.

– Sei que sou muito jovem – disse ela. – Mas para mim o mundo é cheio de misérias. Ele mudou muito desde sua época. Rezei para ter a chance de vê-lo e de lhe contar essas coisas. O mundo mudou. Como um câncer que tomou conta e roubou a vida de tudo o que vale a pena ter.

Helen ficou envergonhada e virou o rosto para o lado.

– Sua época era um período de liberdade. Sim, foi o que sempre pensei. Comecei a pensar muito sobre por que minha vida... nunca foi feliz. Os homens já não são livres, não são melhores nem maiores que os da sua época. E não é só isso. Esta cidade... é uma prisão. Todas as cidades agora são prisões. Mamon tem a chave em mãos. Milhares de pessoas trabalham do berço até o túmulo. Isso está certo? Será que isso durará para sempre? Sim, muito pior que na sua época. Tudo o que nos cerca, dentro de nós, é tristeza e dor. Toda essa alegria superficial que o senhor vê ao redor esconde a vida real cheia de misérias da qual não querem que o senhor saiba. Sim, mas os pobres sabem, eles sabem que sofrem. Essa multidão que enfrentou a morte pelo senhor há duas noites! O senhor lhes deve a vida.

– Sim – disse Graham lentamente. – Sim. Eu devo minha vida a eles.

– O senhor é da época em que essa nova tirania estava apenas começando nas cidades. É uma tirania! Na sua época, os senhores feudais já não existiam, e o novo senhorio ainda estava por vir. Metade da humanidade vivia livre no interior. As cidades ainda não o tinham descoberto. Já ouvi histórias tiradas de livros antigos… Existia uma nobreza! Os homens comuns viviam a vida cheios de amor e de fé, eles faziam milhares de coisas. E você… você vem dessa época.

– Não era… Esqueça. Como é agora?

– Lucro e as Cidades dos Prazeres! Ou escravidão, uma escravidão desonrosa e cruel.

– Escravidão! – exclamou ele.

– Sim.

– Você quer dizer que seres humanos são bens?

– Pior. É isso que eu queria que você soubesse e visse. Eu sei que não sabe. Eles não vão lhe contar tudo, vão levá-lo direto até uma Cidade dos Prazeres. Mas o senhor já notou a presença de homens, mulheres e crianças de azul, de rosto meio amarelados e olhos sem vida?

– Em toda parte.

– Falando um dialeto horrível, tosco e fraco.

– Sim, eu já ouvi.

– Eles são os escravos, seus escravos. Eles são os escravos do seu Departamento do Trabalho.

– O Departamento do Trabalho! Isso soa familiar. Ah! Agora eu lembrei. Eu a vi quando estava vagando pela cidade, depois que as luzes voltaram, grandes conjuntos de prédios azul-claros. Você está realmente querendo dizer que…?

– Sim. Como posso lhe explicar? É claro que o uniforme azul lhe chamou a atenção. Quase um terço do nosso povo o usa, e todos os dias mais pessoas começam a usá-lo. O Departamento do Trabalho cresceu imperceptivelmente.

H. G. Wells

– O que é esse Departamento do Trabalho? – perguntou Graham.

– Antigamente, como é que vocês tratavam a fome?

– Nós tínhamos os asilos sociais, mantidos pelas paróquias.

– Asilos sociais! Sim, havia algo assim. Aprendemos sobre isso em nossas aulas de história. Eu me lembro agora. O Departamento do Trabalho acabou com os asilos. Ela cresceu, em parte, do nada. Você talvez se lembre, havia uma organização religiosa chamada Exército da Salvação, que se tornou uma empresa comercial. No início era quase uma casa de caridade. Servia para salvar as pessoas das regras dos asilos. Agora que estou me lembrando bem, ela foi uma das primeiras propriedades que os seus Administradores adquiriram. Eles compraram o Exército da Salvação e o reconstruíram. A ideia, em um primeiro momento, foi a de dar trabalho para as pessoas sem-teto que passavam fome.

– Sim.

– Hoje já não existem os asilos, os refúgios nem as casas de caridade, nada além da Empresa. Seus escritórios estão por toda parte. Azul é a cor deles. E qualquer homem, mulher ou criança que não tenha o que comer e não tenha onde morar nem amigos, nem nada do tipo, deve ir para a Empresa ou buscar alguma forma de morrer. A eutanásia está fora do alcance de muitos, para os pobres não existe uma morte fácil. E a qualquer hora do dia ou da noite há comida, abrigo e uniforme azul para todos aqueles que chegam lá; essa é a primeira condição para entrar na Empresa. Em troca de um dia de abrigo, a Empresa cobra um dia de trabalho, e, em seguida, devolve as roupas da pessoa e a deixa ir embora novamente.

– É mesmo?

– Talvez isso não lhe pareça tão terrível. Na sua época as pessoas morriam de fome na rua. Isso era ruim. Mas elas morriam como… gente. Essas pessoas de azul… Há um ditado assim: "Uma vez azul, sempre azul". A Empresa comercializa a mão de obra e se assegura de que esse trabalho não falte. As pessoas chegam lá famintas e desamparadas, elas comem e dormem por uma noite e um dia, elas trabalham de dia e no final do dia vão embora. Se trabalharem bem, receberão alguns centavos ou algo assim, o suficiente para irem a um teatro, a um lugar barato para dançar,

O DORMINHOCO

ou para assistir a um filme no cinematógrafo, para jantar ou apostar. Elas voltam a andar sem rumo depois de terem gastado os centavos. Mendigar é proibido pela polícia. Além do mais, ninguém lhes dá nada. Elas voltam no dia seguinte ou no outro dia, levadas pela mesma necessidade que as fez ir pela primeira vez. Finalmente suas vestes se rasgam ou seus andrajos se desfazem a tal ponto que elas se envergonham. Aí elas precisam trabalhar durante meses para arranjar roupas novas. Caso queiram roupas novas. Um grande número de crianças nasce sob os cuidados da Empresa. A mãe fica lhe devendo um mês depois do parto, as crianças são cuidadas e educadas até chegarem aos catorze anos e pagam por isso com dois anos de trabalho. Pode ter certeza de que essas crianças são educadas para aceitarem o uniforme azul. E é assim que a Empresa funciona.

– E ninguém está desamparado na cidade?

– Ninguém. As pessoas ou se vestem de azul ou estão na cadeia.

– E se não trabalharem?

– A maior parte das pessoas trabalhará naquele campo, e a Empresa tem seus poderes. Há estágios de castigos no trabalho, paralisação da comida. E, se um homem ou uma mulher se recusarem a trabalhar, eles serão marcados no sistema por impressão digital nos escritórios da Empresa no mundo todo. Além disso, quem consegue deixar a cidade sendo pobre? Ir a Paris custa muito dinheiro. E para a insubordinação existem as prisões, escuras e miseráveis, fora da vista de todos. Agora existem prisões para tudo.

– E um terço das pessoas usa esse uniforme azul?

– Mais de um terço. Trabalhadores que vivem sem orgulho ou felicidade ou esperança, com as histórias que contam sobre as Cidades dos Prazeres sempre em mente, sabendo que há pessoas que riem da lamentável vida que levam, de suas privações e de suas dificuldades. São tão pobres que não conseguem nem a eutanásia, a fuga da vida do rico. São pessoas tristes e são milhares, milhões por aí, não conhecem nada além da miséria e de sonhos que nunca se realizarão. Essas pessoas nascem, têm uma vida de privações e morrem. Foi a este ponto que chegamos.

Por um tempo, Graham se sentou cabisbaixo.

– Mas houve uma revolução – disse ele. – Tudo isso vai mudar. Ostrog...

H. G. Wells

– Essa é a nossa esperança. Essa é a esperança do mundo. Mas Ostrog não fará nada. Ele é político. Para ele as coisas devem continuar como estão. Ele não se importa. Ele não leva nada disso a sério. Todos os ricos, todas as pessoas influentes estão felizes, elas pouco se importam com o resto. Essas pessoas usam o povo em suas políticas, a miséria do povo é a base da vida dessas pessoas. Mas você, você veio de uma época mais feliz, por isso as pessoas esperam algo de você. De você.

Ele olhou para o rosto dela. Seus olhos brilhavam com as lágrimas que não caíam. Ele se emocionou. Por alguns instantes, esqueceu a cidade, esqueceu a corrida e todas aquelas vozes vagas que mal se ouviam, e focou na humanidade da beleza daquela garota.

– Mas o que posso fazer? – perguntou ele.

– Governar. – Ela se aproximou, falando em voz baixa. – Governe o mundo como ele nunca foi governado, para o bem e para a felicidade do povo.

"O povo está agitado. O alvoroço se espalhou pelo mundo todo. O povo se cansou, mas uma promessa vinda de você irá uni-los. Mesmo a classe média está inquieta, infeliz.

"Eles não estão lhe contando o que está acontecendo. O povo não voltará ao trabalho duro, recusam-se a voltar a ser escravos. Ostrog despertou algo maior do que qualquer coisa que possa ter imaginado. Ele despertou a esperança."

Seu coração começou a bater forte. Ele tentou parecer justo, pesar as argumentações.

– O povo só quer seu líder – disse ela.

– E depois?

– Pode fazer o que quiser, o mundo é seu.

Ele se sentou, sem mais olhar para ela. Em seguida, voltou a falar.

– Os velhos sonhos, e o que eu sonhei, liberdade, felicidade. São só sonhos? Poderia apenas um homem, um homem…? – A voz enfraqueceu e ele parou de falar.

– Não é apenas um homem, mas todos os homens. Dê a eles um líder para expressar o desejo que vem do coração deles.

O DORMINHOCO

Graham balançou a cabeça e houve um silêncio.

De repente, olhou para cima e seus olhos se cruzaram.

– Eu não tenho sua fé – disse ele. – Não tenho sua juventude. Estou aqui com um poder que, de fato, não é de verdade. Não, deixe-me falar. Eu gostaria de fazer alguma coisa… não o que é certo, eu não tenho força para fazer isso, mas algo mais certo do que errado. Não seria a solução para o milênio, mas seria algo a ser resolvido agora, enquanto eu governasse. O que me contou me fez acordar… Você está certa. Ostrog deve saber qual é seu lugar. E eu irei aprender… Mas prometo uma coisa: o trabalho escravo vai acabar.

– Então vai governar?

– Sim. Mas com uma condição…

– Sim?

– Quero que me ajude.

– Eu! Uma garota!

– Sim. Não lhe ocorreu que eu esteja totalmente sozinho?

Ela começou a falar e, por um instante, seus olhos se emocionaram.

– Você está me perguntando se eu posso ajudá-lo? – questionou ela.

Houve um silêncio tenso, e então o relógio bateu a hora. Graham se levantou.

– Agora – ele disse –, Ostrog está me esperando. – Ele hesitou, olhando para ela. – Quando eu perguntei a ele certas coisas… Tem muita coisa que eu não sei. Pode ser que eu vá ver com meus próprios olhos tudo o que me contou aqui. E, quando eu voltar…

– Eu saberei da sua ida e da sua volta. Esperarei pelo senhor aqui.

Parado, ele a olhou por um instante.

– Eu sabia – disse ela.

Graham esperou, mas ela não disse mais nada. Eles se entreolharam com firmeza, questionando-se, e, em seguida, ele se afastou, indo em direção ao escritório dos Cata-ventos.

O PONTO DE VISTA DE OSTROG

Graham encontrou Ostrog esperando por ele para lhe dar as informações pertinentes ao seu governo. Em situações anteriores, ele quis passar por essa cerimônia o mais rápido possível, para poder continuar as experiências aéreas, mas agora começava a perguntar cada vez mais sobre tudo. Estava ansioso por começar, de fato, a governar seu império. Ostrog entregou relatórios excelentes sobre o desenvolvimento dos negócios no exterior. Em Paris e em Berlim, Graham percebeu que ele estava dizendo que houve alguns problemas, não uma resistência organizada, mas insubordinação.

– Depois de todos esses anos – disse Ostrog, quando Graham fez mais perguntas –, a Comuna está tentando se levantar novamente. Esta é a real natureza da luta: ser explícita. Mas a ordem foi restaurada nessas cidades.

Graham, sentindo um turbilhão de emoções, perguntou se houve luta.

– Pouca coisa – disse Ostrog. – Somente em um quarteirão. Mas a divisão senegalesa da nossa polícia africana (as Empresas Africanas Consolidadas têm uma polícia muito bem equipada) estava pronta, e os aeroplanos, também. Esperávamos ter alguns problemas nas cidades continentais e na América. Mas as coisas estão bem tranquilas por lá. O povo está feliz com a queda do Conselho. Por ora.

O DORMINHOCO

– Por que estavam esperando ter problemas? – perguntou Graham abruptamente.

– Há muito descontentamento social.

– Com o Departamento do Trabalho?

– O senhor está aprendendo – disse Ostrog com certa surpresa. – Sim. O descontentamento com o Departamento do Trabalho é grande. Foi isso que deu início à queda do Conselho e seu despertar também.

– E então?

Ostrog sorriu. Foi bastante claro.

– Nós tivemos que provocar esse descontentamento, precisamos reviver os antigos ideais da felicidade universal, todos os homens são iguais, todos os homens devem ser felizes, não poderá haver luxos sem serem compartilhados, ideias que estavam adormecidas há duzentos anos. Sabe? Nós precisamos reavivar esses ideais, mesmo impossíveis, para derrubar o Conselho. E agora...

– Continue.

– Nossa revolução se cumpriu, e o Conselho foi destituído, e o povo que nós incentivamos continua se insurgindo. Mal havia luta... Fizemos promessas, é claro. É incrível como esse humanitarismo vago e atual foi reacendido e se espalhou tão violenta e rapidamente. Nós mesmos que plantamos tudo isso nos surpreendemos. Em Paris, como eu disse, tivemos que chamar um reforço externo.

– E aqui?

– Há problemas. Multidões não vão voltar ao trabalho. Há uma greve geral. Metade das fábricas está vazia, e o povo simplesmente não vai trabalhar. Fala-se de uma Comuna. Homens vestidos de seda e cetim têm sido insultados nas ruas. O azul-claro está esperando todo tipo de coisa do senhor... É claro que o senhor não precisa se preocupar. Estamos preparando as máquinas conversadoras para trabalharem e sugerirem medidas na causa da lei e da ordem. Só é necessário manter o pulso firme; só isso.

Graham pensou. Ele percebeu uma forma de se impor. Porém, falou com cuidado.

– Mesmo que isso signifique trazer policiais negros – disse ele.

– Eles são úteis – disse Ostrog. – Eles são íntegros e não têm ideais, ao contrário da multidão. O Conselho deveria ter usado essa polícia desde o início, assim tudo poderia ter sido diferente. É claro, não há nada a temer, exceto tumultos e destroços. Agora você pode fazer seus voos, voar para Capri se as coisas se complicarem por aqui. Nós temos o controle de quase tudo; os aeronautas têm privilégios e são ricos, o sindicato mais poderoso do mundo, e também os engenheiros dos Cata-ventos. Nós dominamos o ar, e o domínio do ar significa o domínio da Terra. Ninguém dentro dessas áreas está contra nós. Eles não têm líderes, somente os líderes setoriais da sociedade secreta que organizamos antes do seu despertar tão oportuno. São meros homens de negócios que têm inveja uns dos outros. Nenhum deles tem coragem suficiente para fazer algo. O único problema será uma agitação desorganizada. Para ser honesto, isso pode acontecer. Porém, não interromperá suas experiências aeronáuticas. A época em que o povo conseguia fazer uma revolução acabou.

– Acredito que sim – disse Graham. E ponderou: – Esse mundo de vocês está cheio de surpresas para mim. Antigamente nós sonhávamos com uma vida maravilhosamente democrática, em que todos os homens seriam iguais e seriam felizes.

Ostrog olhou para ele com firmeza.

– O tempo da democracia acabou – disse ele. – Acabou para sempre. Aquele dia começara com os arqueiros de Crécy e acabou com a marcha da infantaria, quando os homens comuns, em massa, venceram as batalhas do mundo, quando canhões extremamente caros, outras armas robustas e estradas de ferro estratégicas se tornaram meios de poder. Hoje é o dia da riqueza. A riqueza agora representa o poder como jamais fora visto antes, ela comanda a terra, o ar e o céu. Todo o poder é tido por aquele que puder lidar com a riqueza… É importante aceitar esses fatos, e esses são os fatos. O mundo para a Multidão! A Multidão é quem manda! Mesmo na sua época aquela crença já havia sido tentada e condenada. Hoje em dia ela só tem um adepto, um muito tolo, a grande Multidão.

Graham não disse nada na hora. Ele ficou parado, perdido em preocupações sombrias.

O DORMINHOCO

– Não – disse Ostrog. – A época do homem comum acabou. No interior, fora da cidade, um homem é tão bom quanto qualquer um, ou quase tão bom. A antiga aristocracia tinha uma estabilidade precária e quase não tinha força nem audácia. Ela era muito, muito moderada. Havia insurreições, duelos, rebeliões. A primeira aristocracia real, a primeira aristocracia permanente, veio dos castelos e das armaduras e desapareceu antes do mosquete e do arco. Mas esta é a segunda aristocracia. A verdadeira. A época da pólvora e da democracia foi somente um turbilhão no rio. O homem comum agora é uma unidade indefesa. Hoje em dia nós temos esta grande máquina da cidade e uma organização complexa que vai além da compreensão.

– Ainda assim – disse Graham –, existe algo que resiste, algo que você está sufocando, algo que se mexe e pressiona.

– Você verá – disse Ostrog, com um sorriso forçado como que querendo acabar com toda aquela discussão. – Eu não despertei essa força para me destruir, confie em mim.

– Imagino – disse Graham.

Ostrog encarou-o.

– Será que o mundo deveria seguir esse caminho? – perguntou Graham, com as emoções à flor da pele. – Será que ele realmente deveria seguir esse caminho? Será que todas as nossas esperanças foram em vão?

– O que quer dizer? – perguntou Ostrog. – Esperanças?

– Eu vim de uma era democrática e encontro uma tirania aristocrática!

– Mas você é o tirano.

Graham balançou a cabeça.

– Bem – disse Ostrog –, pegue a questão principal. É a forma como a mudança sempre acontece. A aristocracia, o predomínio do melhor, o sofrimento e a extinção daqueles que não se encaixam, para que algo melhor venha.

– Mas a aristocracia! Aquelas pessoas que eu conheci…

– Ah! Não aquelas! – disse Ostrog. – Mas a grande maioria caminha para a morte. Vício e prazer! Eles não têm filhos. Esse tipo de gente vai desaparecer. Isto é, se o mundo continuar pelo mesmo caminho, ou seja, se não houver nenhum retrocesso. A eutanásia, uma solução para o excesso, tão conveniente para aqueles que gostam dos prazeres, é a forma de melhorar a raça!

– A extinção agradável – disse Graham. – Ainda assim… – Pensou por um instante. – Mas ainda existe outra coisa, a multidão, a grande massa de pessoas pobres. Ela também vai desaparecer? Isso não vai desaparecer. E ela sofre, seu sofrimento é uma força que até mesmo você…

Ostrog se moveu de forma impaciente e, quando falou, foi de forma mais ríspida que antes.

– Não se preocupe com isso. Tudo vai se resolver em alguns dias. A multidão é uma fera muito tola. Mas e se não desaparecer? Mesmo que não desapareça, ela sempre poderá ser controlada e manejada. Não tenho condescendência com homens servis. Você ouviu aquelas pessoas gritar e cantar há dois dias. Aquela música foi ensinada a elas. Se você pegasse qualquer uma daquelas pessoas e lhe perguntasse por que estava gritando, ela não saberia lhe responder. Essa gente acredita estar gritando por você, pensa ser leal e devota a você. O povo estava pronto para massacrar o Conselho. Hoje, ele já está falando mal daqueles que destruíram o Conselho.

– Não, não – disse Graham. – Eles gritavam porque têm a vida triste, sem alegria nem orgulho, e porque depositaram as esperanças deles em mim… em mim.

– E qual era a esperança deles? Qual é a esperança deles? Que direito eles têm de ter esperança? Eles trabalham mal e querem recompensas daqueles que trabalham bem. A esperança da humanidade, qual é? Que algum dia o Mestre venha, que algum dia os inferiores, os fracos e os brutos possam ser subjugados ou eliminados. Subjugados, isso se não eliminados. O mundo não é o lugar para os maus, os estúpidos nem os incapazes. O dever deles é justo também! É morrer. A morte do fracasso! Esse é o caminho pelo qual o animal escolheu para se tornar humano, para que o homem se torne elevado.

Ostrog deu um passo, parecendo pensar, e, então, voltou-se para Graham.

– Posso imaginar como este grande mundo estatal deve parecer para um homem da era vitoriana. Você sente falta das antigas formas de governo, de seus espectros que ainda assombram o mundo, os conselhos de votação e os parlamentos e toda aquela bobagem do século XVIII. Você é contra nossas Cidades dos Prazeres. Eu poderia ter pensado nisso, se não estivesse tão ocupado. Mas você vai entender. O povo está louco de inveja. Simpatizariam com você nesta questão. Mesmo agora nas ruas, as pessoas pedem a destruição das Cidades dos Prazeres. Porém, essas cidades são o órgão excretor do Estado, lugares atraentes que ano após ano reúnem todas as fraquezas e os vícios que existem, tudo o que é lascivo e preguiçoso, toda a malandragem do mundo, para uma destruição graciosa. Eles vão para lá, se divertem, morrem sem filhos. Todas as belas mulheres lascivas e tolas morrem sem filhos, e assim a humanidade fica melhor. Se o povo fosse sadio, eles não invejariam a forma de morrer dos ricos. Você emanciparia os trabalhadores sem cérebro que escravizamos e tentaria tornar a vida deles mais fácil e agradável de novo. Isso seria acabar com o propósito de vida deles. – Ele sorriu, e seu sorriso irritou Graham de forma muito estranha. – Você vai entender melhor. Conheço essas ideias; durante a minha infância, li Shelley e cheguei a sonhar com a liberdade. Não existe liberdade, apenas sabedoria e autocontrole. A liberdade está dentro de nós, não fora. É uma questão particular de cada homem. Suponha, o que é impossível, que esses tolos de azul que se reúnem em gritos nos controlassem, o que aconteceria? Eles iriam apenas cair nas mãos de outros mestres. Enquanto eles forem ovelhas, a natureza insistirá em ser um animal de caça. Sua ascensão significaria um atraso de centenas de anos. A chegada da aristocracia é fatal e certa. O final será a vinda do Mestre, para todos aqueles que protestam na humanidade. Deixemos que eles se revoltem, deixemos que vençam e que matem a mim e aos que são como eu. Outros surgirão, outros mestres. O fim será o mesmo.

– Imagino – disse Graham, obstinado.

Por um momento ele ficou parado e pensativo.

– Mas preciso ver tudo isso com meus próprios olhos – disse ele, repentinamente assumindo um tom confiante. – Somente vendo tudo poderei entender. Preciso aprender. Era isso o que eu queria lhe dizer, Ostrog. Não quero ser rei na Cidade dos Prazeres; esse não seria o meu prazer. Passei muito tempo aprendendo sobre aeronáutica e muitas outras coisas. Preciso aprender agora como o povo vive, como a vida comum se desenvolve. Só assim poderei entender melhor tudo isso. Preciso aprender agora como as pessoas comuns vivem, o trabalho delas mais especificamente, como trabalham, se casam, têm filhos, morrem...

– Você pode aprender tudo nos nossos romances realistas – sugeriu Ostrog, preocupado.

– Eu quero realidade – disse Graham –, não romance.

– Isso será difícil – disse Ostrog, e pensou. – No geral, talvez...

– Não posso esperar...

– Eu pensei... Ainda assim, talvez... Você diz que quer sair e conhecer a cidade e as pessoas comuns.

Subitamente Ostrog chegou a uma conclusão.

– Precisa fazer isso disfarçado – disse ele. – A cidade está muito agitada, e a descoberta da sua presença entre o povo poderia criar um tumulto perigoso. Esse seu desejo de ir até a cidade, essa ideia sua... Sim, agora que pensei melhor, essa ideia ainda não está muito madura. Ela pode ser mais bem planejada. Se realmente quiser fazer isso! Você pode, é o Mestre. Poderia ir agora mesmo, se desejar. Asano poderia lhe proporcionar um disfarce à altura. Ele iria com você. Afinal, essa sua ideia não é ruim.

– Você não quer me consultar sobre qualquer outra questão? – perguntou Graham de repente, arrebatado por uma súbita suspeita.

– Ah, meu caro, não! Não! Acho que você pode confiar tudo a mim por um tempo, sobre qualquer coisa – disse Ostrog, sorridente.

– Mesmo se divergirmos... – Graham olhou para ele com olhar firme. – Não haverá nenhuma revolta em breve? – perguntou repentinamente.

– Certamente não.

– Tenho pensado muito sobre esses policiais. Não acredito que o povo pretenda me hostilizar, afinal sou o Mestre. Não quero nenhum policial vindo aqui para Londres. Pode ser um preconceito arcaico, mas tenho certos sentimentos sobre os europeus e os submissos. Mesmo em se tratando de Paris...

Ostrog ficou parado, observando-o.

O DORMINHOCO

– Não vou levar nenhum policial para Londres – disse lentamente Graham.

– Mas e se...

– Você não vai levar policial armado para Londres, não importa o que aconteça – disse Graham.– Disso eu não abro mão.

Ostrog, após uma pausa, decidiu não falar e se curvou respeitosamente.

PELOS CAMINHOS DA CIDADE

    Naquela noite, desconhecido e insuspeito, Graham, usando o traje de um oficial subordinado dos escritórios dos Cata-ventos e acompanhado por Asano em vestimentas da Empresa de Trabalho, passearam pela cidade por onde havia vagado quando estava protegido pela escuridão. Mas agora ele a estava vendo acesa e desperta, um redemoinho de vida. Apesar da crescente e movimentada força da revolução e do descontentamento incomum, os murmúrios sobre uma luta ainda maior cuja primeira revolta havia sido apenas o prelúdio, a imensa maioria do comércio continuava a todo vapor. Ele sabia agora alguma coisa sobre as dimensões e a qualidade da nova era, porém não estava preparado para a grande surpresa daquela vista detalhada, daquela aquarela de cores e impressões vívidas que o cercavam.

    Esse foi seu primeiro contato verdadeiro com o povo naqueles últimos dias. Ele percebeu que tudo o que havia antes, salvo alguns teatros públicos e mercados, vistos de relance, era de uma natureza reclusa, envolvendo um movimento dentro de um quadro político relativamente restrito, em que todas as suas experiências anteriores estavam em torno da questão da sua própria posição. Mas agora estava na cidade nas horas mais movimentadas da noite. O povo já havia se voltado para os próprios interesses, a retomada de uma informalidade da vida real, os hábitos comuns da nova era.

O DORMINHOCO

Primeiro eles entraram em uma rua, lotada de pessoas vestidas de azul no sentido oposto. Aquela multidão que Graham viu era parte de uma procissão; era estranho ver uma procissão passando pela cidade. As pessoas carregavam cartazes, palavras de ordem escritas grosseiramente com letras vermelhas: "Não ao desarmamento", "Por que devemos nos desarmar?". Os cartazes estavam todos borrados e mal escritos, e enfileiravam-se. Já no final, a música da revolta e uma banda barulhenta de instrumentos estranhos podiam ser ouvidas.

– Todos eles deveriam estar trabalhando – disse Asano. – Eles não recebem comida há dois dias. Devem tê-la roubado.

Asano fez um desvio para evitar a multidão congestionada que levava para uma passagem ocasional de corpos vindos do hospital para o necrotério, as vítimas da primeira revolta.

Naquela noite, poucas pessoas dormiam, todos estavam fora de suas casas. Uma grande agitação. Multidões enormes cercavam Graham; sua mente estava confusa e preocupada pelo incessante tumulto, pelos gritos e partes enigmáticas daquela luta social que estava só começando. Por toda parte havia festões e cartazes pretos e estranhamente decorados, e aquilo intensificava a qualidade de sua popularidade. Por toda parte ele ouvia trechos daquele dialeto grosseiro pertencente à classe analfabeta, a classe que não tinha acesso à cultura do fonógrafo pela vida comum que levava. Por toda parte ouvia-se falar do desarmamento. Isso lhe provocava um estresse que ele não costumava sentir dentro da sede dos Cata-Ventos. Ele se deu conta de que, assim que voltasse, deveria discutir aquela situação com Ostrog, e também outras questões mais importantes relacionadas a esse problema, de forma que se pudesse resolver tudo aquilo. Naquela noite, nas primeiras horas de seu passeio pela cidade, a sensação de insegurança e revolta chamou sua atenção, aquelas incontáveis estranhas situações que ele não teria visto se não tivesse ido até lá.

A preocupação tomou conta dele. Ainda assim, no meio de toda aquela estranheza e confusão, nenhum tema, por mais pessoal e urgente que fosse, podia ser comentado. O movimento revolucionário passava tranquilamente em certas áreas e era levado a outra direção como se houvesse uma cortina

H. G. Wells

que mudasse toda aquela cena. Helen o havia influenciado para que ele se sentisse impelido a questionar tudo, mas houve vezes em que até ela não ousava se meter em seus pensamentos conscientes. Em um dado momento, ele descobriu que estavam passando pelo quarteirão religioso, para uma melhor circulação pela cidade e com a ajuda das vias móveis construídas em igrejas e capelas que já não eram usadas. Sua atenção foi capturada pela fachada de uma das seitas cristãs.

Estavam viajando sentados em uma das vias rápidas, até que, após uma curva, um templo apareceu bem na frente deles, coberto com inscrições em branco e azul, onde puderam ver um cinematógrafo que apresentou uma cena realista do Novo Testamento e onde se via um festão de negro mostrando que aquela religião popular seguia os políticos populares. Havia uma inscrição já conhecida por Graham, e tudo o que estava escrito lhe parecera uma enorme blasfêmia. Entre as menos ofensivas estavam: "Salvação no primeiro andar à direita"; "Confie seu dinheiro ao seu Criador"; "A melhor conversão de Londres, operadores especialistas! Parece suspeito!"; "O que Cristo diria ao Dorminhoco? – Una-se aos santos atuais!"; "Seja cristão – sem obstáculos ao seu emprego atual"; "Os melhores bispos no banco hoje e os preços são os de sempre"; "Bênçãos rápidas para homens de negócio ocupados".

– Mas isso é terrível! – disse Graham, enquanto aquele grito ensurdecedor do mercado ressoava acima deles.

– O que é terrível? – perguntou seu pequeno oficial, tentando encontrar, em vão, algo estranho naqueles dizeres.

– *Isso!* Com certeza a essência da religião é a reverência.

– Ah *aquilo!* – Asano olhou para Graham. – Isso o choca? – perguntou como se estivesse descobrindo algo. – Acredito que sim, é claro. Eu havia esquecido. Hoje em dia, a competição por atenção é tão intensa, e o povo simplesmente não consegue entender a própria alma, sabe, como costumavam. – E sorriu. – Antigamente se respeitava o sábado e o interior. Apesar de eu ter lido em algum lugar que os domingos à tarde também…

– Mas, *isso* – disse Graham, olhando para trás, para os dizeres em azul e branco. – Com certeza isso não é a única…

O DORMINHOCO

– Existem milhares de maneiras diferentes. Mas, é claro, se uma seita não cobrar, ela não vai receber. A fé mudou com o tempo. Existem seitas de maior estirpe com maneiras mais discretas: incensos caros e *atendimento pessoal*, coisas assim. Essas pessoas são extremamente populares e ricas. Elas pagam dúzias de leões ao Conselho, quer dizer, ao senhor.

Graham ainda sentia dificuldade com a moeda e, ao ouvir falar em dúzias de leões, essa dúvida lhe veio à mente. De um momento para outro, os templos onde havia gritos de louvor e tentativas de convencer as pessoas foram esquecidos. Uma frase sugeriu, e uma resposta confirmou a ideia de que o ouro e a prata haviam sido desmonetizados, que o ouro estampado havia começado a circular entre os mercados da Fenícia quando este finalmente foi deposto. A mudança havia sido gradual, porém rápida, provocada por uma extensão do sistema de cheques que, mesmo em sua antiga vida, havia praticamente substituído o ouro em todas as transações comerciais grandes. O tráfego comum da cidade, a moeda comum em todo o mundo, era conduzido pelos pequenos cheques marrons, verdes e rosa do Conselho para pequenas quantias, impressa com um beneficiário em branco. Asano tinha vários com ele, e na primeira chance preencheu os espaços em todos. Eram impressos não em papel não rasgável, mas em um papel transparente sedoso, flexível e à base de seda. Ao redor deles havia uma cópia jogada da assinatura de Graham, seu primeiro encontro com as curvas e voltas daquela assinatura familiar perdida há duzentos e três anos.

Algumas experiências intermediárias não provocaram uma impressão suficientemente marcante que justificasse a questão do desarmamento; uma imagem borrada de um templo teosofista que prometia MILAGRES, em letras garrafais, foi a que menos lhe chamou a atenção, porém, em seguida, veio a imagem do refeitório na Avenida Northumberland. Aquilo lhe interessou muito.

Pela energia e atitude de Asano, ele pôde ver esse lugar a partir de uma pequena galeria exibida e reservada para os criados das mesas. O edifício todo estava sob gritaria e muita confusão, ouvidos a distância. No início ele não entendia o significado, porém aquilo o fez recordar uma voz misteriosa que ele já havia ouvido após o acender das luzes na noite em que vagara sozinho pela cidade.

Ele já havia se acostumado à vastidão e ao grande número de pessoas. No entanto, esse espetáculo o manteve atento por muito tempo. Foi ao ver o serviço de mesa abaixo que lhe vieram as perguntas e as respostas relacionadas aos detalhes. Foi assim que ele percebeu o real significado daquele banquete com milhares de pessoas vindo até ele.

Foi surpreendido ao descobrir certas informações que fariam qualquer um partir para o ataque, mas isso nunca ocorreu. Até que um pequeno detalhe lhe chamou a atenção e apontou para o óbvio, que ele, até então, não havia percebido. Nesse sentido, por exemplo, não lhe havia ocorrido que essa continuidade da cidade, essa exclusão do clima, os salões e trajetos enormes envolviam o desaparecimento da casa; que o típico "lar" vitoriano, que as pequenas celas de tijolos onde se encontravam a cozinha e a copa, as salas e os quartos, salvo pelas ruínas que diferenciavam o interior, haviam desaparecido assim como a cabana de palha. Mas agora ele via o que, de fato, havia acontecido: Londres, conhecida como um lugar para morar, já não era um amontoado de casas, mas, sim, um hotel extraordinário, com milhares de tipos de quarto, milhares de salões de jantar, capelas, teatros, mercados e locais de reunião, uma síntese das empresas, das quais ele era o proprietário. As pessoas tinham seus quartos, com o que poderiam ser antessalas, quartos que sempre foram sanitários e que, pelo menos, ofereciam certo grau de conforto e privacidade. De resto, elas viviam como muitas pessoas costumavam viver nesses novos hotéis gigantes da era vitoriana: comendo, lendo, pensando, brincando, conversando, tudo em locais públicos, indo ao trabalho nos bairros industriais da cidade ou fazendo negócios em seus escritórios localizados nos bairros comerciais.

Ele percebeu na hora o quanto essa situação havia se desenvolvido desde a era vitoriana. A razão fundamental para a cidade moderna era a economia de cooperação. O principal para evitar a união das famílias separadas na sua própria geração foi simplesmente a ainda imperfeita civilização das pessoas, o forte orgulho bárbaro, as paixões e os preconceitos, as invejas, as rivalidades e a violência das classes média e baixa, que havia exigido a

O DORMINHOCO

separação por completo das famílias contíguas. Mas a mudança, a domesticação do povo, havia progredido rapidamente mesmo naquela época. Nos breves trinta anos de sua vida anterior, ele vivenciou um enorme aumento no hábito de consumir refeições de casa, as cafeterias haviam dado lugar às padarias abertas e cheias de pessoas, por exemplo, os clubes femininos tiveram seu início, e um imenso desenvolvimento nas salas de leitura, salões e bibliotecas testemunharam o crescimento da confiança social. Essas promessas tinham alcançado, a essa altura, sua completa realização. A moradia de antigamente, trancada e murada, não exista mais.

As pessoas que passavam abaixo dele pertenciam, ele soube depois, à classe média baixa, à classe bem acima da classe dos trabalhadores de azul, uma classe tão reconhecida na era vitoriana por prezar a privacidade que seus membros, quando confrontados com uma refeição pública, escondiam o embaraço sob certos comportamentos ou atitudes militantes. Mas essas pessoas alegres e levemente vestidas, embora vivazes, apressadas e reservadas, eram comportadas em excesso e bem calmas umas com as outras.

Ele notou algo bastante significativo: a mesa, de onde podia ver, estava e permanecia lindamente arrumada, não havia nada fora do lugar, não havia migalhas nem restos de comida espalhados ou bebidas sujando a toalha de mesa nem enfeites bagunçados nela. Isso tudo seria a marca do progresso da refeição da era vitoriana. A mesa e as cadeiras eram muito diferentes. Não havia adornos nem flores, e a mesa não tinha uma toalha – era feita, soube depois, de uma substância sólida com a textura e a aparência do damasco. Ele havia notado que essa substância vinha com marcas belamente desenhadas.

Diante de cada lugar na mesa havia um conjunto completo de porcelana e metal. Havia um comensal de porcelana branca e, por meio de torneiras para fluidos voláteis quente e frio, para lavagem da louça; ele mesmo lavava sua faca, seu garfo e sua colher de um elegante metal branco, sempre que necessário.

Sopa e vinho químico eram as bebidas comuns e servidas em torneiras parecidas, e os outros itens circulavam automaticamente em pratos pintados que ficavam na parte de baixo da mesa junto com os trilhos de prata. O comensal podia ser parado conforme a vontade do indivíduo. Eles apareciam por uma pequena abertura em uma extremidade da mesa e desapareciam na outra. Aquele sentimento democrático em decadência, aquele orgulho feio de almas servis, que faz com que iguais esperem um pelo outro, era muito forte entre essas pessoas. Ele estava tão preocupado com esses detalhes que foi só quando estava saindo daquele lugar que notou os enormes anúncios que passavam pelas paredes superiores e anunciavam produtos incríveis.

Depois de saírem daquele lugar, eles chegaram a um salão lotado, e Graham descobriu a causa do barulho que lhe chamara a atenção. Pararam em uma catraca onde deveriam pagar para continuar.

A atenção de Graham foi logo atraída por um barulho violento e alto, seguido de uma voz estridente.

– O Mestre está dormindo tranquilamente – dizia em voz alta. – Sua saúde está excelente. Ele vai dedicar o resto de sua vida à aeronáutica. Disse que as mulheres estão mais belas que nunca. Galope! Uau! Nossa maravilhosa civilização o surpreendeu além do esperado. Além de tudo o que se podia esperar. Galope. Ele confia demais no líder Ostrog. Tem absoluta confiança no líder Ostrog. Ostrog será seu primeiro-ministro; está autorizado a retirar ou realocar funcionários públicos, todo o patrocínio estará em suas mãos. Todo o patrimônio nas mãos do líder Ostrog! Os conselheiros foram enviados de volta à sua prisão que fica em cima da Casa do Conselho.

Graham parou na primeira frase e, olhando para cima, viu o rosto em forma de trombeta que estava gritando todas essas besteiras. Era a Máquina da Inteligência Geral. Durante um tempo, parecia estar recuperando o fôlego, e pôde-se ouvir um golpe vindo de seu corpo cilíndrico. Em seguida ouviu-se um "Galope, Galope" e recomeçou.

– Paris agora está pacificada. Toda a resistência chegou ao fim. Galope! A polícia negra ocupa todos os pontos importantes a salvo na cidade. Lutou com grande coragem, cantaram músicas louvando seus ancestrais escritas por Kipling. Uma ou duas vezes, a coisa saiu do controle e torturou e mutilou feridos e capturou insurgentes, homens e mulheres. Moral

O DORMINHOCO

da história: não se rebelem. Haha! Galope, galope! Eles estão vivos. São corajosos e estão vivos. Deixe que esta seja uma lição aos desordeiros da cidade. Sim! Banderlog! A escória da Terra! Galope, galope!

A voz cessou. Ouviu-se um murmúrio confuso de desaprovação no meio da multidão.

– Malditos crioulos. – Um homem começara a falar perto deles. – Esta é a obra do Mestre, irmãos? Esta é a obra do Mestre, irmãos?

– Polícia negra! – disse Graham. – O que é isso? Você não quer dizer...

Asano tocou seu braço e lhe deu um olhar de aviso. Imediatamente outro mecanismo desse começou a gritar de forma ensurdecedora e soltou uma voz aguda.

– Hahaha, haha, ha! Ouçam um ganido do jornal ao vivo! Jornal ao vivo. Haha! Uma revolta chocante em Paris. Hahaha! Os parisienses estão exasperados pela polícia negra a ponto de haver assassinatos. Represálias horríveis. Mais uma época de selvageria. Sangue! Sangue! Haha!

A máquina mais próxima gritava bastante, "Galope, galope," descansando um pouco no final da frase, e continuou em um tom mais baixo com novos comentários sobre os horrores da desordem.

– A lei e a ordem devem ser mantidas – disse a máquina mais próxima.

– Mas... – começou Graham.

– Não faça perguntas aqui – disse Asano – ou se envolverá em uma discussão.

– Então deixe-nos seguir em frente – disse Graham –, porque eu quero saber mais sobre isso.

À medida que ele e o seu criado iam em direção à multidão agitada que não parava de gritar, em direção à saída, Graham percebeu melhor a proporção e as características daquela sala. Juntas, grandes ou pequenas, devia haver quase mil dessas edificações; choro, buzinas, gritaria e falatório naquele espaço enorme, onde toda aquela multidão ouvia de forma animada tudo o que era dito, a maior parte dela composta por homens vestidos de azul. Havia máquinas de todos os tamanhos, das que tinham apenas pequenos mecanismos de fofoca que soltavam algum sarcasmo, até as enormes que foram as primeiras a falar sobre Graham.

Esse lugar estava incomumente cheio, por causa do grande interesse público no que se referia aos acontecimentos de Paris. Era claro que a luta havia sido muito mais selvagem do que Ostrog havia dito. Todos os mecanismos estavam discursando sobre esse assunto, e a repetição das pessoas fez com que aquela multidão enorme entoasse frases como "Policiais linchados", "Mulheres queimadas vivas", "Fuzzy Wuzzy."

– Mas será que o Mestre permite essas coisas? – perguntou um homem perto dele. – Será este o início do governo do Mestre?

Será este o início do governo do Mestre? Durante muito tempo, mesmo depois de ele ter saído de lá, os gritos, os assovios e os zurros das máquinas ainda ressoavam em sua mente: "Galope, galope", "Hahaha, haha, ha!", "Será este o início do governo do Mestre?".

Essas pessoas estavam marchando pela cidade, e ele começou a questionar Asano sobre a natureza da luta em Paris.

– Esse desarmamento! Qual foi o problema? O que tudo isso significa?

Asano pareceu bastante ansioso ao reafirmar a Graham que estava "tudo bem".

– Mas isso é um absurdo!

– Não se pode fazer uma omelete – disse Asano – sem quebrar os ovos. São só as pessoas mais rudes. É somente em uma parte da cidade. No restante, está tudo bem. Os trabalhadores parisienses são os mais selvagens do mundo, exceto os nossos.

– O quê! Os londrinos?

– Não, os japoneses. Eles precisam ser mantidos em ordem.

– Mas queimando mulheres vivas!

– Uma Comuna! – disse Asano. – Eles roubariam sua propriedade. Eles acabariam com a propriedade privada e dariam início ao governo da turba no mundo. Você é o Mestre, o mundo é seu. Mas não haverá nenhuma comuna aqui. Não há necessidade de trazer a polícia negra para cá. E todos os pontos já foram levados em consideração. São seus próprios negros que falam francês. Os regimentos senegaleses e do Níger e de Tombuctu.

– Regimentos? – perguntou Graham. – Pensei que houvesse apenas um...

– Não – disse Asano, e olhou para ele. – Há mais de um.

O DORMINHOCO

Graham se sentiu impotente.

– Não imaginei. –Ele saiu pela tangente e, como se não quisesse nada, perguntou por informações acerca dessas Máquinas de Palavrório. Na maioria das vezes, a multidão presente vestia-se mal ou até mesmo usando roupas esfarrapadas, e Graham soube que, no que dizia respeito às classes mais altas, as Máquinas de Palavrório permaneciam dentro dos confortáveis apartamentos, podendo ser acionadas por uma simples alavanca. O inquilino do apartamento poderia ligá-las aos cabos de qualquer um dos grandes canais de notícias dos sindicatos que preferisse. Quando entendeu isso, exigiu saber o motivo da ausência desses canais em seu próprio apartamento.

Asano olhou para ele.

– Eu jamais imaginei – disse. – Ostrog deve tê-los retirado.

Graham o encarou.

– Como eu iria saber?

– Talvez ele tenha pensado que isso o iria incomodar – disse Asano.

– Esses canais devem ser instalados assim que eu voltar – disse Graham depois de um tempo.

Ele não conseguia entender como aquela sala de notícias e o salão de jantar não eram grandes locais importantes, que todas aquelas notícias e frases eram repetidas sem cessar por toda a cidade. Mas, vez ou outra, ao longo daquela expedição noturna, seus ouvidos, em alguns quarteirões, captavam certo tumulto pelas ruas e aquele grito de guerra peculiar relacionado ao líder Ostrog, "Galope, galope!" ou o grito "Hahaha, haha, haha! – Ouçam as notícias ao vivo!" do seu principal rival.

Às vezes surgiam algumas creches como aquela em que ele agora entrava. Chegavam por um elevador e por uma ponte de vidro que cruzava o salão de jantar e aquelas ruas da cidade. Para entrar à primeira área do lugar, ele precisava usar sua assinatura, sob a direção de Asano. Eles foram imediatamente recebidos por um homem com um manto violeta e um distintivo de ouro com a insígnia dos praticantes de medicina. Pelos modos desse homem, notou que sua identidade era conhecida e fez uma série de perguntas sobre o que era todo aquele lugar. Não deixou de perguntar nada.

H. G. Wells

Em ambos os lados do corredor, que estava em silêncio e era acolchoado, como se quisesse que passos não fossem ouvidos, havia pequenas portas estreitas, cujos tamanho e forma sugeriam celas de uma prisão da era vitoriana. Porém, a parte superior de cada porta estava pintada com a mesma cor esverdeada transparente que cercava Graham no momento do despertar. Dentro, mal se podia ver, em cada cela, um pequeno bebê em um berço estofado. Aparatos elaborados cuidavam da temperatura em cada cela e, ao menor desequilíbrio na temperatura e na umidade do ar, um alerta tocava no escritório central para que medidas fossem tomadas. Esse sistema quase substituiu por completo as perigosas antigas creches. O atendente que lá estava chamou a atenção de Graham para as amas de leite, figuras mecânicas, com braços, ombros e seios incrivelmente realistas, com articulações e textura, porém não eram mais que um tripé por baixo, e sempre repetindo frases e anúncios interessantes às mães.

De todas as coisas estranhas que Graham havia encontrado naquela noite, nenhuma se comparou àquele lugar. O espetáculo daquelas pequenas criaturas de rosa, aqueles membros desengonçados em seus movimentos, as crianças deixadas sozinhas, sem abraços nem carinho, tudo era extremamente repugnante para ele. O médico responsável tinha outra opinião. Sua evidência estatística ia além da ideia de que os braços da mãe, na era vitoriana, costumavam ser a coisa mais perigosa para as crianças, que havia sido naquela época que houve mais mortalidade na humanidade. Em contrapartida, essa creche, o Sindicato Internacional de Creches, não havia perdido nem metade da porcentagem de milhões de bebês em razão do seu cuidado peculiar. O preconceito de Graham, porém, era muito forte e não se deixou convencer por aqueles números.

Entre os muitos corredores que havia naquele lugar, eles se depararam com um casal vestido de azul olhando através daquela transparência e dando gargalhadas da cabeça careca de seu filho recém-nascido. A expressão de Graham deve tê-los feito perceber sua opinião, pois as risadas deram lugar ao constrangimento. Mas aquele pequeno incidente acentuou sua percepção repentina do abismo que havia entre os seus hábitos e os hábitos da nova era. Ele passou pelas salas de engatinhamento e pelo jardim de

O DORMINHOCO

infância, perplexo e angustiado. Ele descobrira que as inúmeras salas de brincar estavam vazias! Pelo menos as crianças de agora passavam as noites dormindo. À medida que iam passando, o pequeno oficial mostrava a natureza dos brinquedos, desenvolvidos e inspirados no sentimentalista Froebel. Havia enfermeiras, mas muito do trabalho era feito por máquinas que cantavam, dançavam e afagavam.

Graham ainda não entendia muitas coisas.

– Mas há tantos órfãos – disse ele perplexo, para depois ter descoberto que, na verdade, aquelas crianças não eram órfãs.

Assim que deixaram a creche, ele começou a falar do horror que aqueles bebês em incubadoras lhe haviam provocado.

– A maternidade foi abolida? – perguntou. – Era tudo hipocrisia? Certamente tratava-se de um instinto. Isso parece tão artificial, quase abominável.

– Daqui devemos chegar ao salão de dança – disse Asano. – Com certeza estará lotado. Apesar da incerteza política, estará lotado. As mulheres não se interessam muito por política, exceto uma ou outra. Você verá as mães; a maioria das mulheres jovens de Londres é mãe. Nessa classe é algo louvável ter um filho, é uma prova de animação. Poucas são as pessoas da classe média que têm mais de um. Com a Empresa de Trabalho é diferente. No que se refere à maternidade, as mulheres têm um imenso orgulho em ser mães. Elas vêm bastante aqui para visitar essas crianças.

– Então você quer dizer que a população do mundo...?

– Está diminuindo? Sim. Exceto entre a população que trabalha no Departamento do Trabalho. Eles são irresponsáveis...

De repente, o ar dançava com a música, e ao descerem por uma rua se aproximaram de lindos pilares de cor ametista, cercados de pessoas alegres e um barulho de risos e gritos de alegria. Ele viu cabelos cacheados, pessoas com guirlandas na cabeça e um enorme número de pessoas animadas por toda parte.

– Você verá – disse Asano com um leve sorriso. – O mundo mudou. Em alguns instantes, você verá as mães da nova era. Venha por aqui. Logo, logo veremos essas pessoas novamente.

H. G. Wells

Eles subiram até certa altura por um elevador e entraram em outro mais lento. À medida que estavam chegando, começaram a ouvir a música mais alta, até que se aproximou, clara e maravilhosa. Ao passar por todo aquele intrincado de corredores, conseguiram ver vários pés dançando. Eles tiveram que pagar para entrar e chegaram a um salão amplo que dava para uma pista de dança. Encantaram-se pela música e pela imagem que começaram a ver.

– Aqui – disse Asano – estão os pais e as mães daqueles bebês que você viu.

O salão não era tão decorado quanto o salão do Atlas, porém, tirando isso, era, pelo seu tamanho, o mais esplêndido que Graham havia visto. As belas imagens brancas que apoiavam as galerias o fizeram lembrar-se mais uma vez da magnificência restaurada da escultura. Elas pareciam se retorcer enquanto riam. Não se podia ver de onde vinha a música que enchia o local, e o piso extremamente brilhante estava lotado de casais que dançavam.

– Olhe para eles – disse o servo –, veja como a maternidade se faz presente.

A galeria onde estavam dava para o canto superior de uma tela enorme que cortava a pista de dança de um lado, a partir de um tipo de salão externo de onde se viam os arcos das ruas. Nesse salão externo havia uma multidão enorme de pessoas menos bem vestidas. Era um número quase tão grande quanto o número de pessoas que dançavam no outro salão; a maioria usava o uniforme azul do Departamento do Trabalho que agora já era conhecida de Graham. Incapazes de poder pagar a entrada no festival, ainda assim não conseguiam se manter longe daquela música sedutora. Alguns deles até tinham aberto espaço e também estavam dançando, mexendo seus trapos no ar. Outros gritavam enquanto dançavam, faziam gestos e alusões que Graham não entendia. Sempre alguém começava a assoviar o refrão da música revolucionária, mas logo em seguida aquele canto era reprimido. Aquela esquina era escura, e Graham não conseguia enxergar nada. Ele acabou voltando para o salão. Acima da cariátide havia bustos em mármore de homens que eram, provavelmente, emancipadores

O DORMINHOCO

e pioneiros da moral. Em sua grande maioria, os nomes eram estranhos a Graham, apesar de haver reconhecido Grant Allen, Le Gallienne, Nietzsche, Shelley e Goodwin. Os grandes festões negros e sentimentos eloquentes reforçavam aquela enorme inscrição que deformava parcialmente a base superior da pista de dança e anunciava que "O Festival do Despertar" estava acontecendo.

– Muitos estão aproveitando o feriado ou não estão trabalhando. Algo bem diferente do que os trabalhadores estão fazendo, já que eles se recusam a voltar ao trabalho – disse Asano. – Essas pessoas estão sempre prontas para os feriados.

Graham caminhou até o parapeito e se inclinou olhando para baixo, para aqueles que dançavam. Salvo por dois ou três casais que diziam alguma coisa, eram ele e seu guia que haviam se apoderado daquela galeria. Uma sensação de vitalidade e o cheiro de perfume chegaram até ele. Tanto homens como mulheres lá embaixo estavam vestidos com roupas leves, braços nus, gola aberta, já que o calor da cidade permitia. O cabelo dos homens era uma massa de cachos afeminados, seus queixos sempre barbeados, e muitos deles estavam com *blush* nas bochechas. Muitas delas eram bonitas, e todas estavam muito bem vestidas. Conforme dançavam lá embaixo, ele via os rostos extasiados com os olhos meio fechados, como se estivessem muito felizes.

– Que tipo de gente é essa? – ele perguntou.

– Trabalhadores, trabalhadores prósperos. O que se chamaria de classe média. Os comerciantes independentes com pequenos comércios desapareceram anos atrás, porém existem servidores de loja, gerentes, engenheiros de todos os tipos. Hoje é feriado, claro, e cada pista de dança na cidade está cheia, assim como cada lugar de adoração.

– Mas e as mulheres?

– Mesma coisa. Existem vários tipos de trabalho feminino hoje em dia. As mulheres estavam apenas começando a se tornar independentes na sua época. Hoje, a maioria das mulheres é independente. A maior parte delas é casada, digamos assim, pois há uma infinidade de contratos, e esses contratos lhes dão mais dinheiro, permitindo que elas se divirtam.

– Entendo – disse Graham olhando para aqueles rostos, para toda aquela movimentação, e ainda pensando naquele pesadelo de seres indefesos rosados.

– E estas são… as mães.

– A maioria.

– Quanto mais eu vejo essas coisas, mais sinto que os problemas aqui são muito complexos. Isto, por exemplo, é uma surpresa. Aquelas notícias vindas de Paris foram uma surpresa.

Pouco depois voltou a falar.

– Elas são mães. Acredito que eu deva me acostumar a enxergar as coisas pelo ponto de vista atual. Tenho velhos hábitos enraizados em mim, hábitos baseados, acredito eu, em necessidades que já não fazem sentido. É claro, na nossa época, uma mulher não deveria servir apenas para gerar filhos, mas para cuidar deles, devotar-se a eles, educá-los. Tudo o que era essencial na educação moral e mental de uma criança era de responsabilidade da mãe. Ou simplesmente não havia nada. Devo admitir que em muitos casos era assim mesmo. Hoje em dia, é óbvio, não há mais essa necessidade de cuidado. Entendo isso! Havia somente um ideal, aquela imagem de uma mulher paciente, séria, uma dona de casa silenciosa e serena, mãe e fazedora de homens. Amá-la era uma espécie de devoção… – Ele parou e repetiu: – Uma espécie de devoção.

– Ideais mudam – disse o criado –, assim como as necessidades.

Graham despertou de um devaneio instantâneo, e Asano repetiu suas palavras. A mente de Graham voltou ao tema em discussão.

– É claro que eu entendo o bom senso perfeito desta contenção, sobriedade, o pensamento maduro, o ato altruísta. São todos necessidades relacionadas a um estado bárbaro, à vida cheia de perigos. A severidade é uma homenagem ao homem pela sua natureza inconquistada. Porém, o homem agora tem uma natureza conquistada em todos os sentidos, seus assuntos políticos são administrados pelos líderes em conjunto com uma polícia negra, e a vida é feliz.

Ele voltou a olhar para aquelas pessoas que dançavam.

– Feliz – disse.

O DORMINHOCO

– Há momentos exaustivos – disse o criado, como se estivesse refletindo.

– Todos eles parecem jovens. Lá embaixo eu devo ser, com certeza, o mais velho. E na minha própria época eu já estaria na meia-idade.

– Eles são jovens. Há poucas pessoas velhas nesta classe nas cidades onde se trabalha.

– Como assim?

– A vida das pessoas velhas não é tão agradável como costumava ser, a menos que sejam ricas e possam contratar amantes e ajudantes. E temos uma instituição chamada Eutanásia.

– Ah! Essa Eutanásia! – disse Graham. – A morte fácil?

– A morte fácil. É o último prazer. A Empresa Eutanásia faz bem seu trabalho. As pessoas pagam a soma, é algo caro, com antecedência, vão até alguma Cidade dos Prazeres e voltam empobrecidas e cansadas, muito cansadas.

– Ainda preciso entender tanta coisa – disse Graham depois de um tempo. – Ainda assim consigo enxergar a lógica de tudo. Toda a nossa raiva e a amargura foram a consequência do perigo e da insegurança. Os estoicos, os puritanos, mesmo na minha época, eram tipos em extinção. Antigamente o homem se armava contra a dor, agora anseia pelo prazer. É aí que está a diferença. A civilização tem afastado tanto a dor e o perigo, para a boa ação das pessoas, que agora somente as pessoas que agem bem importam. Eu passei os últimos duzentos anos dormindo.

Por um minuto, ficaram apoiados sobre a balaustrada, observando como aquela dança evoluía. De fato, a cena era linda.

– Diante de Deus – disse Graham –, eu preferiria ser um soldado ferido congelando na neve a ser um desses tolos coloridos!

– Na neve – disse Asano. – Nem todos concordariam com isso.

– Não sou civilizado – disse Graham, não concordando com ele. – Esse é o problema. Sou primitivo, paleolítico. A origem da raiva e do medo deles já não existe, os hábitos de uma vida os tornaram alegres, fáceis de lidar e agradáveis. Você vai ter que aturar meus choques e as repugnâncias do século XIX. Essas pessoas, você diz, são trabalhadores habilidosos e muito mais. E, enquanto eles dançam, homens estão lutando, homens estão morrendo em Paris para manter um mundo onde eles possam dançar.

Asano sorriu sem graça.

– Nesse sentido, os homens estão morrendo em Londres – disse ele.

Houve um momento de silêncio.

– Onde essas pessoas dormem? – perguntou Graham.

– Em cima e embaixo, em um labirinto intrincado.

– E onde elas trabalham? Esta é... a vida doméstica.

– O senhor não verá muitas pessoas trabalhando hoje à noite. Metade dos trabalhadores está de folga ou cruzou os braços. Metade dessas pessoas está aproveitando o feriado. Mas, se quiser, podemos ir até os locais de trabalho.

Graham ficou observando as pessoas dançarem por um tempo e, de repente, virou-se.

– Quero ver os trabalhadores. Já vi o suficiente aqui – disse.

Asano foi na frente, abrindo caminho pela pista de dança. Em seguida, entraram em um corredor transversal que permitiu a entrada de ar fresco, mais gelado.

Asano olhou para esse corredor conforme passavam. Parou, voltou e olhou para Graham com um sorriso.

– Por aqui, senhor – disse. – Tem algo que lhe será familiar, pelo menos para o senhor. E ainda... Mas eu não vou lhe dizer. Venha!

Ele foi à frente em um corredor fechado que era frio. O barulho de seus passos não deixava dúvidas de que aquele corredor era uma ponte. Eles chegaram a uma galeria circular envidraçada, para proteger do clima, e entraram em uma câmara circular que parecia familiar, apesar de Graham não conseguir se lembrar de onde a conhecia. Lá havia uma escada, a primeira escada que ele vira desde seu despertar, e subiram, alcançando um lugar alto, escuro e frio onde havia outra escada quase vertical. Voltaram a subir, e Graham continuava perplexo.

Mas, chegando lá em cima, ele entendeu e reconheceu as barras metálicas que segurava. Estava na gaiola embaixo da abóboda da catedral de Saint Paul. O domo era imponente. Um pouco mais acima, podiam-se ver os

O DORMINHOCO

contornos da cidade, ainda no crepúsculo. Inclinou-se e viu, a distância, algumas luzes, que já quebravam a escuridão.

Entre as barras, ele observava o céu claro ao Norte e conseguia ver as constelações, todas inalteradas. Capella estava ao Oeste, Vega estava em ascensão, e os sete pontos brilhantes da Ursa Maior passavam por cima em seu círculo majestoso que rodeava o Polo.

Ele viu essas estrelas em um céu claro. Ao Leste e ao Sul, as grandes formas circulares dos cata-ventos haviam destruído os céus, portanto aquela visão da Casa do Conselho estava escondida. Ao Sudoeste pendia Órion, parecendo um fantasma pálido por entre o que parecia um trabalho de ferro e com formas entrelaçadas acima de um conjunto de luzes resplandecentes. Uma gritaria e o barulho de sirenes vieram de outros locais avisando o mundo que um dos aeroplanos estava prestes a decolar. Ele permaneceu lá por um tempo, apenas observando tudo aquilo. Em seguida, seu olhar novamente se voltou para as constelações ao Norte.

Ele ficou em silêncio por um bom tempo.

– Isso – disse por fim, sorrindo na sombra – parece a coisa mais estranha que eu já fiz. Ficar em cima do domo da catedral de Saint Paul observando, mais uma vez, essas estrelas silenciosas e tão familiares!

Assim, Graham foi levado por Asano por umas ruas estranhas até chegarem aos quarteirões das apostas e do comércio, onde as grandes fortunas da cidade se perdiam e se ganhavam. Aquilo o impressionou, aqueles inúmeros salões muito altos e intermináveis, rodeados por fileiras de galerias onde havia milhares de escritórios, e transpostos por um enorme número de pontes, passeios, trilhos e cabos e trapézios. E aqui, mais que em qualquer outro lugar, o ambiente de extrema vitalidade, de atividades descontroladas e apressadas, se fazia presente. Por toda parte havia muita propaganda, tanta que seu cérebro se via submergido em uma confusão de luzes e cores. E as máquinas de propaganda tinham um tom particularmente irritante que enchia o ambiente de gritos e de gírias idiotas. "Abra os olhos e se solte." "Venha ganhar!" "Venha e ouça a alegria!"

O lugar lhe parecia cheio de gente ou extremamente agitada ou muito astuta; ainda assim, ele viu que aquele lugar estava vazio em comparação com outros que visitara, em que a grande convulsão política dos últimos dias havia reduzido as transações a um mínimo sem precedentes. Em um local enorme havia longas avenidas com mesas de roleta, reunindo, em cada uma delas, uma multidão agitada e indigna. Em outro lugar, estava uma verdadeira torre de Babel de mulheres brancas e homens com roupas de couro e colarinho vermelho que compravam e vendiam ações em um negócio absolutamente fictício, em que, a cada cinco minutos, levavam e pagavam um dividendo de dez por cento e cancelavam certa proporção de suas ações em um tipo de roda de loteria.

Essas atividades comerciais eram processadas com uma energia que logo passava para a violência, e Graham, ao aproximar-se daquela multidão, encontrou lá no meio alguns comerciantes importantes em uma disputa violenta que nada tinha a ver com a etiqueta que se deve ter no comércio. Algo ainda restava naquela vida pelo qual valia brigar. Mais tarde, ele levou um choque com um anúncio veemente que usava letras fonéticas em cores vibrantes, cada uma delas era duas vezes maior que o tamanho de um homem, e dizia: "NÓS ASSEGURAMUS O *PROPRIETÁRRIO*. NÓS ASSEGURAMUS O *PROPRIETÁRRIO*."

– Quem é o proprietário? – perguntou.

– O senhor.

– Mas o que eles me asseguram? – perguntou. – O que eles me asseguram?

– O senhor não tem seguro?

Graham pensou.

– Seguro?

– Sim, seguro. Sei que esta é uma palavra antiga. Eles estão assegurando sua vida. Dúzias de pessoas estão emitindo apólices, miríades de leões estão sendo investidos. E também há uma parcela da população que está comprando anuidades. Estão fazendo isso com todos aqueles que sejam importantes. Olhe lá!

Uma multidão de pessoas furiosa se amontoava e gritava, e Graham viu uma enorme tela negra se iluminar de repente e exibir letras ainda maiores e mais brilhantes. "*Anuidadus* pro proprietário – x5 pr. G".

O DORMINHOCO

As pessoas começaram a vaiar e a gritar ao verem aquilo, um grupo de homens de respiração difícil e olhos selvagens passou correndo e fazendo gestos agressivos com os dedos em riste. Ouviu-se uma batida forte vinda de uma pequena porta.

Asano fez um cálculo rápido.

– Dezessete por cento é a anuidade que eles pagam para o senhor. Eles não pagariam tanto se o vissem agora, senhor. Mas não sabem. Suas próprias anuidades eram consideradas um investimento seguro, mas agora é mais como uma aposta de risco. Provavelmente esta é uma aposta desesperada. Duvido que as pessoas recebam o dinheiro investido.

A multidão de possíveis investidores começou a aumentar ao redor deles a tal ponto que não conseguiam ir nem para a frente nem para trás. Graham notou o que lhe parecera ser um grupo grande de mulheres entre os especuladores e se lembrou da independência econômica das mulheres. Elas pareciam ser muito capazes de cuidar de si mesmas naquela multidão, usando os cotovelos com uma habilidade incrível, como ele mesmo teve que aprender à força. Uma mulher de cabelos encaracolados pressionou para encontrar um espaço naquele lugar, fitou Graham por algumas vezes, quase como se o reconhecesse, e, em seguida, indo em direção a ele, tocou "acidentalmente" sua mão com o braço, olhando-o bem, para ver se reconheceria seus olhos. Em seguida, um homem magro e de barba grisalha transpirava copiosamente na euforia de buscar para si o próprio benefício, cego para todas as coisas terrenas exceto aquela isca brilhante naquele luminoso, numa corrida cataclísmica para conseguir o sedutor "x5 pr. G".

– Quero sair daqui – disse Graham para Asano. – Não era isso que eu queria ver. Mostre-me os trabalhadores. Quero ver as pessoas de azul. Esses lunáticos parasitas...

Preso àquela massa de pessoas, não chegou a terminar a frase.

O SUBTERRÂNEO

Saindo do quarteirão comercial, eles passaram pelas vias móveis e foram para uma região remota da cidade, onde a maior parte dos fabricantes se concentrava. No percurso, as vias cruzaram o Tâmisa duas vezes, e eles passaram por um viaduto largo, por cima das grandes estradas que davam acesso à cidade vindo do Norte. Em ambos os casos, sua impressão foi breve e muito vívida. O rio era uma grande manta de água negra e brilhante que circundava pelos edifícios e desaparecia no meio da escuridão estrelada por luzes que se afastavam. Algumas barcaças negras passaram por aquelas águas, tripuladas por alguns homens de azul. A estrada era longa e muito larga e tinha um túnel alto, junto com máquinas que tinham grandes rodas que andavam rapidamente, mas sem fazer barulho. Aqui também o azul característico da Empresa de Trabalho era abundante. A perfeição das vias duplas, a amplitude e a leveza das grandes rodas pneumáticas em comparação ao corpo dos veículos deixaram Graham perplexo. Ele notou um vagão muito alto e fino com hastes metálicas longitudinais pendendo com as carcaças de centenas de ovelhas, o que lhe chamou muito a atenção. Abruptamente a ponta do arco se cortou, e aquela imagem desapareceu.

Logo eles deixaram o caminho e desceram por um elevador que atravessava uma passagem que ia para baixo, depois pegaram outro elevador,

O DORMINHOCO

que, dessa vez, descia. A aparência das coisas mudou. Até mesmo os ornamentos típicos da arquitetura haviam desaparecido, as luzes diminuíram em número e em tamanho, a arquitetura se tornou cada vez maior em proporção aos espaços que havia nos quarteirões da fábrica. Entre a poeira das peças de cerâmicas, os moinhos de feldspatos, as fornalhas onde se fazia os metais, os lagos incandescentes de adamita bruta, encontravam-se homens, mulheres e crianças vestidos de azul.

Muitas dessas grandes e empoeiradas galerias eram avenidas silenciosas cheias de máquinas, inúmeros fornos que haviam sido testemunhas da revolução, mas, onde quer que houvesse trabalho, este era feito por trabalhadores lentos vestidos de azul. As únicas pessoas que não usavam roupas azuis eram os vigias dos locais de trabalho e a polícia do trabalho, que usava uniforme laranja. E, tendo acabado de sair das pistas de dança e visto aquelas pessoas tão alegres e a força voluntária daquele quarteirão comercial, Graham conseguia notar os rostos tensos, os músculos fracos e olhos cansados de muitos daqueles trabalhadores. Ele percebeu que essas pessoas pareciam não estar bem psicologicamente à diferença dos gerentes e encarregados muito bem vestidos que dirigiam seus trabalhos. Os trabalhadores corpulentos da era vitoriana haviam trabalhado junto a todos os produtores de força animal, até a sua extinção; seu lugar havia sido tomado por máquinas. O trabalhador, tanto homens quanto mulheres, era essencialmente um cuidador e alimentador das máquinas, um funcionário e um atendente, ou um artista sob direção.

As mulheres, em comparação com aquelas de que Graham se lembrava, eram de um tipo com seios pequenos. Duzentos anos de emancipação das restrições morais da religião puritana, duzentos anos da vida na cidade foram suficientes para eliminar os traços de beleza e força feminina de miríades de uniformes azuis. Ter algum brilho, tanto físico quanto intelectual, de alguma forma atraente ou excepcional, já era uma forma de emancipação para a escrava, uma forma de fuga da Cidade dos Prazeres e de seu esplendor e suas maravilhas e, finalmente, da eutanásia e da paz. Não se esperava das pessoas mal alimentadas que fossem firmes contra esses incentivos. Nas jovens cidades da vida anterior de Graham, a nova massa de trabalhadores foi uma multidão diversificada, levada pela tradição da honra pessoal e de uma alta moralidade. Agora tudo estava mudando, e esses valores estavam se incorporando a outra classe, com uma diferença moral e física própria, mesmo com um dialeto próprio.

Eles entraram e desceram, e desceram, até os locais de trabalho. Em seguida, passaram por baixo de uma das ruas das vias móveis, avistando as plataformas em funcionamento nos trilhos acima, e frestas de luzes brancas entre os cortes transversais. As fábricas que não estavam funcionando eram mal iluminadas; para Graham, elas e seus corredores cheios de máquinas gigantes pareciam mergulhados na escuridão. Mesmo onde o trabalho continuava, a iluminação era menos brilhante que aquela que havia na via pública.

Além dos lagos de adamita, ele chegou ao corredor dos joalheiros. Com certa dificuldade e usando sua assinatura, obteve a autorização para entrar nessas galerias. Elas eram altas e escuras, e bastante geladas. Na primeira, alguns poucos homens estavam fabricando peças de filigrana de ouro, cada um deles estava em seu próprio banco sozinho, trabalhando com a ajuda de uma luz fraca. O longo corredor de luzes, junto com os dedos ágeis que laboravam incessantes entre as bobinas amarelas que brilhavam e o rosto pálido dos trabalhadores, produzia um efeito muito estranho.

O trabalho era feito com maestria, porém sem nenhum modelo ou esboço inicial. Na maior parte tratava-se de peças grotescas intrincadas ou alguma variação nos padrões geométricos desses objetos. Esses operários usavam um uniforme branco peculiar sem bolsos ou mangas. Eles já sabiam disso quando iam trabalhar, mas, ao fim do expediente, eram despidos e examinados antes de deixarem o local. Apesar de todas as precauções, o policial do trabalho lhes havia dito, em tom de lamentação, que a Empresa era frequentemente vítima de roubo.

Mais além, havia uma galeria de mulheres que estavam ocupadas em cortar e moldar placas de rubi artificial. Perto delas havia outra galeria com homens e mulheres trabalhando juntos em placas de cobre que formavam um tipo de malha para a base de azulejos *cloisonnés*. Muitos desses trabalhadores tinham os lábios e as narinas completamente pálidos, em razão

O DORMINHOCO

de uma doença provocada por um esmalte roxo peculiar que parecia estar muito na moda. Asano se desculpou com Graham por ele ter de presenciar aquilo, justificando-se que escolhera aquela rota por ser mais conveniente.

– Era isso o que eu queria ver – disse Graham.

– Ela poderia ter se cuidado melhor – disse Asano.

Graham fez alguns comentários indignados.

– Mas, senhor, nós simplesmente não podemos fazer isso sem o roxo – disse Asano. – Na sua época, as pessoas faziam essas coisas de outra forma. Elas eram praticamente bárbaras há duzentos anos.

Eles continuaram a andar pelas galerias inferiores daquela fábrica de *cloisonné* e chegaram a uma pequena ponte que se estendia até uma abóbada. Olhando pelo parapeito, Graham viu que embaixo havia um cais sob arcos ainda maiores que aqueles que ele já havia visto. Cargas de feldspato eram retiradas de três barcaças, cobertas de poeira, por uma multidão de homens que não parava de tossir. Cada um deles dirigia um caminhão; a poeira cobria o local e o deixava com uma névoa asfixiante; além disso, o ambiente estava iluminado por uma luz amarela. As sombras daqueles trabalhadores que gesticulavam e andavam de um lado para o outro contra uma faixa longa de uma parede branca eram marcantes. Toda hora, alguém precisava parar para tossir.

A sombra de uma enorme massa de alvenaria que se destacava na água escura fez com que Graham se lembrasse de uma vastidão de corredores e galerias e elevadores, que se encontravam acima de sua cabeça, entre ele e o céu. Os homens trabalhavam em silêncio sob a supervisão de dois policiais do trabalho; seus pés faziam um estrondo oco nas tábuas por onde passavam para lá e para cá. Enquanto ele observava aquela cena, uma voz escondida na escuridão começou a cantar.

– Pare com isso! – gritou um dos policiais, mas a ordem foi desobedecida; então, primeiro um e depois todos aqueles homens manchados de branco e que trabalhavam lá começaram a seguir o ritmo do refrão e a cantar, de forma desafiadora, a música da revolta. Os pés sob aquelas tábuas ressoavam agora ao ritmo da música, marcha, marcha, marcha. O policial que havia gritado olhou para seu colega, e Graham viu quando este encolhera seus ombros. Ele acabou não fazendo mais nada para acabar com a cantoria.

Então eles continuaram a passar por aquelas fábricas e locais de trabalho, testemunhando muitas coisas erradas e sinistras. Mas por que o caro leitor deveria se deprimir? Com certeza nosso mundo atual é estressante o suficiente sem precisarmos nos incomodar com as misérias que ainda virão. Não podemos sofrer sempre. Nossos filhos podem, mas o que acontece conosco? Aquela caminhada deixou muitas memórias na mente de Graham, imagens de salões cheios e locais lotados e de nuvens de pó sobre todos aqueles que se encontravam lá, de máquinas confusas, feixes que iluminavam tudo, do ruído alto da batida das máquinas, do estrondo e do chocalho do cinto e da armadura, de salões subterrâneos de locais adormecidos e de uma vista infinita de luzes. Aqui o cheiro do curtume e o fedor de uma cervejaria, e, aqui, os odores sem precedentes. E por toda parte havia pilares e arcos de tal grandeza que Graham jamais vira, titãs enormes de alvenaria esmagados sob o peso daquela cidade, até mesmo aqueles milhões de pessoas anêmicas eram esmagadas pela sua complexidade. E por toda parte havia pessoas pálidas com braços e pernas magros, desfiguradas e degradadas.

Vez ou outra, Graham ouvia a música da revolta durante sua longa e desagradável jornada por aqueles lugares. Assim que viu uma briga confusa em um corredor, soube que vários daqueles servos tinham pegado seu pão antes de terem realizado seu trabalho. Graham estava subindo novamente por aquelas ruas quando avistou várias crianças vestidas de azul correndo por um corredor transversal. Percebeu na hora a razão do pânico: a polícia do trabalho, armada com tacos, indo em direção a alguma perturbação desconhecida. Em seguida, veio o tumulto. Mas a maior parte daqueles que trabalhavam o fazia sem vontade. Todo o espírito humano que ainda existia se encontrava nas ruas acima e se fez presente naquela noite, na forma do chamamento pelo Mestre e na coragem que havia brotado naqueles braços.

Emergiram dessas andanças, chocados e cobertos por aquelas luzes brilhantes, na passagem entre as vias móveis. Podiam ouvir os ruídos remotos das máquinas dos Escritórios de Inteligência. De repente, homens começaram a correr por aquelas vias com gritos e choros. Em seguida, uma mulher com uma expressão de puro terror e outra que, enquanto corria, gritava.

– O que aconteceu agora? – perguntou Graham, confuso, já que não conseguia entender o jeito grotesco como aquelas pessoas falavam. Em seguida, ele ouviu algo ser dito em inglês e viu aquela coisa pela qual todos gritavam. Os homens gritavam uns para os outros, as mulheres continuavam gritando. Aquela era a primeira onda do que seria uma confusão, medo. De repente, ouviu-se por toda a cidade: "Ostrog ordenou a vinda da polícia negra para Londres. A polícia negra está vindo da África do Sul... A polícia negra. A polícia negra".

Asano empalideceu, chocado. Ele hesitou, olhou para Graham e lhe disse algo que já sabia.

– Mas como é que eles podem saber? – perguntou Asano.

Graham ouviu alguém gritar. "Parem de trabalhar. Parem todo o trabalho", e um corcunda moreno, ridiculamente alegre e vestido com trajes verdes e dourados, veio pulando pelas vias na direção deles, gritando várias vezes em alto e bom inglês: "Isso é obra de Ostrog, Ostrog, o patife! O Mestre foi traído!" Sua voz era rouca, e de sua boca saía uma espuma nojenta enquanto gritava. Ele gritou contando o que a polícia negra havia feito em Paris e saiu gritando por toda a cidade: "Ostrog, o patife!".

Por um momento, Graham ficou parado, pois novamente lhe viera à mente a ideia de que tudo aquilo era um sonho. Ele olhou para cima, para todos aqueles edifícios ao seu redor, os quais iam desaparecendo em uma névoa azul acima das luzes e pelas plataformas e as pessoas que gritavam, corriam e gesticulavam ao passar por ele.

– O Mestre foi traído! – gritavam. – O Mestre foi traído!

De repente, a situação começou a fazer sentido em sua mente, e ele percebeu a gravidade do que acontecia. Seu coração começou a bater rápido e forte.

– Chegou o momento – disse ele. – Eu deveria saber. Chegou a hora.

Ele pensou rapidamente.

– O que devo fazer?

H. G. Wells

– Voltar para a Casa do Conselho – disse Asano.

– Por que não devo apelar? O povo está aqui.

– O senhor perderá tempo. Duvidarão se é o senhor mesmo. Mas eles vão aos montes até a Casa do Conselho. Lá encontrará os líderes deles. Sua força está lá com eles.

– E se isso for só um rumor?

– Parece ser verdade – disse Asano.

– Vamos apurar os fatos – disse Graham.

Asano deu de ombros.

– É melhor chegarmos logo até a Casa do Conselho – gritou.

– É para lá que todos irão. Chegar lá pode ainda ser difícil por causa das ruínas.

Graham olhou para ele com receio e o seguiu.

Subiram os degraus das plataformas, chegando à mais rápida, e lá Asano abordou um trabalhador. As respostas às suas perguntas eram curtas e grossas.

– O que foi que ele disse? – perguntou Graham.

– Ele sabe pouca coisa, mas me disse que a polícia negra teria chegado aqui antes de as pessoas saberem, que apenas uma pessoa nos escritórios dos Cata-ventos sabia. Ele disse uma garota.

– Uma garota? Não?

– Ele disse uma garota, mas não soube me dizer quem era. Ela que saiu da Casa do Conselho gritando em alto e bom som, contando da chegada dos homens que trabalhavam entre as ruínas.

Em seguida, ouviu-se outro grito, algo que promoveu outro tumulto sem sentido no meio de toda aquela movimentação, e veio como uma rajada de vento que passou pela rua.

– Todos a seus postos, a seus postos. Todos os homens devem se armar. Todos os homens em seus postos!

A LUTA NA CASA DO CONSELHO

À medida que Asano e Graham corriam para as ruínas que cercavam a Casa do Conselho, viram, por toda parte, a agitação das pessoas aumentar. "Todos em seus postos, em seus postos!" Por toda parte se viam homens e mulheres de azul correndo, vindos dos subterrâneos e subindo as escadas centrais. Em certo ponto, Graham viu um arsenal pertencente ao comitê revolucionário sitiado por uma multidão de homens que gritavam; em outro, dois homens vestindo o tão odiado uniforme amarelo da polícia do trabalho. Perseguidos por uma multidão, corriam para fugir usando as rotas mais rápidas que levavam para a direção oposta.

Os gritos de "Todos em seus postos!" se tornaram contínuos conforme se aproximavam do quarteirão do governo. Muitos dos gritos eram ininteligíveis.

– Ostrog nos traiu – disse um homem de voz rouca. De novo e de novo, aquela frase foi ouvida por Graham tantas vezes que começou a assombrá-lo. Essa pessoa permaneceu próxima a Graham e a Asano na plataforma, gritando para o povo que se encontrava nas plataformas inferiores enquanto passava por ele. Seus gritos sobre Ostrog se alternavam em ordens incompreensíveis até que ele saiu de lá e desapareceu.

A mente de Graham fervilhou. Seus planos eram vagos e desencontrados. Ele sabia mais ou menos por onde ir para se dirigir à multidão, e havia outra área por onde, se ele fosse, ficaria cara a cara com Ostrog. Ele estava com muita raiva, os músculos retesados, as mãos tensas, os lábios pressionados.

O caminho até a Casa do Conselho era intransponível por causa das ruínas, mas Asano encontrou uma entrada por onde ele e Graham poderiam passar e entrar: ficava perto dos correios. Os correios, tecnicamente, estavam trabalhando, mas os funcionários vestidos de azul mal se mexiam ou haviam parado de trabalhar e estavam observando a movimentação pelos arcos das galerias e os homens que gritavam e que passavam no lado de fora. "Todos os homens em seus postos! Todos os homens em seus postos!" Aqui, seguindo o conselho de Asano, Graham revelou sua identidade.

Eles alcançaram a Casa do Conselho através de uma espécie de teleférico. Havia uma grande mudança na aparência das ruínas já no breve intervalo desde a capitulação dos conselheiros. As cascatas das águas do mar que jorravam foram capturadas e dominadas, e enormes tubulações temporárias passavam por cima deles junto com umas vigas que pareciam ser muito frágeis. O céu estava ligado a cabos e fios reconectados que chegavam à casa do Conselho, e vários guindastes e outras máquinas de construção passavam de um lado para o outro, levando uma pilha branca de restos para à esquerda.

As vias móveis que cruzavam aquela área haviam sido restauradas, embora funcionassem a céu aberto. Aquele era o trajeto que Graham avistou da pequena sacada no momento em que acordou. Não haviam passado nove dias e o salão de seu transe já estava do outro lado, onde agora pilhas sem forma de alvearia esmagadas e destruídas se encontravam uma em cima da outra.

O dia já clareara, e o sol brilhava muito forte. Saindo de cavernas iluminadas por uma luz elétrica azul, apareceram multidões de pessoas que se reuniram entre toda aquela destruição e ruína. O ar ecoava os gritos, e elas iam sendo levadas até o prédio central. Aquela massa de pessoas que gritava, em sua maioria, tratava-se de um grupo sem organização, porém,

O DORMINHOCO

em alguns pontos, Graham pôde notar uma disciplina meio rudimentar que tentava se estabelecer. E cada voz clamava por ordem no meio daquele caos. "A seus postos! Todos os homens em seus postos!"

O teleférico os levou até o salão que Graham reconheceu como a antecâmara do salão do Atlas, ao lado da galeria por onde ele havia andado dias atrás com Howard lhe mostrando o Conselho desaparecido, uma hora depois do despertar. Agora o lugar estava vazio, exceto por dois criados que cuidavam dos cabos. Esses homens pareciam em choque ao reconhecerem o Dorminhoco no homem que havia saído daquele assento.

– Onde está Helen Wotton? – perguntou Graham. – Onde está Helen Wotton?

Eles não sabiam.

– Então, onde está Ostrog? Preciso falar com Ostrog imediatamente. Ele me desobedeceu. Eu voltei para tirar o poder das mãos dele.

Sem esperar por Asano, ele seguiu em frente, subiu alguns degraus no final do corredor e, puxando a cortina para o lado, deu de cara com o titã que nunca deixara de trabalhar.

O salão estava vazio. Sua aparência havia mudado muito desde a última vez que estivera lá. Havia sofrido sérias avarias durante a violenta luta na primeira revolta. À direita daquela enorme figura, a metade superior da parede fora destruída e quase sessenta metros dela haviam sumido, e uma camada da mesma película vítrea que protegia Graham durante seu despertar também protegia agora o lugar. Isso abafava parcialmente o barulho do povo lá fora. "Em seus postos! Em seus postos! Em seus postos!", pareciam estar dizendo. De lá, podiam-se ver as vigas e os suportes dos andaimes de metal que permaneciam de pé e outros que eram desmantelados de acordo com o trabalho dos responsáveis. Uma máquina de construção inativa, com braços vermelhos de metal, servia para erguer blocos de plástico de pasta mineral e colocá-las em local adequado, onde não atrapalhasse. Lá ainda havia vários trabalhadores que observavam a multidão embaixo. Por um momento, ele ficou parado olhando para tudo aquilo, e Asano se posicionou.

– Ostrog – disse Asano – deve estar na pequena sala lá na frente. – O homem parecia estar furioso e seus olhos observaram o rosto de Graham.

H. G. Wells

Mal haviam caminhado dez passos da cortina antes que um pequeno pano à esquerda do Atlas fosse desenrolado, e Ostrog, acompanhado por Lincoln e seguido por dois indivíduos vestidos de preto e de amarelo, apareceu cruzando aquele canto do salão em direção a um segundo pano que fora erguido e aberto.

– Ostrog – gritou Graham, e ao som de sua voz aquele pequeno grupo se voltou, em choque.

Ostrog disse algo a Lincoln e foi até Graham sozinho.

Graham foi o primeiro a falar, em voz alta e ditatorial.

– Que história é essa que eu ouvi? Você está trazendo policiais para cá, para reprimir o povo?

– Precisei fazer isso – disse Ostrog. – O povo tem saído do controle a cada dia que passa, desde a revolta. Eu subestimei…

– Você quer dizer que esses homens negros do inferno estão a caminho?

– Sim. Do jeito que está… O senhor viu as pessoas lá fora?

– Com razão! Você está se achando muito, Ostrog.

Ostrog não disse nada, mas ficou por perto.

– Esse pessoal não deve vir a Londres – disse Graham. – Eu sou o Mestre, e eles não virão.

Ostrog olhou para Lincoln, que na mesma hora foi se aproximando deles com dois criados atrás.

– Por que não? – perguntou Ostrog.

– Homens brancos devem ser governados por homens brancos. Além disso…

– Os negros são apenas um instrumento.

– Mas essa não é a questão. Eu sou o Mestre. Eu quero ser o Mestre. E estou dizendo que esses negros não devem vir.

– O povo…

– Eu acredito no povo.

– Porque você é anacrônico. Um homem que veio do passado, um acidente. Você pode até ser o dono de metade do mundo. Mas não é o Mestre. Não tem o que é necessário para ser o Mestre.

Ele olhou novamente para Lincoln.

O DORMINHOCO

– Agora eu sei como pensa – disse Ostrog. – Eu posso adivinhar o que pretende fazer. Mesmo agora ainda não é tarde para adverti-lo. Você sonha com a igualdade humana... com uma ordem socialista, você ainda tem esse sonho sem sentido do século XIX que está fresco e vívido na sua mente, e iria reger uma era que não compreende.

– Ouça! – disse Graham. – Você consegue ouvir? É um som parecido com o barulho do mar. Não são vozes, mas apenas uma voz. Acaso entende o que isso quer dizer?

– Nós os ensinamos – disse Ostrog.

– Talvez. Pode ensiná-los a esquecer? Mas chega disso! Esses negros não devem vir.

Houve uma pausa, e Ostrog encarou Graham.

– Eles virão – disse.

– Eu o proíbo – disse Graham.

– Eles já começaram a vir.

– Eu não vou tolerar isso.

– Não – disse Ostrog. – Lamento, mas estou seguindo os métodos do Conselho. Para seu próprio bem, não deve ficar do lado da desordem. E agora que está aqui... Foi gentil da sua parte vir aqui.

Lincoln colocou a mão sobre o ombro de Graham. Então, de repente, Graham percebeu a enorme bobagem que havia feito ao ir até a Casa do Conselho. Ele se voltou para a cortina que separava o salão da antecâmara. A mão de Asano interveio. Em outro momento, Lincoln agarrou a capa de Graham.

Ele se voltou e deu um soco em Lincoln. Um negro partiu para cima dele e o agarrou pelo pescoço e pelo braço. Ele se desvencilhou, sua manga foi rasgada, recuou e acabou sendo atingido por outro criado. Em seguida, caiu no chão com força e ficou olhando para o teto do salão.

Ele gritou, rolou, lutou bravamente, agarrou a perna do criado e o derrubou, e continuou lutando no chão.

Lincoln apareceu diante dele e foi nocauteado com um soco no queixo que o derrubou. Graham deu dois passos e tropeçou. Em seguida, o braço de Ostrog estava ao redor de seu pescoço. Ele foi puxado para trás e caiu

H. G. Wells

com força, e seus braços foram seguros no chão. Depois de algum esforço violento, ele parou de lutar e ficou lá deitado olhando para a garganta de Ostrog.

– Você... está... preso – disse ofegante Ostrog. – Você foi... um tolo... por ter voltado.

Graham virou a cabeça e viu, através de uma janela irregular na parede do salão, vários trabalhadores que operavam guindastes gesticulando agitadamente para as pessoas lá embaixo. Eles testemunharam tudo!

Ostrog seguiu seus olhos. Ele gritou algo para Lincoln, mas Lincoln não se mexeu. Uma bala arrebentara as molduras acima de Atlas. As duas placas transparentes que haviam sido colocadas naquele espaço começaram a se desfazer, os cantos da abertura começaram a ficar escuros e se curvar rapidamente na direção da moldura. Em instantes, a Câmara do Conselho estava ao ar livre. Um vento gelado passou por essa abertura, trazendo uma gritaria vinda de todos os lados, e ouviu-se em uníssono: "Salve o Mestre!" "O que está fazendo com o Mestre?" "O Mestre foi traído!"

Ele percebeu, então, que Ostrog estava distraído e já não o estava segurando com força. Lutando para soltar seus braços, conseguiu se desvencilhar. Em seguida, empurrou Ostrog e ficou de pé se apoiando em um só pé, sua mão agarrou a garganta do outro, e as mãos de Ostrog começaram a segurar a seda no colarinho de Graham. Porém, alguns homens estavam indo em direção aos dois, vindos pelo estrado, homens cujas intenções ele desconhecia. Graham espiou alguém correndo em direção às cortinas da antecâmara, e, em seguida, Ostrog conseguiu se soltar, e aqueles homens partiram para cima de Graham. Para sua infinita surpresa, eles, obedecendo aos gritos de Ostrog, agarraram-no.

Graham havia sido lançado a metros de distância antes de perceber que não se tratava de amigos. Eles o estavam arrastando em direção à abertura. Quando viu o que estava para acontecer, lutou, tentando se desvencilhar. Gritou por ajuda com toda a sua força. E então recebeu uma resposta.

As mãos sobre seu pescoço haviam se soltado, e, bem no canto inferior da abertura da parede, primeiro apareceu um e depois vários homens de preto gritando e apontando armas. Surgiram do nada até brotarem na

O DORMINHOCO

galeria iluminada que levava para as salas silenciosas. Correndo, eles se aproximaram tanto de Graham que ele pôde ver as armas em suas mãos. Em seguida, Ostrog estava aos gritos para aos homens que o tinham prendido, e mais uma vez começou a lutar com toda a força contra os agressores que queriam empurrá-lo para a mesma abertura por onde o haviam recebido.

– Eles não podem descer – avisou Ostrog. – Não ousarão atirar. Está tudo bem. Nós vamos salvá-lo deles por enquanto.

Aquela luta inglória durou vários minutos, pelo menos foi o que pareceu a Graham. Suas roupas estavam rasgadas em vários lugares, ele estava coberto de pó, e uma das mãos havia sido pisada. Ele conseguia ouvir os gritos de seus apoiadores e, em seguida, ouviu tiros. Graham conseguia sentir que suas forças se esvaíam, sentia que seus esforços estavam sendo em vão. A ajuda não vinha, e por isso aqueles homens de preto começaram a empurrá-lo cada vez mais para a saída.

A pressão acabou, e ele conseguiu se desvencilhar. Ele viu a cabeça grisalha de Ostrog e percebeu que já não o seguravam. Virou-se e foi com tudo para cima de um dos homens de preto. Uma das armas verdes foi engatilhada perto dele, uma fumaça se formou perto de seu rosto, e ele pôde ver uma lâmina de aço. Aquela coisa enorme passou muito perto dele.

Graham viu um homem vestido de azul-claro apunhalando um dos seus criados vestidos de preto e amarelo a poucos centímetros dele. Então, novamente sentiu que mãos começaram a agarrá-lo.

Ele agora estava sendo puxado em duas direções opostas. Parecia que as pessoas estavam gritando. Graham queria compreender, mas não conseguia. Alguém estava agarrando suas coxas, ele estava sendo erguido, apesar de seus esforços. De repente, entendeu e parou de lutar. Estava sendo erguido nos ombros de alguns homens e levado para longe daquele lugar. Dez mil vozes gritavam.

Graham pôde ver alguns homens vestidos de azul e de preto correndo atrás dos Ostroguitas que fugiam e atirando. Erguido, ele viu o tamanho real daquele salão embaixo da imagem de Atlas e percebeu que estava sendo levado até a plataforma elevada no meio daquele lugar. O outro lado do salão já estava cheio de pessoas que corriam até ele, gritando.

Uma espécie de guarda-costas o cercava. Homens ao redor dele gritavam ordens aleatórias. Graham viu de perto o homem de bigode preto com vestes amarelas, que havia estado entre os que o saudaram no teatro, gritando ordens. O salão já estava bastante cheio; a pequena galeria de metal estava lotada de pessoas gritando, as cortinas no final haviam sido rasgadas, e a antecâmara também estava cheia de gente. Ele mal podia conversar com aquele homem por causa do tumulto que os cercava.

– Para onde foi Ostrog? – perguntou Graham.

O homem para quem fizera aquela pergunta apontou para a frente, indicando andares abaixo perto do salão ao lado oposto do vão. Lá estavam eles, homens armados vestidos de azul e com faixas pretas, correndo e desaparecendo pelas câmaras e corredores mais à frente. Graham teve a impressão de ouvir um barulho de tiro no meio daquela confusão. Ele foi levado até uma curva impressionante que cruzava o grande salão em direção a uma abertura embaixo do vão.

Os homens estavam tentando impor ordem para manter a multidão longe dele, para abrir espaço. Ele passou pelo salão e viu uma nova parede rústica bem à sua frente e que parecia apenas ser tocada pelo céu azul. Graham foi deixado no chão; alguém pegou no seu braço e o guiou. Ele viu o homem de amarelo perto dele. Eles o estavam levando para cima em uma escada de tijolos, e perto de lá se encontravam as grandes massas, guindastes e alavancas pintadas de vermelho e os motores parados daquela grande máquina de construção.

Graham estava no alto das escadas e foi levado por uma passagem estreita. De repente, com a multidão gritando naquele anfiteatro, ele pôde ter a noção daquela grandiosidade. "O Mestre está conosco! O Mestre! O Mestre!" O grito tomou conta de todas aquelas pessoas como se fosse uma onda e chegou até a montanha de ruínas que se avistava ao longe. Ouviam-se também pessoas chorando. "O Mestre está do nosso lado!"

Graham percebeu que já não estava cercado de pessoas, que estava de pé em uma pequena plataforma temporária de metal branco, parte de uma espécie de andaime que cercava a Casa do Conselho. Por cima de toda aquela ruína, ele se equilibrava diante daquelas pessoas; e aqui e lá as faixas

O DORMINHOCO

pretas das sociedades revolucionárias se amontoavam e balançavam em meio àquele caos. Nas escadarias íngremes da parede e do andaime onde seus salvadores haviam alcançado a abertura do salão do Atlas, havia uma multidão, e pequenas figuras de preto que se agarravam aos pilares e tentavam se equilibrar enquanto tentavam induzir as pessoas a se mexerem. Atrás dele, em um ponto mais alto do andaime, vários homens lutavam para subir com um enorme estandarte preto, difícil de ser levado para cima. Através do vão entre as paredes, ele conseguia olhar para baixo e ver aquela massa de pessoas amontoadas no salão do Atlas. As pistas de voo ao Sul estavam iluminadas, pareciam ter vida e aparentavam estar perto por causa da translucidez incomum do ar. Um aeroplano solitário surgiu na pista central como se estivesse indo se encontrar com os demais aeroplanos.

– O que terá acontecido com Ostrog? – perguntou Graham, e, mesmo quando falava, viu que todos os olhares se voltavam em direção ao topo do edifício da Casa do Conselho. Ele também dirigiu o seu olhar para o mesmo ponto. Por um instante, não viu nada além do canto áspero de uma parede, dura e sem nada que chamasse a atenção. De repente, na sombra, notou o interior de uma sala e reconheceu, pela decoração verde e branca, que se tratava de sua antiga cela. Entrando rapidamente naquele lugar aberto que pendia sobre ruínas, surgiu uma pequena figura usando uma roupa branca seguida por mais duas figuras de preto e amarelo. Ele ouviu o homem ao lado dele gritar "Ostrog" e se voltou para fazer uma pergunta. Mas nunca a fez por causa de outra exclamação feita por alguém que apontou com o dedo. Ele observou o aeroplano que havia decolado da pista quando olhou naquela direção pela última vez e viu que se aproximava eles. Aquele voo breve ainda não lhe chamara tanto a atenção.

Quanto mais se aproximava, maior parecia ficar, até que ultrapassou a margem das ruínas e ficou à vista da enorme multidão. A aeronave fez uma descida, subiu novamente e passou por cima de todos, voando por cima daquela massa que se encontrara na Casa do Conselho – uma forma translúcida que trazia dentro de si um único aeronauta. E desapareceu por entre as ruínas.

H. G. Wells

Graham voltou sua atenção para Ostrog. Ele agitava as mãos, e seus criados faziam de tudo para quebrar a parede ao lado dele. Mais tarde, o aeroplano voltou às vistas de todos, um ponto pequeno e distante, e fez uma curva larga diminuindo a velocidade.

De repente, o homem de amarelo gritou:

– O que estão fazendo? O que o povo está fazendo? Por que Ostrog foi deixado lá? Por que ele não foi capturado? Eles o levarão... O aeroplano o levará! Ah!

A exclamação ecoou como um grito vindo das ruínas. O barulho que as armas verdes faziam ecoou por todo aquele golfo, chegando também aonde Graham estava. Olhando para baixo, ele viu várias figuras com uniformes pretos e amarelos correndo por uma das galerias que se encontravam abertas abaixo do promontório sobre o qual Ostrog estava. Elas atiraram enquanto corriam atrás de homens que não podiam ser vistos. Em seguida, surgiu um vasto número de indivíduos de azul em perseguição. Esses minutos de combate entre as figuras tiveram um efeito estranho: as pessoas pareciam pequenos soldados de brinquedo. Essa imagem inusitada de uma casa aberta com uma batalha acontecendo entre móveis e corredores transmitiu uma sensação de irrealidade. Aquela luta acontecia a pelo menos cento e oitenta metros dele e quase a quarenta e cinco metros acima das ruínas. Os homens de preto e amarelo correram em direção ao arco aberto e se viraram e dispararam uma salva. Um dos perseguidores de azul chegou perto da beirada, ergueu os braços, cambaleou e caiu. Para Graham, isso durou alguns segundos. Ele viu quando o homem colidiu com uma esquina saliente, voou de cabeça para baixo e desapareceu por trás do braço vermelho da máquina de construção.

Surgiu, em seguida, uma sombra entre Graham e o sol. Ele olhou para cima e o céu estava limpo, mas sabia que o aeroplano havia passado. Ostrog havia desaparecido. O homem de amarelo se aproximou dele, entusiasmado e transpirando, apontando e gritando.

– Eles estão aterrissando! – gritou. – Eles estão aterrissando. Diga para atirarem. Diga para atirarem!

Graham não conseguia entender. Ele ouvia vozes altas repetindo essas ordens enigmáticas.

O DORMINHOCO

De repente, sobre as ruínas, avistou a proa do aeroplano se aproximando e parando bruscamente. Em segundos, Graham entendeu que a coisa havia parado para que Ostrog pudesse escapar. Uma névoa azul subiu pelo fosso, e ele notou que aquelas pessoas embaixo estavam agora atirando naquela haste saliente.

Um homem ao lado dele vibrava com força, e Graham viu que os rebeldes de azul haviam ganhado o arco que fora disputado pelos homens de preto e amarelo alguns instantes antes e estavam correndo pelo corredor aberto.

De repente, o aeroplano escorregou de onde estava e caiu. A queda foi com uma inclinação de quarenta e cinco graus. Da forma como caíra, parecia, tanto para Graham quanto para a maioria que havia presenciado aquela cena, que seria quase impossível conseguir voar novamente.

O aeroplano caíra tão perto de Graham que ele conseguia ver Ostrog se debater no assento, com aquele cabelo grisalho; via também o rosto pálido do aeronauta agitado para tentar passar por cima da alavanca que controlava o motor. Ele ouvia os gritos apreensivos de inúmeros homens que se encontravam lá embaixo.

Ofegante, Graham agarrou a grade à sua frente. Aquilo pareceu demorar uma eternidade. O ventilador inferior do aeroplano por pouco não tocou nas pessoas, que gritavam e berravam e tentavam passar uma em cima da outra.

Em seguida, ele se ergueu.

Por um momento, parecia impossível que fosse conseguir subir o penhasco oposto e ultrapassar o moinho de vento que girava.

Então, de repente começou a funcionar, ainda estando naquela posição difícil, mas passou a subir, a subir, até que alcançou o céu.

O suspense do momento deu lugar à fúria sentida pela impotência quando a multidão percebeu que Ostrog havia fugido deles. Com atraso, eles voltaram a atirar, até que se ouviu um estrondo, e toda a área ficou escura e azul, e o ar, coberto por uma fumaça fina vinda das armas.

Tarde demais! O aeroplano foi se afastando e afastando, fez uma curva e continuou o trajeto em direção à pista de pouso de onde havia decolado. Ostrog havia fugido.

H. G. Wells

Durante algum tempo, as pessoas permaneceram murmurando entre as ruínas. Em seguida, a atenção de todos se voltou novamente para Graham, lá no alto no andaime. Ele observou os rostos que haviam gritado durante seu resgate. Começou a ressoar o canto da revolta, espalhando-se como uma brisa por entre aquele mar de homens.

O pequeno grupo ao redor o parabenizou pela fuga. O homem de amarelo estava perto dele, e tanto seu rosto quanto seus olhos brilhavam. E a canção só ficava mais alta, mais alta e mais alta; marchar, marchar, marchar, marchar.

Devagar, o significado de tudo aquilo começou a fazer sentido para ele. Graham se deu conta da mudança rápida que havia ocorrido em sua posição. Ostrog, que havia ficado ao seu lado em todas as vezes em que enfrentara aquela multidão, estava do outro, era o antagonista. Não havia mais ninguém que governasse por ele. Mesmo aquelas pessoas que agora estavam ao seu lado, os líderes e os organizadores daquela multidão, olhavam para ele para ver o que faria, para saberem o que fazer, esperavam ordens. Ele era, de fato, rei. Seu reinado de mentira havia chegado ao fim.

Graham realmente queria fazer o que era esperado. Seus nervos e músculos tremiam, sua mente talvez estivesse um pouco confusa, porém ele não sentia nem medo nem raiva. Sua mão, que havia sido pisoteada durante aquela confusão, estava dolorida e quente. Ele estava um pouco nervoso pelo que lhe esperava. Sabia que não tinha medo, mas estava preocupado porque não queria parecer assustado. Em sua antiga vida, ele se acostumara com jogos de estratégia. Graham desejava começar tudo o mais cedo possível, sabia que não podia pensar muito nos detalhes sobre a enorme complexidade da luta em favor dele mesmo e muito menos ficar paralisado por causa dela. Lá, aquelas figuras azuis no quarteirão, as pistas de voo, tudo se referia a Ostrog; contra Ostrog, ele lutava pelo mundo.

GRAHAM DISCURSA

Durante algum tempo, o Mestre da Terra não era nem o mestre de sua mente. Até mesmo sua vontade parecia não ser dele mesmo. Seus próprios atos o surpreenderam e foram motivados pela confusão de experiências estranhas pelas quais ele passara. Essas coisas foram inegáveis, os aeroplanos estavam vindo, Helen Wotton havia alertado o povo sobre aquela volta e sobre ele ser o Mestre da Terra. Cada um desses fatos parecia tomar conta de seus pensamentos. Eles saíram do fundo dos salões lotados, dos corredores elevados, das salas cheias de líderes dos guardas nas salas do cinematógrafo e do telefone do conselho, e janelas que davam para aquele mar de homens marchando. O homem de amarelo e os homens a quem ele admirava eram chamados de líderes dos guardas e o ajudavam a ir mais para a frente ou o seguiam obedientemente; era difícil de saber. Talvez eles fizessem um pouco dos dois. Talvez algum poder invisível e inesperado os impulsionava. Ele sabia que iria ter de fazer uma proclamação ao Povo da Terra, sabia que certas frases grandiosas inundavam sua mente, já que eram coisas que ele queria dizer. Muitas pequenas coisas aconteceram, e daí ele se viu junto ao homem de amarelo entrando em uma pequena sala onde a proclamação seria feita.

H. G. WELLS

Essa sala era grotescamente atrasada para o estilo da época. No centro, havia uma iluminação oval brilhante por luzes elétricas que vinham do alto. O restante estava no escuro, e as portas duplas pelas quais ele havia entrado vindo do salão do Atlas tornavam o lugar mais silencioso. Com as batidas dessas portas atrás dele, repentinamente cessou o tumulto no qual ele havia estado por horas a fio, aquele ciclo de luz interminável, os sussurros e os rápidos movimentos silenciosos dos criados que mal eram notados. Tudo afetou Graham. As enormes orelhas do mecanismo do fonógrafo iriam reproduzir com exatidão suas palavras. Os olhos negros daquelas enormes câmeras fotográficas aguardavam o início. Além das hastes e bobinas metálicas, havia algo rodando que projetava um zumbido. Ele caminhou até o centro da luz; sua sombra preta e nítida ficou visível, e seus pés pareceram uma pequena mancha.

Graham já tinha uma vaga ideia do que gostaria de dizer. Mas esse silêncio, esse isolamento, a súbita retirada daquela multidão enlouquecida, essa quietude que havia entre as máquinas que ainda funcionavam, nada disso estava em seus planos. Todo o apoio que tivera parecia ter desaparecido; era como se ele tivesse entrado em uma repentina descoberta de si mesmo. De uma hora para outra, ele se viu mudado. Descobriu estar com medo de ser incapaz, teve medo de ser teatral, teve medo da qualidade de sua voz, da qualidade de sua inteligência. Atônito, voltou-se para o homem de amarelo com um gesto.

– Preciso de um minuto. Não acho que deva ser de qualquer jeito. Preciso pensar no que vou dizer.

Enquanto Graham ainda hesitava, veio um mensageiro agitado com novidades e dizendo que os primeiros aeroplanos estavam passando por Arawan.

– Arawan? – perguntou ele. – Onde fica? De qualquer maneira, eles estão vindo. Estão chegando. Quando?

– Até o crepúsculo.

– Meu Deus! Em apenas algumas horas. Alguma novidade sobre as pistas de voo? – perguntou.

– O povo da guarda Sudoeste está pronto.

– Pronto!

O DORMINHOCO

Ele virou-se com impaciência para observar os círculos vazios das lentes.

– Acredito eu que deva fazer algum tipo de discurso. Quem dera eu soubesse o que dizer! Aeroplanos em Arawan! Eles devem ter saído antes da frota principal. E o povo está preparado! Com certeza... Ah! O que importa se eu falar bem ou mal? – disse ele, e sentiu a luz ficar mais forte.

Ele havia pensado em uma frase qualquer que transmitisse o sentimento democrático, mas hesitou de repente. Suas crenças no heroísmo e no chamado, para ele, haviam perdido total sentido. Tudo aquilo fora substituído por uma imagem de futilidade que seria aquele discurso ante o futuro de todas aquelas vidas. Subitamente, ficou claro para ele que a revolta contra Ostrog era prematura, destinada ao fracasso. O impulso provocado pela paixão do momento havia tornado tudo inevitável. Graham imaginou que aquele voo dos aeroplanos havia sido como a precipitação de seu destino. Surpreendeu-se por ter enxergado tudo por essa perspectiva. Naquela situação, pensou que deveria deixar qualquer discussão de lado e seguir em frente, a todo custo, com o que havia previsto. E não conseguia encontrar as palavras para começar a falar. Mesmo estando parado lá, sem jeito, hesitante, como se se desculpasse pela sua inabilidade de falar em público, ouviu-se uma agitação, e pessoas começaram a gritar, a ir de um lado para o outro.

– Esperem – gritou alguém, e uma porta se abriu.

– Ela está vindo – algumas vozes disseram.

Graham se virou, e as luzes diminuíram de intensidade.

Através da porta, ele viu uma figura magra passar por aquele salão. Seu coração disparou. Era Helen Wotton. Atrás dela e ao seu redor várias pessoas a aplaudiam. O homem de amarelo apareceu por entre as sombras e se posicionou diante das luzes.

– Esta é a garota que nos contou o que Ostrog havia feito – disse.

Seu rosto estava vermelho, e o rabo de cavalo caía sobre seus ombros. O manto feito de seda que ela usava parecia flutuar à medida que ela andava. Helen se aproximava cada vez mais, e o coração dele batia cada vez mais acelerado. Todas as suas dúvidas pareciam ter desaparecido. A sombra da porta caiu bem sob seu rosto, e ela se aproximou dele.

– O senhor não nos traiu? – perguntou Helen. – Está conosco?

– Onde você estava? – perguntou Graham.

– No escritório dos guardas do Sudoeste. Fiquei lá até descobrir que o senhor havia voltado. Eu fui até os guardas para me encontrar com seus líderes para que eles pudessem contar ao povo.

– Voltei assim que fiquei sabendo...

– Eu sabia – disse ela –, sabia que o senhor estaria conosco. E fui eu... fui eu quem lhes contou. Eles se revoltaram. O mundo todo está se revoltando. O povo acordou. Graças a Deus, eu não agi em vão! O senhor ainda é o Mestre.

– Você contou para eles – disse ele devagar, e viu que, apesar de seu olhar firme, seus lábios e sua voz estavam trêmulos.

– Eu contei. Eu sabia sobre a ordem. Eu estava aqui. Eu ouvi dizer que os policiais estavam vindo para Londres para cuidar do senhor e para manter o povo subjugado, para mantê-lo como prisioneiro. E eu impedi. Eu vim à luz e contei ao povo. E o senhor ainda é o Mestre.

Graham olhou para as lentes das câmeras, para todos que o ouviam, e voltou a olhar para Helen.

– Eu ainda sou o Mestre – disse ele devagar, e aquele ruído dos aeroplanos cruzou seus pensamentos. – E você tornou isso possível? Você, a sobrinha de Ostrog.

– Pelo senhor – disse ela. – Pelo senhor! Aquele por quem o mundo esperou não pode ser traído nem subtraído de seus poderes.

Graham ficou lá parado, sem palavras e olhando para ela. Suas dúvidas e os questionamentos haviam desaparecido diante de sua presença. Ele se lembrou das coisas que queria dizer. Olhou para as câmeras novamente, e a luz diante dele só ficava mais forte. Mais uma vez, voltou-se para Helen.

– Você me salvou – disse Graham. – Você salvou meu poder. E a batalha só está começando. Só Deus sabe o que veremos nesta noite, mas não será a desonra.

E parou de falar. Ele se preparou para falar à frente daquela multidão que o aguardava por trás daqueles olhos negros tão estranhos.

O DORMINHOCO

– Homens e mulheres da nova era – disse Graham. – Vocês se levantaram para lutar pelo que acreditam. A vitória não nos será fácil.

E parou para colocar as palavras em ordem. Os pensamentos que povoavam sua mente antes de Helen chegar haviam retornado. No entanto, sentia-se diferente, não havia mais o receio de pronunciar palavras vãs.

– Esta noite será o início – gritou. – A batalha que se aproxima, a luta que está por nos abater nesta noite, é só o começo. Vocês devem lutar por sua vida. Não hesitem mesmo se eu estiver sendo massacrado, mesmo se eu for derrotado.

Ele simplesmente não conseguia encontrar as palavras certas para tudo o que estava em sua mente. Deixou de falar por um instante e começou a divagar. Então o discurso perfeito lhe veio à mente. Muito do que Graham disse eram divagações sobre a humanidade, comuns em sua época, porém a convicção de sua voz tocou a todos. Ele passou a falar sobre sua época ao povo da nova era, à mulher ao seu lado.

– Eu vim do passado para vocês – disse –, com a lembrança de uma era de esperança. Minha era foi uma época de sonhos, de inícios, de esperanças nobres. Demos fim à escravidão em todo o mundo; espalhamos o desejo de que não houvesse mais guerra em todo o mundo, que todos os homens e mulheres vivessem dignamente, livres e em paz... Então, no passado, tínhamos esperança. E onde foi parar essa esperança? O que foi feito dela duzentos anos depois?

"Grandes cidades, poderes enormes, uma grandeza coletiva que vai além dos nossos sonhos. Não lutamos por isso, porém foi isso que veio. Mas o que aconteceu com as pequenas vidas que deram origem a esta vida maior? O que aconteceu às vidas comuns? O que sempre acontece: tristeza e trabalho, vidas limitadas e incompletas, vidas tentadas pelo poder, tentadas pela riqueza, e desperdiçadas e tolas. A antiga fé desapareceu e mudou. A nova fé... Existe uma nova fé?"

Coisas que ele sempre quis acreditar, descobriu que acreditava. Ele mergulhou nas crenças, agarrou-as e se muniu delas. Ele começou a falar com dificuldade, frases incompletas e sem nexo, mas com todo o coração e com a força de sua nova fé. Ele falou sobre a grandeza da autoabnegação, de sua crença na vida imortal da humanidade na qual vivia e na qual transitava. Sua voz ficava firme ou fraquejava, e os aparelhos de gravação zumbiam quando as pessoas aplaudiam. Alguns criados o observavam atrás das câmeras. À medida que dizia todas aquelas coisas, o silêncio dos espectadores apenas fortalecia sua sinceridade. Durante alguns minutos gloriosos ele se deixou levar; não teve dúvida sobre sua qualidade de herói nem sobre suas palavras heroicas. Para Graham, estava tudo claro. Sua eloquência não hesitou mais. E finalmente terminou o discurso.

– Aqui e agora – gritou – eu faço a minha vontade. Tudo o que é meu no mundo entrego ao povo do mundo. Tudo o que é meu no mundo entrego ao povo do mundo. Entrego a vocês, e me entrego a vocês. E, se Deus quiser, viverei ou morrerei por vocês.

Ele terminou de falar. Viu a luz de sua presença refletida no rosto da garota. Seus olhos se encontraram; os olhos dela estavam inundados de lágrimas de entusiasmo.

– Eu sabia – sussurrou Helen... – Ah! Mestre do mundo... Eu sabia que você diria essas coisas.

– Eu disse o que consegui dizer – respondeu ele, um tanto embaraçado, e entrelaçou suas mãos com as dela.

ENQUANTO OS AVIÕES SE APROXIMAM

O homem de amarelo estava ao lado deles. Nenhum dos dois havia notado sua presença. Ele estava dizendo que os guardas do Sudoeste estavam marchando.

– Nunca imaginei que seria tão rápido – disse ele. – Eles fizeram maravilhas. O senhor deveria enviar uma palavra de apoio para ajudá-los nessa empreitada.

Graham olhou para ele, distraído. De repente, voltou a se preocupar com as pistas de voo.

– Sim – disse. – Isso é bom, isso é bom. – Ele elaborou uma mensagem. – Diga a eles: parabéns, Sudoeste.

E, então, ele voltou a olhar para Helen Wotton. Seu rosto expressava sua luta interna pelas ideias conflitantes.

– Nós precisamos tomar a pista de voo – explicou. – Se não fizermos isso, eles vão trazer os policiais. Precisamos evitar isso a todo custo.

Graham percebeu, à medida que foi falando, que aquilo não havia passado por sua cabeça antes da interrupção. Ele viu um olhar de surpresa nos olhos de Helen. Ela esteve a ponto de falar, mas acabou não dizendo nada.

Ocorreu a Graham que ela esperava que ele liderasse aquelas pessoas, que aquilo era o que ele deveria fazer. Ele falou de repente. Dirigiu-se ao homem de amarelo, mas este falava com Helen.

– Não estou fazendo nada aqui – disse Graham.

– É impossível – protestou o homem de amarelo. – Será uma luta brutal. Seu lugar é aqui.

Ele explicou sua ideia melhor. Foi em direção à sala onde Graham deveria esperar e insistiu que não seria possível fazer outra coisa.

– Nós precisamos saber onde o senhor está – disse. – Caso haja alguma crise, sua presença e liderança serão necessárias.

Uma imagem lhe surgiu à mente diante daquela batalha que se apresentara à medida que o povo nas ruínas gritava. Mas aqui não havia nenhum campo de batalha espetacular como aqueles que ele imaginara. Em vez disso, havia isolamento… e suspense. Foi só com o passar da tarde que a imagem real da luta foi se formando, inaudível e invisível, a uns seis quilômetros dele, embaixo do palco Roehampton. Era uma espécie de concurso sem precedente, uma batalha que era cem mil pequenas batalhas, uma luta que acontecia entre ruas e canais. Combatia-se longe do céu ou do sol sob a iluminação elétrica. Era uma confusão: quem lutava era uma multidão não treinada e armada, liderada por uma aclamação, uma multidão enganada pelo trabalho irracional e inadvertida pela tradição de duzentos anos de segurança servil contra uma multidão desmoralizada por vidas privilegiadas que sofriam de libertinagem. Eles não tinham artilharia, não havia diferença no tipo de força usada; a única arma em ambos os lados era uma pequena carabina verde de metal, cuja fabricação secreta e fácil distribuição em enorme quantidade haviam sido uma das últimas ações de Ostrog contra o Conselho. Poucos tinham experiência com essa arma, muitos nunca haviam disparado, vários que andavam com ela não traziam munição; nunca havia acontecido algo assim na história das guerras. Era uma batalha de amadores, uma guerra experimental hedionda, agitadores armados lutando uns contra os outros, agitadores armados varridos pelas palavras e pela fúria de uma música, pela animação falsa de seus números. Centenas, incontáveis pessoas marchando por vias estreitas, os elevadores

O DORMINHOCO

inabilitados, as galerias com pisos cheios de sangue, os salões e corredores com muita fumaça, embaixo das pistas de voo. Aprender a hora de se retirar era inútil, pois esse sempre foi um dos mistérios mais antigos da guerra. E lá em cima, salvo por alguns atiradores de elite posicionados nos telhados e pela neblina espessa que escurecia ainda mais o lugar, o dia estava tranquilo. Ostrog parecia não ter bombas a seu comando, e no início da batalha os aeroplanos não fizeram nenhuma diferença. Nenhuma nuvem surgia no céu para atrapalhar seu brilho. Ao contrário, o céu parecia estar limpo e sem nuvens para que os aeroplanos pudessem chegar sem problema.

Toda hora vinham notícias como essas desse porto mediterrâneo e, em seguida, de outra parte e até do Sul da França. Porém, das novas armas que Ostrog havia introduzido na cidade não chegavam notícias, apesar da urgência de Graham, nem relatório sobre algum sucesso na luta pela tomada das pistas de voo. Todos os setores das Sociedades do Trabalho informavam ter-se unido à causa, marchando e adentrando no labirinto da guerra. O que estaria acontecendo lá? Até mesmo os líderes da guarda não sabiam. Apesar do abrir e fechar de portas, dos mensageiros apressados, do ressoar dos sinos e dos ruídos dos aparelhos de gravação, Graham se sentia isolado, estranhamente parado, inútil.

Seu isolamento parecia, por vezes, a coisa mais estranha, mais inesperada de todas que já haviam acontecido desde seu despertar. Havia algo naquela inatividade que se assemelhava aos seus sonhos. Um tumulto, a realização maravilhosa de uma luta mundial entre Ostrog e ele próprio. Então, essa pequena sala tão tranquila com seus bocais, sinos e espelhos quebrados!

Agora a porta seria fechada, e Graham e Helen seriam deixados juntos, parecendo afastados de toda aquela convulsão mundial sem precedentes da qual haviam sido partícipes. Estavam um ciente da presença do outro, e igualmente preocupados. Em seguida, a porta se abriria novamente, mensageiros entrariam ou um sino tocaria interrompendo a privacidade – e era como se a janela de uma casa bem construída e iluminada se abrisse de repente com a chegada de um furacão. A correria e o tumulto sombrios, o estresse e a veemência da batalha os deixaram bastante abalados. Eles já não eram pessoas, mas meros espectadores, testemunhas de uma convulsão tremenda. Tornaram-se irreais, até mesmo para si próprios, miniaturas de personalidade, incrivelmente pequenos, e as duas realidades antagônicas, as únicas realidades reais, que avançavam e ressoavam em um frenesi de defesa, além dos aeroplanos sobrevoando-os, vindos de todo o mundo.

De repente, uma certa confusão lá fora: pessoas correndo de um lado para o outro, gritando. Helen levantou, sem palavras e incrédula.

Vozes metálicas gritavam: "Vitória!". Sim, era "vitória!"

Através das cortinas, assustado e desgrenhado, mas entusiasmado, surgiu o homem de amarelo.

– Vitória – gritou –, vitória! O povo está vencendo. O povo de Ostrog foi derrotado.

Ela se levantou.

– Vitória?

– O que quer dizer? – perguntou Graham. – Diga-me! O quê?

– Nós os retiramos das galerias em Norwood, Streatham está em chamas e queimando selvagemente, e Roehampton é nossa. Nossa! Também conseguimos capturar o aeroplano pousado lá.

O sino havia tocado. Um homem grisalho e agitado apareceu vindo da sala dos Líderes da Guarda.

– Está tudo acabado – gritou.

– O que acontece agora que temos Roehampton? Os aeroplanos foram avistados em Boulogne!

– O Canal! – disse o homem de amarelo. E fez um cálculo rápido. – Meia hora.

– Eles ainda detêm o poder de três pistas de voo – disse o velho.

– Aquelas armas? – gritou Graham.

– Não podemos montá-las em meia hora.

– Quer dizer que essas armas foram encontradas?

– Tarde demais! – disse o velho.

– Se pudéssemos atrasá-los por mais uma hora! – gritou o homem de amarelo.

– Nada pode detê-los agora – disse o velho. – Eles têm quase cem aeroplanos na primeira frota.

O DORMINHOCO

– Mais uma hora? – perguntou Graham.

– Estamos tão perto! – disse o Líder da Guarda. – Agora que encontramos essas armas. Estamos tão perto... Se pudéssemos tirá-los de lá e levá-los até o telhado...

– E quanto tempo isso levará? – perguntou repentinamente Graham.

– Uma hora, com certeza.

– Tarde demais – gritou o Líder da Guarda. – Tarde demais.

– É tarde demais? – perguntou Graham. – Mesmo agora... Uma hora!

Subitamente ele viu uma possibilidade. Ele tentou falar com calma, mas estava pálido.

– Há uma chance. Você disse que havia um aeroplano...?

– Na pista de Roehampton, senhor.

– Avariado?

– Não. Está parado transversalmente na pista. Poderia ser tirado de lá, facilmente. Mas não há piloto...

Graham olhou para os dois e depois para Helen. Depois de uma longa pausa, falou:

– Não temos pilotos?

– Nenhum.

Voltou-se repentinamente para Helen. Sua decisão estava tomada.

– Devo fazê-lo.

– O quê?

– Ir até essa pista de voo, até esse aeroplano.

– O que quer dizer?

– Eu sou piloto. Afinal de contas... Aqueles dias pelos quais você me censurou não foram à toa.

E se voltou para o velho de amarelo.

– Coloque o aeroplano nas guias.

O homem de amarelo hesitou.

– O que pretende fazer? – perguntou Helen.

– Esse aeroplano... é uma chance...

– O senhor não quer dizer...?

– De lutarmos… sim. De lutarmos no ar. Eu já havia pensado nisso… O aeroplano é desengonçado. Um homem resoluto…!

– Mas nunca, desde que os voos começaram… – gritou o homem de amarelo.

– Não houve necessidade. Mas agora a hora chegou. Diga-lhes agora, entregue a eles minha mensagem, para pô-lo nas guias. Agora vejo o que fazer. Agora entendo por que estou aqui!

O velho, sem entender, questionou o homem de amarelo, balançou a cabeça e correu.

Helen se aproximou de Graham. Seu rosto estava pálido.

– Mas… como apenas uma pessoa irá lutar? O senhor será morto.

– Talvez. Ainda assim, não fazer nada ou deixar outro alguém tentar…

Ambos sabiam que ele deveria ir. Não havia como desistir de tal heroísmo.

Os olhos dela brilhavam com lágrimas. Helen se aproximou de Graham com um estranho movimento das mãos, como se nada pudesse ver e tentasse ir sentindo o caminho. Ela tomou-lhe a mão e a beijou.

– Acordar – disse ela – para isto!

Ele a segurou desajeitadamente, aproveitou a cabeça inclinada para beijar-lhe o cabelo e então se afastou, virando-se para o homem de amarelo.

Graham não conseguia falar. Gesticulou como quem dizia: "Avante!".

A CHEGADA DOS AVIÕES

Dois homens com vestes azul-claras se encontravam na linha irregular que ia até a beirada da pista capturada de Roehampton, de ponta a ponta, segurando carabinas e escondidos nas sombras da pista chamada de parque Wimbledon. Às vezes, eles falavam entre si. Eles conversavam naquele inglês horrível típico de sua classe e de sua era. O fogo que se espalhara pela cidade já havia diminuído ou estava extinto, e alguns inimigos eram vistos muito de vez em quando. Porém, os ecos da luta que acontecia naquele instante, longe dali, nas galerias embaixo daquela pista, eram ouvidos de vez em quando entre os tiros disparados do lado do povo. Um desses homens estava descrevendo ao outro um indivíduo que viu lá embaixo se protegendo atrás de uma viga e que havia mirado em um cidadão e o atingido.

– Ele ainda está lá – disse o homem. – Está vendo aquela pequena mancha? Sim. Entre aquelas barras.

Alguns metros atrás deles havia um estranho morto, o rosto virado para o céu, com o uniforme azul do seu casaco fumegando bem no local onde havia um buraco de bala em seu peito. Perto dele, um homem ferido com uma perna destroçada sentou-se sem expressão e assistia a tudo queimando. Gigante atrás dele, cruzado na pista, encontrava-se o aeroplano.

– Não consigo vê-lo agora – disse o segundo homem em tom de provocação.

O atirador se irritou e começou a falar alto na tentativa de esclarecer as coisas. Então, de repente, eles ouviram um barulho vindo da pista.

– O que está havendo agora? – perguntou e se levantou para observar a área central da pista. Várias pessoas de azul estavam se aproximando e indo em direção ao aeroplano.

– Não queremos todos esses tolos – disse o amigo. – Eles se amontoam e acabam atrapalhando os tiros. O que eles estão procurando?

– Psiu! Estão gritando alguma coisa.

Os dois homens ouviam. Os recém-chegados se aglomeraram em volta do aeroplano. Três Líderes da Guarda, reconhecidos pelas suas capas e insígnias pretas, subiram no aeroplano e ficaram lá. A multidão se lançou sobre as *vans*, agarrando-se às beiradas, até que elas estivessem tomadas, em alguns casos, muito cheias. Um dos atiradores se ajoelhou.

– Estão colocando-o na pista. É isso o que estão fazendo.

Levantou-se, assim como o outro.

– O que está acontecendo? – perguntou o amigo. – Não temos aeronautas.

– É o que estão fazendo mesmo assim.

Ele olhou para o rifle e para toda aquela multidão. Subitamente, voltou-se para o homem ferido.

– Cuidado com isso, companheiro – disse ele, passando a carabina e a cartucheira. Em instantes, corria em direção do aeroplano.

Durante quinze minutos, ele foi um verdadeiro titã, arrastando, empurrando, gritando sem parar. Então, tudo estava acabado, e ele ficou lá parado com uma multidão ao seu redor aplaudindo suas próprias realizações. Naquela hora ele sabia o que, de fato, todos na cidade sabiam, que o Mestre, apesar de iniciante, pretendia voar sozinho naquela máquina e estava lá para pilotá-la e não deixaria que ninguém mais o fizesse.

"Aquele que assume o perigo maior, aquele que está disposto a carregar o fardo mais pesado, aquele homem é o rei." Foi o que disseram que o Mestre havia dito. Mesmo enquanto esse homem comemorava e enquanto as gotas

O DORMINHOCO

de suor pingavam de seu cabelo, ele ouviu o que parecia ser um trovão, mas, na verdade, era a multidão, e todos começaram a sentir o impulso de cantar a música da revolução. Percebeu que entre as pessoas havia um mar de gente ainda que se encontrava nas escadas.

– O Mestre está chegando – gritaram as vozes. – O Mestre está chegando. – A multidão ao seu redor ficava cada vez maior. Ele ia abrindo caminho por si só até a pista central. – O Mestre está chegando! O Dorminhoco, o Mestre! Deus e o Mestre! – gritavam as vozes.

De repente, bem perto dele, estava a guarda revolucionária de uniforme preto, e pela primeira e última vez na vida ele viu Graham, bem de perto. Um homem alto vestindo uma capa preta esvoaçante, com um rosto pálido e resoluto e olhos fixos, firmes; um homem que, por mais que várias coisas estivessem acontecendo ao seu redor, não tinha ouvidos nem olhos nem pensava em nada...

Para sempre, esse homem se lembrou do rosto pálido de Graham. Um momento mais tarde, o rosto desaparecera, e o homem estava lutando no meio da multidão. Um jovem com expressão de terror em seus olhos colidiu com ele, no caminho para as escadas, gritando: "Abram caminho para o aeroplano!". O sino que liberava a pista de voo tornou-se um ressoar pouco melodioso e alto.

Com aquele barulho em seus ouvidos, Graham se aproximou do aeroplano e foi em direção à asa inclinada daquela aeronave. Percebeu que a multidão que o cercava estava se oferecendo para ir com ele. Por isso acenou e pediu, com um gesto, que se afastassem. Ele queria saber como ligar o motor. O sino tocava cada vez mais rápido, e os pés das pessoas que se afastavam ressoavam cada vez mais rápido e mais alto. O homem de amarelo ajudou Graham a entrar na aeronave. Ele se sentou no lugar do piloto, afivelou-se com todo cuidado. O que acontecera? O homem de amarelo estava apontando para dois aeroplanos que se aproximavam ao Sul. Sem dúvida esperavam pelos próximos aeroplanos. Portanto, a próxima coisa a se fazer seria ligar o motor. As pessoas gritavam para ele, faziam-lhe perguntas e o alertavam. Elas o incomodavam. Graham queria concentrar-se, queria lembrar-se de cada ponto da experiência que havia

H. G. WELLS

tido. Ele acenou para o povo, viu o homem de amarelo descer da carcaça do avião e a multidão se afastar por causa de seu gesto.

Por um instante ele ficou parado, olhando para todas aquelas alavancas, para a roda por onde se chegava ao motor e para todos os aparelhos delicados que conhecia tão pouco. Seus olhos observaram tudo, e ele não se preocupou com nada lá fora. Ele se lembrou de algo, passou alguns segundos tentando fazer o motor funcionar até que começou a responder e a fazer barulho pelo escapamento. Ele notou que o povo não estava mais gritando, mas, sim, só estava observando o Mestre trabalhar. Uma bala atingiu a parte superior do aeroplano e passou por cima de sua cabeça. Quem disparara? A pista estava vazia? Ele se levantou para ver e sentou-se novamente.

Em seguida, o propulsor começou a girar, e ele começou a avançar pela pista. Graham agarrou o manche e puxou o motor para trás, para levantar a haste. Logo, as pessoas começaram a gritar. Começou, então, a sentir o balanço do motor, e os gritos das pessoas atrás dele, de imediato, silenciaram. O vento soprou pelas bordas da tela, e o mundo ficou rapidamente para trás.

Tec, tec, tec, tec, tec, tec, e ele continuou seu caminho. Ele jamais se sentira tão animado, tão livre e tão consciente. Ergueu ainda mais a alavanca, abriu uma válvula na asa esquerda, fazendo um círculo, e subiu. Olhou para baixo sem mexer a cabeça e subiu. Um dos aeroplanos atravessava exatamente pela sua rota, por isso ele voou de forma inclinada em sua direção e passou por baixo. Seus pequenos aeronautas o observavam. O que pretendiam fazer? Sua mente acordara. Um, ele viu que estava segurando uma arma em sua direção e parecia estar pronto para atirar. O que eles pretendiam fazer? Em segundos, Graham entendeu suas táticas e tomou uma decisão. Sua letargia momentânea havia ficado para trás. Ele abriu mais duas válvulas à esquerda, fez uma curva e foi em direção à aeronave hostil. Fechou as válvulas e disparou em direção a ela, protegendo-se do tiro atrás da alavanca e do para-brisa. Eles se inclinaram um pouco para se desviar dele. Graham, então, subiu sua quilha.

Tec, tec, tec, pausa, tec, tec. Ele cerrou os dentes, seu rosto fez uma careta involuntária e o aeroplano bateu! Ele a atingira! Ele batera na parte inferior da asa.

O DORMINHOCO

Aos poucos, a asa de seus inimigos começou a se abrir por causa da força do golpe. Ele viu o tamanho do estrago e, em seguida, desceu e saiu da vista da aeronave inimiga.

Graham sentiu que sua quilha descia, suas mãos apertaram ainda mais as alavancas, e bateu no motor para que voltasse a funcionar. Sentiu um arranque, e o nariz da máquina foi puxado para cima. Por um instante, teve a sensação de que cairia de costas. A máquina estava cambaleando e balançando; parecia estar dançando no seu eixo. Ele fez um esforço enorme, manteve o controle das alavancas por um instante, e o motor deu a partida novamente. Ele estava voando para cima, mas não mais tão íngreme. Respirou fundo e se segurou firme nas alavancas. O vento soprava ao seu redor. Um último esforço e estava quase nivelado. Graham podia respirar. Virou-se pela primeira vez para ver o que acontecera aos seus inimigos. Voltou-se novamente para as alavancas e tornou a olhar. Por um momento, acreditou tê-los aniquilado. Em seguida, viu entre as duas pistas ao Leste um abismo e, embaixo, uma borda estreita; esta caía rapidamente e desaparecia, como quando uma moeda cai por uma fenda.

No começo, ele não entendeu, mas depois foi tomado por uma grande felicidade. Gritou com toda força, um grito inarticulado, enquanto voava cada vez mais alto. Tec, tec, tec, pausa, tec, tec, tec. "Onde está o outro aeroplano?", pensou. "Eles também…" Enquanto olhava ao seu redor para aquele céu vazio, sentiu um medo momentâneo de que a outra aeronave tivesse subido acima dele, e então viu que o inimigo estava pousando na pista de Norwood. Eles queriam atirar. Mas não queriam se arriscar a seiscentos metros de altura.

Por um tempo, Graham voou em círculos; em seguida, desceu com tudo em direção à pista oeste. Tec, tec, tec, tec, tec, tec. A luz do crepúsculo ficava cada vez mais forte, a fumaça vinda da pista de Streatham era tão densa e escura que agora parecia um pilar de fogo, e todas as curvas fechadas das pistas móveis e os telhados translúcidos e as abóbadas e os abismos entre os edifícios brilhavam suavemente, iluminados pela luz elétrica radiante e temperada que o brilho daquele trajeto dominava. As três eficientes pistas pertencentes ao inimigo – já que o parque Wimbledon estava inutilizado por causa do incêndio de Roehampton, e Streatham era um forno – brilhavam com suas luzes que guiavam os aeroplanos que chegavam. Enquanto sobrevoava a pista de Roehampton, ele viu uma massa escura de pessoas. Ouviu várias pessoas gritar, ouviu uma bala vinda da pista do Parque Wimbledon passar pelo ar, e decidiu subir para além das montanhas de resíduos de Surrey. Ele sentiu uma rajada de vento vinda do Sudoeste e levantou a asa a Oeste enquanto aprendia a fazê-lo, e continuou a subir mais para o alto. Tec, tec, tec, tec, tec, tec.

Ele foi subindo, seguindo seu ritmo, até não poder distinguir mais o que havia lá embaixo e Londres parecesse um pequeno mapa cheio de luzes, como se fosse a maquete de uma cidade que se afastava no horizonte. A Sudoeste o céu era de cor safira, e a sombra do horizonte se fazia presente, e, quanto mais ele subia, mais as estrelas brilhavam.

Mas eis que ao Sul, mais abaixo e com uma crescente iluminação, surgiram duas pequenas manchas iluminadas com uma luz nebulosa. Em seguida, outras duas, e então um brilho nebuloso de formas que se moviam rapidamente. Ele conseguia contar essas formas. Havia vinte e quatro. A primeira frota de aeroplanos havia chegado! Conforme se aproximavam, o brilho ficava cada vez maior.

Graham fez uma curva e ficou de frente para a frota que se aproximava. Ela voava em forma de cunha, um voo triangular de formas fosforescentes gigantescas que se aproximavam cada vez mais. Calculou rapidamente a velocidade daquela frota e realizou um movimento com o manche que fez com que o motor fosse para a frente. Tocando uma das alavancas, o movimento do motor cessou. Ele começou a cair e caía cada vez mais rápido. Mirava para o topo de uma cunha. Caiu como uma pedra pelo ar. Foi como se não tivesse passado nem um segundo entre o tempo de queda e a colisão.

Ninguém que se encontrava naquela multidão escura testemunhou a aproximação do destino; ninguém entre eles imaginaria que seria atingido por algo vindo do céu. Os que não estavam totalmente abatidos esticavam o pescoço para ver a cidade reagir, para ver a rica e esplêndida cidade reagir finalmente. As pessoas sorriam e tinham um brilho no olhar que não se via há muito tempo. Haviam ouvido falar de Paris. Eles sabiam

O DORMINHOCO

que viveriam como senhores da pobre nobreza branca. E, de repente, Graham os atingiu.

Ele havia mirado para o corpo do aeroplano, porém no último instante teve uma ideia melhor. Fez uma manobra e atingiu a borda da asa a estibordo com todo o seu peso. Assim que arremeteu contra o avião, foi jogado para trás. A proa bateu com tudo no outro avião. Ele sentiu o golpe que também desequilibrou sua aeronave, e por um momento, que pareceu uma eternidade, não sabia o que estava acontecendo. Ouviu milhares de vozes gritar e percebeu que sua máquina estava bem na beirada do outro aeroplano gigante, caindo cada vez mais. Olhou por cima do ombro e viu o alicerce do aeroplano e o outro avião balançar. Através das barras dos assentos deslizantes, viu rostos atentos e mãos tensas no outro avião. Tudo era um caos na outra aeronave enquanto o piloto tentava recuperar o controle. Além disso, Graham viu um segundo aeroplano se afastando para tentar fugir. A área maior onde ficavam as asas parecia estar inclinada para cima. Ele sentiu que seu aeroplano havia sido atingido, que aquela carcaça monstruosa e ágil havia batido em uma parede acima dele.

Graham não entendeu muito bem que havia colidido com a lateral do outro avião e escorregado, porém percebeu que estava voando livremente e descendo e cada vez mais se aproximando do solo. O que ele havia feito? Seu coração estava acelerado como se fosse um motor e prestes a sair pela boca. Por um instante, não conseguia usar as alavancas porque não conseguia mexer as mãos. Puxou as alavancas para conseguiu colocar o motor para funcionar, lutou por alguns segundos para corrigir as falhas. Estava pilotando na horizontal. Por fim, fez o motor funcionar novamente.

Graham olhou para cima e notou dois aeroplanos planando acima dele, olhou para trás e viu o corpo principal da frota se abrir rapidamente para cima e para baixo. Viu que aquele aeroplano que havia atingido fora destruído, jogado ao chão como se fosse a lâmina gigantesca de uma faca e quase acertando um dos moinhos de ventos.

Abaixou a popa e olhou novamente. Conduziu desatentamente porque não parava de olhar para o que acontecia. Viu as hélices se arrebentar e atingir o chão, e as estruturas das asas ser destruídas na queda por causa

H. G. WELLS

de seu peso e, em seguida, toda aquela massa virada de cabeça para baixo, sob o peso das rodas. Tec, tec, tec, pausa. De repente, no meio de todos aqueles destroços, havia uma pequena chama queimando em direção ao zênite. Logo notou a presença de muitos aviões sobrevoando e indo em direção a ele, mas conseguiu desviar a tempo e evitar o ataque, caso aquilo fosse um ataque de um segundo aeroplano. A investida começou quando o avião já estava quase embaixo e o sugou para cima, quase o virando pela força da rajada.

Percebeu que havia mais três aeronaves atrás dele. Entendeu a urgência em subir e ficar acima deles. Os aeroplanos o cercavam e voavam em círculo para evitar um ataque seu, era o que lhe parecia. Eles o ultrapassaram, por cima, por baixo, a Leste e a Oeste. A Oeste ouviu-se o barulho de uma colisão e duas explosões. Ao Sul, viu-se um segundo esquadrão se aproximar. Rapidamente Graham começou a subir. Todos os aeroplanos voavam embaixo dele, mas por um instante ele duvidou da altura que os separava e não tentou mais nada ousado. Voltou em seguida e fez uma nova vítima, e todos aqueles soldados avistaram sua aproximação. A grande máquina saltou e balançou no momento em que os homens amedrontados correram para pegar as armas. Uma rajada de tiros passou pelo ar e arrebentou o vidro grosso do para-brisa que o protegia. O aeroplano diminuiu a velocidade e começou a cair até ficar bem baixo. Bem na hora, ele viu os moinhos de vento da colina Bromley se aproximando e girou para cima ao mesmo tempo em que o aeroplano que havia perseguido se chocou com eles. Ouviram-se os gritos de todas as pessoas que se encontravam lá dentro. A aeronave parecia estar parada em uma beirada entre as *vans* inclinadas e as *vans* quebradas. Em seguida, despedaçou-se. Enormes fragmentos saíram voando pelos ares, os motores explodiram, e um sopro de chama avançou pelo céu escuro.

– *Dois!* – Graham gritou, com uma bomba explodindo assim que caiu, sendo atingido novamente. Uma alegria enorme tomara conta dele, estava muito agitado. Suas dúvidas sobre a humanidade, sobre a sua inadequação haviam desaparecido. Ele era um soldado regozijando-se de seu poder. Os aeroplanos pareciam aproximar-se dele por todos os lados; a intenção era evitá-los. Os gritos dos tripulantes podiam ser ouvidos sempre que as aeronaves se aproximavam dele. Ele escolheu a terceira aeronave, foi para cima, mas atingiu-a no canto. Ela escapou e bateu em seguida na enorme muralha de Londres. Ao voar para fugir do impacto, Graham acabou chegando muito perto do chão, a ponto de conseguir ver um coelho assustado fugindo daquela confusão. Conseguiu avançar e acabou se vendo em direção ao Sul de Londres. À direita, havia uma revolta violenta que acontecia no céu com o disparo de alguns foguetes. Ao Sul, havia destroços de meia dúzia de aviões em chama, e ao Leste e ao Norte as aeronaves voavam à sua frente. Eles se afastaram e voaram para o Leste e para o Norte, e foram para o Sul, já que não podiam ficar no ar. Naquela confusão, qualquer tentativa de avançar significaria provocar acidentes desastrosos. Ele mal conseguia perceber o que havia feito. Em toda a cidade, os aeroplanos retrocediam. Foram ficando cada vez menores no horizonte. Estavam em fuga!

Graham passou dos sessenta metros de altura e sobrevoou a pista de Roehampton. A pista estava cheia de gente e barulhenta por causa da gritaria. Mas por que a pista do parque Wimbledon também estava cheia de gente que gritava feliz? A fumaça e as chamas de Streatham agora escondiam as outras três pistas. Ele fez uma curva e subiu para dar uma olhada nelas e para observar a parte Norte da cidade. Primeiro pôde ver a multidão enorme em Shooter's Hill por trás da fumaça, aguardando o aeroplano que havia pousado lá e desembarcava os negros. Em seguida, viu Blackheath e a pista de Norwood. Em Blackheath, nenhum aeroplano havia pousado, mas um, sim, nas guias. Norwood estava lotada de pessoas correndo para lá e para cá em uma grande confusão. Por quê? De repente, Graham entendeu. A defesa absurda das pistas de voo chegara ao fim, o povo estava se libertando do último símbolo da usurpação de Ostrog. Em seguida, longe, na fronteira Norte da cidade, onde toda a sua glória era comemorada, veio um som, um sinal, uma nota de triunfo: o disparo de uma arma. Ele abriu a boca, e seu rosto exibia uma forte emoção.

Graham respirou fundo.

– Eles venceram – ele gritou sozinho. – O povo venceu! – O som do segundo tiro veio como uma resposta. Em seguida, viu o aeroplano em

H. G. Wells

Blackheath se preparar para decolar. Ele se ergueu e empreendeu voo. Subiu indo diretamente para o Sul e para longe dele.

Em um instante, veio-lhe à cabeça o que aquilo significava. Devia ser Ostrog fugindo. Ele gritou e foi em direção àquela aeronave. Começou a se erguer e a voar até que caiu e foi despencando rapidamente, até conseguir se reerguer. Ele alcançou a velocidade ideal e continuou a perseguição.

De repente a aeronave desapareceu, mas atenção! Ela havia ficado para trás, e ele continuava a voar com toda velocidade.

Ele estava furioso. Com o motor de volta ao eixo, começou a voar em círculos. Viu a aeronave de Ostrog descer em espiral diante dele. Foi naquela direção, alcançando-a, graças a sua velocidade e seu peso. Porém, acabou caindo e a perdeu de vista! Assim que passou, percebeu o rosto do piloto de Ostrog confiante e leve, e na atitude de Ostrog sentiu firmeza. Ostrog estava com o olhar firme e não estava olhando para ele, e sim para o Sul. Graham percebeu com ira o estado da sua aeronave. Abaixo, observou as colinas Croyden. Deu uma guinada para cima e mais uma vez ultrapassou o inimigo.

Ele olhou por cima de seu ombro, e algo estranho chamou sua atenção. A pista ao Leste, aquela na Shooter's Hill, pareceu erguer-se. Surgiu uma luz forte; com ela, muita fumaça e pó, e tudo isso iluminou o ar. Por um momento, aquela figura ficou parada, com duas barras enormes de metal caindo pelos lados, soltando, em seguida, uma densa camada de fumaça. O povo havia explodido tudo, aeroplano e tudo! De repente, um segundo *flash* vindo de outra figura na pista de Norwood chamou sua atenção. Ficou olhando para aquilo, quando, então, sentiu a onda de ar da primeira explosão o atingir. Ele foi lançado para longe e para o lado.

O aeroplano quase caiu com o nariz para baixo e pareceu hesitar. Graham ficou lá segurando o manche que havia ficado em cima dele. Em seguida, o choque da segunda explosão empurrou a máquina para o lado.

Ele se viu pendurado em uma das barras de sua aeronave. O ar soprava por cima dele. Graham parecia estar parado no ar, com o vento atingindo seu rosto. Achou que não estivesse caindo, mas logo teve a certeza de que, sim, estava caindo. Não conseguia olhar para baixo.